大連合

SEINAN & TOYANO

堂場瞬一
Shunichi Doba

業之日本社

大連合　目次

装幀　泉沢光雄
装画　横山英史

大連合

第一部　崩れた夢

1

クソ、何で雨なんだよ。

里田史也《さとだふみや》は頬杖《ほおづえ》をついたまま、マイクロバスの窓を洗う雨をぼんやりと眺めた。審判ももう少し気を遣ってくれてもよかったんじゃないか？　今日最後の試合で、時間に余裕もあったのだから。

「諦《あきら》め悪いな、フミ」隣に座るキャッチャーの石川大地《いしかわだいち》が面白そうに言った。「まだやれたと思ってるんだろう？」

「そうだよ」里田はまた窓に目を向けた。窓ガラスに斜めに当たる雨は、降雨コールドゲームが宣された時よりひどくなっているようだ。

「あそこでお前に一本出てれば、勝てたんだぜ」里田は思わず文句を言った。

「そりゃそうだけどさ」石川が嫌そうな表情を浮かべ、巨体をもぞもぞと動かした。

石川はいいバッターだが、実はここぞというチャンスに弱い。今日の試合、夏の甲子園《こうしえん》に二年連続出場中の強豪・新潟海浜《にいがたかいひん》を相手に、新潟成南《せいなん》の唯一のチャンスは三回表だった。ヒット二本に四球が絡《から》んで、ワンアウト満塁。内野の間を渋く抜く当たりでも外野フライでも1点が入ったのに、石川は三振に倒れた。

「でも、目標は達成したからいいじゃないか」

「いや、今日も勝てたよ。まだ上に行けた。それに海浜に勝てば、最高の自信になったし」里田のむかつきはまだ治まらない。

確かに石川が言う通り、新潟成南高校野球部は、春の県大会で取り敢《あ》えず目標を達成した。ベスト8入りし、夏の予選のシード権を得ること——これが創立以来初めてのシードになるわけで、全員で万歳してもいいぐらいだ。

しかし里田は、もう少し試合をしたかった。優勝——第一シードが取れたからといって、夏の予選で絶対的に有利になるわけではないが、気分が違う。それに経験も積める。

間違いなく、今日の試合が大会の一つの山だった。まだまだ海浜とは地力の差があると思っていたが、初回を終えた時点で早くも、「行ける」と確信できたのだ。今年から三番を打っている清水《しみず》は要注意だが……決勝点になったツーベースの他に、タイミングが合ったらホームラン、という当たりが一本あった。夏、勝ち上がっていくためには、あいつをどう抑えていくかがポイントになるだろう。対戦が増えるほど、攻略の手がかりが摑《つか》めるのだから、もっと投げたかった。

でも、とにかく雨には勝てない。一回から小雨が降っていて、手元が気になって仕方がなかったのは事実だ。ピッチャーはデリケートな生き物で、特に雨には弱い。五回裏には抑えが利《き》かなくなり、珍しく二連続で四球を出してしまったぐらいである。やっぱり今日はもう無理かと頭では納得していたのだが、中断、そして降雨コールドゲームが宣告された時には、ダグアウトの中でベンチを蹴飛《けと》ばしてしまった。

雨脚は一向に弱まる気配がなく、午後四時、五月だというのに外はもう暗い。中途半端に体を動かした後のダルさを感じながら、里田は目を閉じた。

「今日の清水の攻め方なんだけどさ」

石川が話しかけてきた。目を開けてちらりと見ると、眼鏡をかけてタブレット端末を覗《のぞ》きこんでいる。

「やっぱり帰ってからにしないか?」

「何で」

「疲れた」

「疲れるほど投げてないだろう」

「中途半端だから疲れたんだよ」里田はついあくびをしてしまった。

「エース様はわがままだな」

「当たり前だ」

「はいはい」石川がタブレット端末をバッグにしまった。データオタクの石川は、試合を多角的に分析してくる。キャッチャーとしても頼れる存在なのだが、マネージャーでも成功できるのではないかと思えるぐらいだった。本人もそれは意識していて、「将来は裏方としてやっていきたい」としばしば明言している。実際、プレーするのは高校までと既に決めていて、大学の野球部では主務としてデータ分析を本格的に学び、プロ球団で仕事をしたいと具体的に語っているぐらいなのだ。

里田はそこまで先のことは考えていなかった。プレーヤーとして野球はまだ続けたい。もっと上手《うま》くなれる自信もあった。しかし、具体的なビジョンはまだない。大学でやるか、プロに入るか、実業団で力をつけるか。そういうことは、三年の夏が終わってからゆっくり考えればいいと思っていたのだが、その時期は確実に近づいている。

先のことは分からないが、近い目標ははっきりしている。

甲子園だ。

高校に入った時には、甲子園など夢のまた夢だと思っていた。進学校でもある新潟成南は、決して「野球の高校」ではなかった。夏の県予選での最高はベスト16。しかもそれは昭和三十年代の話だ。しかし今は――上手くいけば甲子園に手が届くかもしれない。決して夢じゃないと冷静に考えられるまでになっている。それぞれ力がついてきたし、少ない人数故《ゆえ》、チームとしてのまとまりもいい。実際、去年の秋の大会で、新チームは初めてベスト4にまで進んだ。秋の大会での成績がよかったことから練習試合の申しこみも増え、実戦経験も確実に積んできた。

でも、まだ実戦不足なんだよな……窓の外を白く染める雨を見ながら、里田はぼんやりと考えた。七月の予選開始まで、ほぼ二ヶ月。強豪校は週末ごとに練習試合を重ねて、実戦感覚を磨いていくのだろうが、成南の場合、毎週土日にダブルヘッダーをこなして、というわけにはいかない。何しろ部員が十二人しかいないのだ。ピッチャーは里田中心。二年生の牧野《まきの》はまだ経験不足で、一試合を完全に任せるわけにはいかない。実戦で鍛える以前の段階……練習でしっかり投げこんで、基本を固めなければならない。身長百九十センチ、これまでマックスで百四十五キロを出したことがあるから素質は一級品なのだが、まだスピードにもコントロールにもばらつきがある。スタミナも足りない。

あとは本当に、石川頼りの打線を何とかしないと。今日は三打席凡退に終わっているし、チーム内では「チャンスに弱い」とからかわれているが、春の大会の通算打率は四割五分に達して、今や県内ナンバーワンキャッチャーとして注目の的だ。もしも「あいつ」がちゃんとやっていれば、石川はそこまでの評価は受けなかったかも……いや、他校の事情を心配してもしょうがない。

長岡《ながおか》・悠久山《ゆうきゅうざん》球場を出たバスは関越道に乗り、一路新潟を目指して走っている。学校までは一時間ぐらいで、普段なら本当に石川と反省会をしているところだ。しかし今日はどうしてもその気になれない。少し寝ておこうと目を閉じた瞬間、急にバスが上下に大きく揺れた。上下？　飛行機でもないのに？

野太い悲鳴が一斉に上がる。バスは蛇行し、里田は前のシートの背中を思わず摑んだ。

「おい！」隣に座る石川が焦った声を出す。「ヤバイ！」

実際には「ヤバイ」の最後の「イ」は聞こえなかった。急に体が浮いたような感覚に襲われ、里田はシートを摑むことしかできなかった。

2

「ちゃんと抑えろよ。浮いてるぞ」

「オス」

オス、の声に元気がない。そりゃそうだよな、と尾沢朋樹《おざわともき》は溜息《ためいき》をつきそうになった。いくら投げこんでも、試合で成果を発揮する機会がない。こんなの、投球練習じゃなくてただのキャッチボールだ

加茂《かも》も悪いピッチャーではない。去年は一年生ながら、夏の予選で二試合に投げて、いずれも

完璧《かんぺき》に抑えた。新チームではエースナンバーを背負うことになると、チームの誰もが思っていたのだが……今の鳥屋野《とやの》高校野球部は、試合ができないただの野球同好会だ。

ボールを投げ返し、しっかり構える。キャッチャーとして受ける時に一番大事なのは、体を小さく見せることだ。小さく構えればそれだけミットが大きく見えて、コントロールがつきやすい。

「あと十、な」座って構えたまま、尾沢は声をかけた。「残り全部、スライダーで」

「オス」

セットポジションで、両手を前に突き出すようにして、さらに腰を屈《かが》めて低く構える。加茂は最近のピッチャーとしてはそれほど大柄ではない――身長は百七十五センチ――せいもあり、高校に入ってから監督の指示で左のサイドスローに転向した。コントロールよく左右にボールを散らし、決め球は二種類のスライダーだ。小さく曲がり落ちるのは、ゴロを打たせたい時に使う。カーブに近いぐらい大きく曲がってスピードも乗っているのは、空振りを狙《ねら》う決め球だ。この、曲がりの大きいスライダーは、特に左バッターには有効だった。去年の夏の予選でも、左バッターにはほとんど打たれていない。

大きいスライダーは、大袈裟《おおげさ》に言えば、ホームプレートの幅ほど変化する。左バッターならバットが届かない場所へ逃げていく感じだし、右バッターは膝《ひざ》にぶつかってくるような感覚を抱く。

「打席、入りますよ」

やはり二年生の三宅《みやけ》が、バットを持ってやって来た。今日は雨なので、外で練習ができず――そもそもまともな練習ができるだけの人数もいないのだが――この屋内練習場の片隅でウェイトトレーニングをしていた。三宅は野球の練習よりもウェイトトレーニングをしている時間の方が長く、今ではすっかり筋骨隆々になってしまった。時々、部室でボディビルの雑誌を眺めているのだが、本気でボディビルに取り組むつもりかもしれない。まあ、しょうがない……鳥屋野高の野球部にいても、ちゃんとした野球ができるわけじゃないし。

右打席に入った三宅に対して、加茂はまたスライダーを投げこんできた。三宅が足を引いて、打席を外してしまうぐらいの大きな変化。左バッターには極めて有効なのだが、右バッターには見極められてしまうことがある。むしろ、手元でわずかに滑り落ちる小さいスライダーが有効だ。一死一塁で右バッターを迎えた時は、徹底した外角攻めで意識を外に向けさせ、最後は内角低目に小さなスライダーを投げる。それでショートゴロ、ダブルプレーだ。

去年、あんな大混乱が起きていなかったら、今頃は加茂を軸にチームを組み立て、春の大会を戦っていただろう。新潟海浜と当たったら、今度こそリベンジ——尾沢が鳥屋野高に入学して以来、県内の公式戦で唯一勝っていないチームが新潟海浜なのだ。周りからは「ライバル」と言われてきたが、尾沢にすれば、「どうしても敵《かな》わない格上の相手」でしかない。だからこそ、最後の夏にはどうしても勝ちたかった……もう叶《かな》わぬ夢だが。

加茂はスライダーを十球続けて、投球練習を終わりにした。その後、マウンドを丁寧に均《なら》す。ここを使うのは加茂一人なのだから、整備などどうでもいいようなものだが、加茂は基本的にクソ真面目である。それを見ながら、尾沢は心の底から同情した。こいつらは、もう二度と試合ができないまま、高校生活を終えることになるのではないだろうか。来年の春、新入部員が入ってくれれば何とかなるだろうが、その可能性は低いだろう。学校側の真意は分からないが、このまま部としてフェードアウトさせるつもりかもしれない。歴史ある強豪チームが、些細《ささい》なことで活動停止、廃部になってしまうことだってある。

自分だって、何をしているのか……どうしてこうやって毎日、加茂のボールを受けているのか、分からない。それこそ、いつ退部届を書いてもよかったのだ。しかし、唯一の三年生である自分が抜けると、部員は四人にまで減ってしまう。二年生四人だけで、来年の春まで野球部として活動を続けていくのは難しいだろう。

ボールを集め、部室に入る。甲子園に出場経験もある鳥屋野高の部室は広々としていて立派なのだが——他の部とは別に、野球部だけの部室がグラウンド脇にある——今はその広さが虚《むな》しい。五人しか部員がいないので、ロッカーも余っている。ただし、一人一ロッカーの原則を尾沢は変えなかった。好き勝手に使い始めたら、それこそ部として駄目になってしまいそうな気がしていたから。

全員で輪になって、ボールを磨き始める。汚れるほど使ってないんだけどな、と皮肉に思った。去年の夏までは部員は二十五人いて、ボールの消費量も大変なものだったのだが……。

「何でゴールデンウィークの合間に補習なんですかね」石神《いしがみ》がぶつぶつ文句を言った。「補習がなければ、午前中から練習できるのに」

「今日なんか、特にそうだよな」尾沢は同意した。午前中は、辛《かろ》うじて天気は保《も》っていたのだ。しかし、補習が終わって練習を始めた午後からはずっと雨に祟《たた》られて、屋内練習場を使うしかなかった。

「そろそろ終わりにしろよ」

声をかけられ、顔を上げると、監督の若林《わかばやし》が部室の中を覗きこんでいた。

「オス」中にいた部員が同時に声を上げる。若林は、その勢いに少したじろいだ様子だった。

何とも頼りない……というか、若林は野球とは全く縁のない男だ。去年新卒で着任してきた数学の教師で、今年二十四歳。学生時代は野球どころかあらゆるスポーツに縁がなかったそうで、監督を押しつけられたのは、本当に「仕方なく」だった。損な役回りを引き受けてくれたことには尾沢も感謝していたが、それにしてももう少しやる気を出してくれてもいいんじゃないか、と思う。去年の秋に監督を引き受けた直後には、毎日練習に顔を出していたが、いつの間にかそれが週に三回、そして今は一回のペースに落ちた。本当は、部員の怪我《けが》防止のためにも、練習には監督やコーチが立ち会っていないとまずいのだが、今、鳥屋野高は怪我するほどシビアな練習ができない。せいぜいキャッチボールにノックぐらいだ。バッティング練習もままならないのだから、監督などいてもいなくても同じかもしれない。

「もう知ってるかもしれないけど、事故があった」

「事故?」尾沢ははっと顔を上げた。「何の事故ですか?」

「成南の連中が乗ったバスが、関越道で横転したらしい」

「ええ?」尾沢は思わず立ち上がった。磨いていたボールが床に転がる。三宅がすかさず腕を伸ばして押さえたが、尾沢は礼を言うのも忘れていた。

「成南、今日準々決勝ですよ」

「そうだな」若林がうなずく。

「悠久山球場から帰る途中ですか?」

「そうじゃないかな」

成南は、悠久山球場で春の県大会の準々決勝に臨んでいた。ネットで確認したが、既に試合は終了——六回表、降雨コールドゲーム、0対1で海浜に敗れていた。里田は激怒しているだろうな、と尾沢は想像していた。試合の詳細は分からないが、強打の海浜打線を1点に抑えていたということは、里田としても上出来のピッチングだったはずだ。それが雨でコールドゲームとは……負けん気の強いあいつのことだから、かっかしているだろう。

「トモさん、これ」

三宅が自分のスマートフォンを差し出した。奪い取るように手にし、画面を凝視《ぎょうし》する。地元紙のウェブサイトだった。「成南高校野球部、事故で重傷者多数」。手が震え、スマートフォンを取り落としそうになる。

「マジかよ……」

三宅にスマートフォンを返し、ロッカーから自分のスマートフォンを取り出す。他のサイトも見てみたが、今のところ記事にしているのは地元紙だけのようだった。重傷者多数って……記事を読んだだけでは、怪我人の数も怪我の具合も分からない。

尾沢はすぐに、里田のスマートフォンに電話を入れた。呼び出しているが反応はない。もう一度かけ直しても同じだった。メッセージを送り、さらにメールも……電話がかかるということは、電源は入っているわけだ。しかしそれだけでは、無事かどうか分からない。

「監督、成南の連中がどこの病院に運ばれたか、分かりませんか?」尾沢は思わず訊《たず》ねた。

「いや、そこまでは」若林が困ったような表情を浮かべて首を横に振る。

「クソ、冗談じゃねえぞ」

尾沢は慌てて着替えた。シャワーを浴びたいところだが、そんな暇はない。急いで着替えて自転車に飛び乗り、家を——家の近くを目指す。里田の家は、尾沢の家のすぐ近くなのだ。

新潟バイパスの下を潜《くぐ》り、巨大なブックオフの先の女池《めいけ》交差点を左折。そのまま、自動車をリードするようなスピードで立ち漕《こ》ぎを続けた。強い雨がバチバチと顔に当たり、目も開けていられないぐらいになる。途中で、里田の家に電話をかければよかったのだと気づいたが、立ち止まってそうしている時間も惜しい。

里田の実家――「里田スポーツ」の駐車場に自転車を乗り入れ、急ブレーキをかける。タイヤが滑り、バランスを崩しそうになったが急いで立て直し、自転車から飛び降りる。里田スポーツは、チェーン店ではないスポーツ用品店としては新潟市内で最大規模で、尾沢も子どもの頃からお世話になっていた。実際、初めてグラブを買ったのもこの店である。広い駐車場はそこそこ埋まっている……ということは、店は開いているわけだ。大事故なのに大丈夫なのだろうかと心配になったが、ここは里田の両親だけでやっている店ではない。従業員はたくさんいるのだ。

店に飛びこんだ瞬間、自分の足元に小さな水たまりができるのが分かった。これはまずい……店に迷惑をかけてしまうと思ったが、今は雑巾を借りている余裕もない。慌ててレジに飛んで行くと、馴染《なじ》みの店員、木村《きむら》が気づいて顔を上げる。巨漢――百八十五センチの長身で体重百キロのこの男は、高校時代ラグビー部で活躍していた。卒業から十年経って、大量の筋肉は脂肪に変わりつつあったが、それでも体が大きいことに変わりはない。

「木村さん、フミは！」

「いや、まだ分からない」木村が低い声で言って首を横に振った。「親父さんたちが病院に行ったけど、連絡がこないんだ」

「病院はどこなんですか？」

「長岡の病院だけど……まさか、行く気じゃないだろうな」

「行きますよ、もちろん」

「ちょっと落ち着けって」木村がカウンターの下からタオルを取り出して放った。「頭ぐらい拭《ふ》けよ。びしょびしょじゃないか」

「……すみません」

言われて少しだけ冷静になった。タオルで頭をごしごし擦《こす》ったが、いくらそうしても水滴が髪から垂れ落ちる。いや、これは雨ではなく汗だ。

「ちょっと代わってくれ」木村が後輩のアルバイトに声をかけ、尾沢に目配せした。

尾沢の後に続き、レジ脇にあるドアからバックヤードに入った。中には何度か入ったことがあるのだが、いつも雑然としていて、少し埃《ほこり》っぽい臭いが漂っている。木村が小さな冷蔵庫を開け、スポーツドリンクを取り出して渡してくれた。こんなもの飲んでる場合じゃないんだけどと思ったが、異常に喉《のど》が渇いているのに気づき、キャップを捻《ひね》り取った。木村は手ぶらのまま、折り畳み椅子《いす》に腰を下ろす。彼の体重を受け止めた椅子が、ぎしぎしと悲鳴を上げた。

「事故のこと、どこまで聞いている?」尾沢を睨《にら》むようにして訊ねる。

「ウェブでニュースを読んだだけです」

「俺もそれぐらいしか分からないよ。警察とか消防って、一々連絡してくれないんだな」

「マイクロバスが横転したって聞きましたけど……」スピードの出ている高速道路でバスが横転したら、やはり軽傷というわけにはいかないだろう。

「取り敢えず、死んだ人間はいない」

「死んだって……勘弁して下さいよ」

「皆鍛えてるから、大丈夫だよ」

「木村さんとは違うんですよ」

木村も二年前、交通事故に遭っていた。雨の中、友だちの車の助手席に乗っていて、まさに横転事故に遭ったのだが、かすり傷一つ負わなかったのだという。運転していた友人は、右足と右手骨折の重傷……これは木村本人ではなく里田から聞いた話だから間違いないだろう。里田いわく、「木村さん、ロボットみたいなんだぜ」。頑健な見た目もぎくしゃくとした動きも、確かにロボットのようだ。

「とにかく、連絡を待つしかないな」

「病院へは誰が行ってるんですか？」

「親父さんとお袋さんが飛んで行った」

「そうですか……」

ここでは事情は分からないわけか。しかし他に、話を聞く相手が見つからない。これからどうしようと迷っていると、木村のスマートフォンが鳴った。体を捻って尻ポケットからスマートフォンを抜き、急いで電話に出る。

「はい、木村です……ああ、ええ、了解です。じゃあ、大したことはないんですね？」いかつい顔にほっとした表情が浮かぶ。「ちょっと待って下さい。今、尾沢君が来てるんです。代わりますね」

木村がスマートフォンを差し出しながら、「親父さんだ」と小声で言った。スマートフォンを受け取る時、やけに鼓動が速まっているのを意識する。

「尾沢です」食い気味に話してしまう。

「ああ、心配して来てくれたのか？」

「はい。どうなんですか？」

「大丈夫。骨折はない。右足首を怪我したけど、大したことはないらしいよ」

意識して、大きく深呼吸する。骨折さえなければ大丈夫だろう。軽傷だ。

「二、三日入院らしい」

「入院ですか？　だったら、結構ヤバイ怪我なんじゃないですか？」

「いや、念のための入院というだけだから。とにかく、史也は無事だ」

「フミと話せますか？」

「今はちょっと無理だ。病室に入ってるから」

「意識はあるんですね？」

「もちろん……でも、他の選手が大変だ」

「そんなに怪我人が出てるんですか？」

「全員怪我してるよ。史也が軽傷なだけで、後は……」父親が口をつぐむ。

「ひどいんですか？」

「俺は全部把握してるわけじゃないけどね。詳しいことが分かったら、教えるよ」

「お願いします」

「ちょっと木村君に代わってくれ」

言われるまま、スマートフォンを木村に渡す。木村は黙って聞き、メモ帳に何事か書きつけた。たぶん仕事の指示だろう。大きな怪我がなくても入院となると、いろいろ準備も必要で、仕事は店員に任せることになるのかもしれない。

電話を切った木村が、ほっと一息つく。

「親父さん、今日は向こうへ泊まるそうだ」

「ですよね」

「まあ、そんなに心配しなくていいんじゃないか？　史也は特に頑丈だしさ」

「いや、ピッチャーはデリケートなんです」尾沢は反論した。「ちょっとしたことで投げられなくなる——ましてや事故なんて」

「心配するなよ。心配しても、怪我が治るわけでもないだろうから」

それは分かっている。分かっているが心配してしまうのは、キャッチャーという人種の習性だ。


事故の様子が次第に分かってきた。午後十時前のローカルニュースでは、壊れたマイクロバスの映像が映り、事故の深刻さに尾沢はまた不安になった。バスは左側が滅茶苦茶《めちゃくちゃ》に壊れ、そちら側の窓は全部割れている。フロントガラスも完全に砕け散っていて、これで死人が出なかったのが不思議なぐらいだ。

マイクロバスは、関越道を走行中に、大雨のせいでハンドルを取られ、コントロールを失って横転したようだ。左側に倒れ、そのまま滑って路肩のコンクリート壁に前から突っこみ、ようやく停まったという状況だった。

その後、現場の様子も映ったのだが、見た瞬間にぞっとする。遠征などで尾沢も何度も通ったことのある道路で、ちょうど信濃《しなの》川の真上だったのだ。もしもコンクリート壁を突き破っていたら、バスは信濃川に転落していたわけで……一人も助からなかった恐れもあった。そう考えると、不幸中の幸いだったと言えるかもしれない。

いや、これはやっぱり単なる不幸だ。

成南高校は、もともと高校野球強豪校ではない。しかし去年新チームになってからメキメキと力をつけ、少数精鋭ながら秋季大会でベスト4に進出して、北信越大会にも出場した。その原動力が、里田－石川のバッテリーである。去年の秋季大会に出られなかった尾沢は、成南の試合を生で観戦したのだが、ぐっと力をつけた里田のピッチングとそれを生かす石川のリード、「ヒットマシーン」と言える石川のシュアなバッティングに目を奪われた。高校生は、どこかのタイミングで一気に成長する時期があるとよく言われるが、あの二人にとっては去年の秋がそうだったのかもしれない。去年監督が替わったはずで、それも原因だろうか。

尾沢は、小学校で野球を始めてから中学校までずっと、里田とバッテリーを組んでいた。自分でも、県内では上位レベルに入る組み合わせだと思っていたが、私立の強豪校から声がかかるほどではなかった。進学先は別々。里田は「鳥屋野へ行こう」という尾沢の誘いに乗らなかった。鳥屋野は甲子園へ何度も出場経験があるし、公立校としては新潟海浜と並ぶ強豪校だったが、成南よりもずっと偏差値が高い。里田は受験に際しては安全策を選び、二人の歩く道は別れた。

「でかい事故だったんだな」風呂から上がってきた父親が、頭をタオルで拭きながらダイニングテーブルについた。

「ほとんどの選手が怪我したみたいだよ」言うと、何となく口の中がじゃりじゃりするような気がする。

「里田君は？」

「骨折はしてない。明日、見舞いに行こうかな。日曜だし」

「病院は？」

「長岡の総合病院だって」尾沢はテーブルに置いたスマートフォンを取り上げた。ＪＲ長岡駅からは結構離れている。となると、行くだけで時間がかかるわけだ。新幹線なら新潟から長岡まで二十分もかからないのだが、料金が高い。信越本線だと一時間以上かかるし、駅からさらにバスに乗らなければいけないだろうから、一日が潰《つぶ》れてしまう。

「送るか？」

「いいよ、悪いから」

「電車だと時間がかかってしょうがないぞ」

「うん、まあ……明日は練習も休みだから。何とかするよ」

「そうか。車で行きたくなったらいつでも言えよ」

尾沢は、父親との距離の取り方が少し苦手だ。新潟の地銀に勤める父親は、これまで何度か単身赴任している。尾沢が小学生の時など、四年ぐらい一人で上越《じょうえつ》市に住んでいたので、長い間母子家庭のようだった。中学二年から三年にかけての時期も同様。

それが自分のためだということは分かっていた。ずっと同じチームで野球を続けるためには、尾沢は新潟にいなくてはならない。父親も鳥屋野高ＯＢの高校球児だったので、息子に夢を託したということだろう。その期待に沿うように、甲子園を狙える鳥屋野高校に入ったのだが、結果的には……今はその可能性はゼロだ。自分のせいではないのだが、何だか申し訳なく、トラブルがあった去年の夏からは、父親と話すのを何となく避けていた。

「しかし、成南も災難だよな」父親が冷蔵庫から缶ビールを取ってきて開ける。

「そうだね」

「そんなに怪我人が多いんじゃ、夏の大会に出られないじゃないか」

「難しいかもね」

「鳥屋野もそうだけど、実力のあるチームが出られないのは残念だよな」

「うちはしょうがないよ」尾沢は肩をすくめた。鳥屋野高の部員が五人にまで減ってしまったのは、自分のせいではない。だが今では、甲子園を目指して一緒に入部した同級生たちと話すこともない。あの連中から見ると、部に残った自分は、一種の裏切り者に見えるかもしれない。

「本当なら、鳥屋野と成南の決勝を観たかったけど」

「今年も海浜が甲子園に行くんじゃないの？」少し白けた気持ちで尾沢は言った。

「代表を一校が独占してるのは、全体のレベルの底上げにならないんだけどな。甲子園に行って摑めるものもある」

「分かるけどさ」

「海浜、勝てない相手じゃないと思うけどな。今年は、清水君以外は小粒な選手ばかりじゃないか」

「それはそうなんだけど、うちは試合できないんだから」

「お前と里田君が組んでたら……面白かっただろうな」

「たられば の話をされても困るよ」尾沢は苦笑した。二人の歩く道は、高校入学の時点で別れてしまったのだから……しかしそこで、ふいにある考えが頭に浮かぶ。組んでいたら――そう、中学時代、里田がノーヒットノーランを達成したことがある。あの時に、尾沢は人生最大の無敵感を抱いた。俺たちが組んでいれば、どんな相手にでも勝てるんじゃないか？

組む？　組む……か。そうか、その手がある。

しかし、どうやったらいいのだろう。

尾沢はスマートフォンで、長岡総合病院について調べた。日曜日の見舞客の面会は、午前中から許可されている。

「父さん、明日、やっぱり病院まで連れて行ってくれないかな」

「いいよ。何時に出発する？」

「昼前でいいんじゃないかな。一時間ぐらいで行ける?」

「そんなもんだろう」

「じゃあ、頼むね」

尾沢はスマートフォンを手に立ち上がった。自室に籠《こも》り、情報を収集する。よく分からない……この辺の事情について詳しい人に心当たりがあったので、時間が遅いのは承知の上で電話をかけた。向こうは尾沢の電話に戸惑っていたが、構わず、疑問に思っていることをどんどんぶつけてみる。

電話を終えた時には、できる、と確信していた。問題は山積みだが、不可能な話ではないのだ。

そう考えると、急に気持ちが膨らんでくる。去年の秋、見る間に萎《しぼ》んでいった将来への希望が蘇《よみがえ》ってくるようだった。後は、いろいろな条件を調べてクリアしていくだけ——こんなことはやったことがないが、できないことはないだろう。

去年、あれだけひどい目に遭ったのだ。あれに比べれば、何があっても苦労とも言えない。

3

骨折がないことはレントゲンの検査で分かり、里田は一安心した。一夜明けてもまだ、右足首の痛みが残っていたが、これはすぐ消えるだろう。よし、予選には絶対に間に合う。

しかし朝刊を読んでカッとなってしまった。昨日の時点では分からなかったのだが、十二人の部員——マスコミは「成南トゥエルブ」と呼んでいる——のうち、重傷が五人。いずれも骨折などの大怪我で、復帰までにはかなり時間がかかりそうだ。スポーツでの怪我よりも、事故での怪我の方が回復には時間がかかる場合が多い、と里田は昨夜医者から聞いていた。しかも、バスの一番前に座っていた監督の猪狩《いかり》は、頭を強く打って意識不明のままだ。念のために薬で眠らせているだけだと聞いていたが、予断を許さない容体である。

これが一番ショックだった。成南が急激に強くなったのは、間違いなく猪狩の力だ。今年四十歳のこの監督は、これまで二つの高校で指揮を執《と》り、どちらのチームもベスト4の常連に育て上げた。去年成南に赴任してからは、里田と石川のバッテリーを中心に徹底して鍛え上げ、秋の大会でいきなり結果を出した。特に里田は、猪狩に大きな恩義を感じている。彼の指導でフォームの改造に取りかかり、その結果球速は平均で五キロアップしてコントロールもさらに安定した。その監督に万が一のことがあったら、予選はどうなるんだろう——いや、そもそも予選に出られないんじゃないか？　重傷の五人が、二ヶ月後に始まる夏の予選に間に合うかどうか微妙だ。

クソ、冗談じゃないぞ。

どうして事故が起きたのかは、まったく分からない。急に車が上下に揺れ、蛇行し出して、「危ない」と思った次の瞬間には天地がひっくり返っていた。気づいた時には、横倒しになった車の中でチームメートたちが呻《うめ》いていた。特に石川……壁に押しつけられて横倒しになっていて、声をかけてもピクリとも動かなかった。シートの隙間《すきま》に挟まる格好になって身動きが取れなくなっていた里田は、何とか抜け出して石川の首筋に触れ、脈があるのを確認した後、全身の力が抜けてしまった。生きている。生きていれば、何とか……。

しかし、石川の姿を見たのはそれが最後だった。数台の救急車が到着して、全員がすぐに病院に搬送されたのだが、怪我人が多かったので行き先は分かれてしまった。他の選手がこの病院にいるかどうかも分からない。

痛みはあるが、動けないわけではない。しかし、病室から電話をかけて他の選手の居場所を確認することもできず、苛立《いらだ》ちは募る一方だった。昼前、学校の教頭が顔を出してくれたので、ようやく他の選手の様子を確認することができた。

「石川君は右膝の骨折だ」教頭も焦って疲れている。なかなか状況が摑めないのだという。

「大丈夫なんですか？」

「命に別状はないけど、膝の骨折だからな……」

教頭の言葉が途中で消える。その先にあった台詞《せりふ》は「甲子園は無理」だとすぐに想像できた。クソ、冗談じゃない。もちろん、絶対に甲子園に行ける保証などないが、今年の成南は、「目標は甲子園」と言えるぐらいの力をつけてきた。猪狩の指揮の下、石川と二人で、このチームを引っ張ってやっていけるはず……。

去年の夏の県大会、三回戦で負けて三年生が引退した後、残ったのは十一人だった。これはいつも通りで、ここ何年も、成南の野球部にはぎりぎり試合ができるぐらいの人数しかいなかった。ただし里田は、夏の段階で既に手応《てごた》えを感じていた。三試合で失点はわずか1。三回戦では、その1失点を味方打線が取り返せずに敗れたが、その時初めて甲子園を意識した。石川も二年生になってから四番に座り、確実なバッティングで打線の中心になっていた。二人で頑張れば何とかなる——同級生の部員も同じように感じたようで、秋の大会ではわずか十一人でベスト4まで進んだ。北信越大会では初戦で敗れたものの、里田はさらに強い手応えを感じていた。

ただしその後は、順調に来たわけではない。冬の間は筋トレを徹底して体を大きくしてきたが、一年生部員二人が故障して長期離脱してしまったのだ。一人は腰を手術し、もう一人は肩の故障で、二人とも今年の二月からボールを握っていない。復帰の目処《めど》は立っておらず、試合ができる九人ぎりぎりで練習を重ねる時期がしばらく続いた。

四月には、一年生部員が五人入ってくれた。そのうち二人は練習についていけずにすぐに辞めてしまったが、それでも部員が十二人になったのが心強かった。一年生も何とか硬球に慣れ、春の大会で三人とも既に実戦デビューしている。まだまだ非力だが、鍛えていけば夏の大会では戦力としてそれなりに計算できると、里田は確信していた。

「他の選手はどうなんですか」むきになって、教頭にさらに確認してしまった。

「よくない。重傷の五人は、全員腕や足を骨折している。しばらく入院だし、今のところいつ復帰できるか分からない」

「監督は大丈夫なんですか」やはりそれが一番気になる。

「命に別状はない、としか聞いていない」

「じゃあ、夏の予選は……」

「今は、そんなことは考えなくていい」教頭が深刻な表情で言った。「幸い君は軽傷なんだから。体を治すことだけを考えなさい」

俺はもちろん、復帰するさ。でも一人が治ったって、どうしようもない。里田は深々と溜息をついた。

成南には、人数が少ないことによるメリットがある。とにかくしっかりまとまって、チームワークがいいのだ。猪狩との関係も密で、指導が行き届く。逆に、少しでも人数が欠けると、途端に試合ができなくなるデメリットもある。

これからどうなる？　選手が復帰しても、猪狩が指揮を執れなければ戦えない。

昼飯の時間になった。普段は楽しみな昼飯だが、生まれて初めて食べる病院食ってやつは……

全然腹に溜まらない。薄い塩味の焼きそばに、カリフラワーとブロッコリーのサラダ。こんな食事ばかり続けて入院が長引いたら、筋肉が落ちてしまうだろう。里田の不満そうな顔を見て、母親が「パンか何か買ってこようか」と言って立ち上がった瞬間、病室のドアが開いた。

「トモ……」それだけつぶやいた後、何も言えなくなってしまう。中学までバッテリーを組んでいた、鳥屋野高校の尾沢朋樹だった。

「無事か、フミ」

「足首が痛い」里田は素直に打ち明けた。

「どっちだ?」

「右」

「軸足か……投げられそうか?」

こいつ、何言ってるんだ? 投げるも何も、成南として試合なんかできない。そう考えると、急に「このチームは終わりだ」と実感して胸が苦しくなる。俺のチームなんだぞ!

尾沢は里田の両親と如才なく挨拶《あいさつ》を交わしてから、椅子を引いてきてベッド脇に座った。

「折れてないんだろう?」

「靭帯《じんたい》も平気だってさ」

「じゃあ、すぐ投げられるようになるな」尾沢が嬉《うれ》しそうに言った。

何なんだよ、その顔は。里田は少しだけむっとした。俺の怪我はいい。すぐ治る。問題は他の選手だ。しかしその件について、他校の生徒である尾沢がとやかく言う権利はない。

「昼飯食ったか?」

「普段の三分の一ぐらいかな」

「それでちょうどいいんじゃないか？　お前、大食い過ぎるんだよ」

「余計なお世話だ」冗談だと分かっているが、今日は一々引っかかる。だいたい昔から、尾沢は口数が多い割に冗談が下手《へた》なのだ。

「差し入れ、持ってきたんだけど」尾沢がビニール袋を顔の高さに持ち上げた。

「お前、『フレンド』って……」さっきからいい匂いがしていると思ったら、これだったのか。

「みかづきじゃないけど、イタリアンだから」

「みかづきだってフレンドだって、味は同じだよ」

里田は、尾沢が差し出したビニール袋を受け取り、中身を出した。まだほんのり温かい。容器の蓋《ふた》を開けると、昔から食べ慣れた——好物というわけではないが、自分の体の何パーセントかはこれでできている——「イタリアン」が姿を現した。どうしてこれをイタリアンと呼ぶのかは謎だが、新潟では昔から親しまれているファストフードだ。焼きそばにトマトソースをかけた、なかなかジャンキーな味わいの食べ物である。味は……焼きそばにトマトソースをかけた味がする。県内には二つの大きなチェーンがあり、新潟市近辺で展開しているのが「みかづき」、長岡市に多くあるのが「フレンド」だ。新潟市で生まれ育った里田と尾沢にとって、子どもの頃から食べつけた味である。特に中学生になってからは、通学路の途中に店があったので、練習後、よく立ち寄って小腹を満たしていた。

尾沢の態度にはむっとしていたが、空腹には勝てない。早速手をつけ、あっという間に食べてしまった。

「見舞いで三百五十円って、どうよ」満腹にはなったが、やはり文句は出てくる。

「花でも持ってきた方がよかったか？　興味ないだろ？」

「ないけどさ……」

「フレンドの餃子《ギョーザ》も買ってこようと思ったんだけど、病室だとニンニクはまずいかなと思ってさ」悪びれた様子も見せずに尾沢が言った。

「じゃあ、俺たちも外で昼飯にするから」父親が声をかけてきた。「尾沢君、ごゆっくり」

「ありがとうございます」尾沢が立ち上がり、丁寧に頭を下げた。こういうところ、尾沢は実に抜け目ない……昔から、大人の受けがよかった。

二人きりになると、尾沢がもう一つのビニール袋を掲げた。

「コーラ買ってきたけど、飲むか？」

「うーん……」なかなかの誘惑だ。実際里田は、中学の頃は練習終わりというとコーラだった。しかし高校に入ってしばらくしてから、炭酸飲料は意識して避けるようにした。五百ミリリットルのコーラには、スティックシュガー二十本分近くの糖分が入っていると聞いて驚いたのだ。以来、糖分をカットしたスポーツドリンクか麦茶しか飲まないようにしている。しかし今日は……少しぐらい自分を甘やかしてもいいか。というより、どうせもう今年の夏は――高校野球は終わってしまったのだから、太っても構うものか。

しかし尾沢が買ってきたのは、糖分ゼロのコーラだった。

「デブになりたくなければこれだよな」

「ゼロコーラは、あんまり美味《うま》くないんだよ」文句を言いながら里田は受け取った。

「そうか？」

「コクがないんだよ」

「そのコクっていうのは、要するに砂糖の甘さじゃないのか」

「そうかもしれないけどさ」

コーラのキャップを捻り取り、喉を鳴らしてぐっと飲む。イタリアンのジャンクな味の後は、やっぱりジャンクなコーラなんだよな……尾沢はもう一本、ペットボトルを取り出した。自分用には糖分カットのスポーツドリンクか。そんな努力をしても無駄なのにな、と皮肉に思う。会うのは久しぶりだが、尾沢の体は明らかに萎んでいた。ウェイトトレーニングなどはやっているかもしれないが、本格的な野球の練習、それに試合から遠ざかっているのだから、体が小さくなってしまうのも仕方ないかもしれない。

「重傷者、五人だって？」

「長引きそうなんだ」言うと胸が痛む。

「監督は？」

「意識不明」

「ヤバイじゃないか」尾沢が眉をひそめる。

「バスの一番前の席に乗ってたんだ」

「ニュースで見たけど、確かに前の方の壊れ方、すごかった」

しかし、後ろに乗っていたから大丈夫というわけではなかった。自分と石川は二人揃《そろ》って最後部の席に座っていたのだが、石川は重傷、自分は軽傷と分かれた。交通事故なんて、何がどうなるのか、まったく分からない。

里田はベッドの上で何度か姿勢を直した。ただ座っているだけなのだが、どうにも落ち着かない。病院にはほとんど縁がなく——中学時代に捻挫《ねんざ》でお世話になったぐらいだ——ましてや入院となると生まれて初めての経験なのだ。

「落ち着けよ」尾沢が忠告する。

「ふざけんな」里田はぶっきらぼうに答えた。

「で……これからどうする」尾沢がいきなり切り出してきた。

「どうするって、何が」

「夏の予選だよ」

「今、それ聞くか？」里田が少しだけ声を張り上げた。尾沢は図々《ずうずう》しいというか鈍いというか、少しデリカシーに欠けるところがある。昔からこういう人間だということは分かっていたのだが、体が自由に動かない時にずけずけ聞かれると、さすがに頭にくる。

「大怪我の五人は間に合わないんじゃないか？」

「そんなの、分からないさ」強がりを言ってみたが、自分の言葉は虚しく響くだけだった。軽傷は七人。揃ってまともにプレーできるまでには時間がかかるだろう。しかも監督不在になる……。

「新聞に滅茶苦茶書かれてたじゃないか」

「黙れって」

「あの記事、確かにむかつくよな」尾沢が傍のゴミ箱に視線を向けた。そこには、里田が破り捨てた朝刊が捨ててある。

「拾うなよ」里田は忠告した。「見出しを見ただけでむかつくから」

地元紙は社会面トップで事故の様子を伝え、運動面では「夏の大会、絶望か」と早くも打ち出していた。そんなこと分かるわけないだろうとむかついたが、冷静に考えてみれば、記事はまっとうなことを書いているだけだ。選手が七人しかいないのに、どうやって大会に出る？五人の奇跡的な復活を待つか？それとも、他の部から助っ人《すけと》をもらう？そうなったら、無様《ぶざま》な結果になるのは目に見えている。部員不足で、他の運動部から助っ人を借りてようやく大会に出ることはたまにあるが、勝ったという話は聞いたことがない。

「勝手に、出ないって書かれてもな」尾沢が肩をすくめる。

「確かに時間はないんだ」里田は言った。今日が五月七日。夏の予選に向けてのチームエントリーは毎年二十日前後までで、それまでに重傷の五人が復帰できる可能性はゼロだろう。その後の回復を当てにしてエントリーして、結局出られなかったらどうなるのか。大会が始まってから人数が揃わず棄権なんて、目も当てられない。同情はされるかもしれないが、同情よりもちゃんと出て勝ちたい。それだけが大事だ。

「甲子園、行きたいか」いきなり尾沢が真顔で訊ねた。

「当たり前だ。今年なら、『目標甲子園』って言っても馬鹿にされない」

「お前の力があれば、な」尾沢がうなずく。「でも、今の状態じゃ無理だ」

「はっきり言うんじゃねえよ」むっとして、里田は低い声で反論した。

「だけど、強がったってしょうがないじゃないか」

「お前に言われたくない」

「諦めるのか?」

「それ、今聞くのか? 昨日の今日だぜ」

何でこいつが焦ってるんだ? 昔からこういうタイプではあったが……とにかく勝負が早い。「一球遊ぶなんて馬鹿だ」というのが口癖で、ツーストライクに追いこめば次で必ず勝負。それで痛打を浴びても方針は変えない。監督に何を言われても無視。ピッチャーの投げる球数を減らすことを、勝利より優先しているようだった。

「どうなんだ」尾沢が身を乗り出す。「甲子園、行きたいか」

「行きたいに決まってるじゃないか」

「でも、成南として出られるかどうかは分からない」

「何なんだよ！」里田はとうとう爆発した。「お前、自分のところが予選に出られないからって、俺をからかいに来たのか？　可哀想《かわいそう》な仲間を増やしたいのか？」

「そうだ。成南と鳥屋野は仲間だ」

「はあ？」

「成南と鳥屋野で連合チームを組むんだよ。予選に出る方法はそれしかない」


あいつ、何考えてるんだ？　尾沢が帰った後も気持ちがざわつき、里田は落ち着かなかった。連合チーム……県内でも、部員不足で試合ができないチーム同士が組んで大会に出るのは珍しくない。その数は年々増えており、今は毎年数チームが参加している。高校野球でも、格差は広がる一方なのだ。甲子園常連校には各地から選手が集まってくるので、人数が多過ぎて練習や試合のスケジュールを調整するのも大変な一方、「野球部」の看板を掲げてはいるものの、部員不足で満足にキャッチボールさえできないところもある。

鳥屋野の場合、不運——選手には全然責任がない不祥事で、去年の秋から試合ができなくなっている。あいつ、自分が試合に出たいからこの計画を持ちかけてきたんじゃないか？　だったら冗談じゃない。あいつは、いかにも俺のことを考えているようでいて、実は自分のチームを何とかしたいだけなのだろう。鳥屋野の事情には同情するし、そのことでは尾沢と何度か話したこともあるが、あいつ自身、どうしていいか分からないままだったはずだ。今回、いい機会が来たと思って、俺たちを利用しようとしている……。

そう考えると、本気でむかつく。

確かに尾沢とは、小学生の頃からバッテリーを組んできた。しかしそれは、高校入学のタイミングで解消されて、その後は別々の野球人生を歩んできた……いや、野球人生なんて大袈裟なものじゃないけど、とにかく今は別のチームの選手同士だ。

こんな話、受けられるはずがない。尾沢の提案には、ルール上は何の問題もないはずだが、世間から何を言われるか分かったものではない。去年の秋、ベスト4まで進んだ時には、ネットには称賛の声が溢《あふ》れた。それは確かに気分がよかったが、こういう評判は、ちょっと失敗したら一気にひっくり返ってひどい目に遭うものだろう。俺は気にしないけど、他の選手はそんなにタフじゃない。

尾沢は、そういうこともあまり気にしないような感じがするけど、野球は一人でやるものじゃない。

どうするんだよ。

甲子園には行きたい。甲子園出場は、今後の自分の野球人生を左右する大きなイベントになるだろう。だけどそれは、二年以上苦楽を共にしてきた成南の仲間と一緒でなければ意味がない。

成南の「お隣」の高校の鳥屋野は、去年不祥事に巻きこまれた。それを考えると、腰が引けてしまう。あれは純粋に監督個人の問題だったとは思うが、ろくでもない人間が指揮を執っていたチームには、ろくでもない選手しかいないのではないか？　もしかしたら尾沢も。真っ白な人間が、いつの間にか毒されて黒くなってしまうことだってあるだろう。

あの不祥事の後、鳥屋野がどうなったかは噂《うわさ》でしか聞いてない。尾沢に話を振ってみたこともあるのだが、愚痴をこぼしながらも具体的なことは何も言わなかった。だいたい、あれだけ大量の部員が辞めてしまったのに、どうして尾沢は残ったのだろう……。

どうでもいいや。とにかく、鳥屋野とは絶対に組めない。何かまだ、チームの中に問題があるような気がする。一緒に連合チームを組んで大会に出たとしても、途中で問題が発覚したら目も当てられない。

俺は、面倒なことは嫌いなんだ。野球のことだけ考えていたい。

だけど今、野球のことを考えるのも許されない。尾沢の提案を無視する前に監督に相談したいと思ったが、肝心の監督は今も意識不明で話ができない。

里田はベッドから降り立った。右足に体重がかからないように気をつけながら、傍に立てかけてあった松葉杖を引き寄せる。松葉杖なんか使ったことないけど、大丈夫なんだろうか？　脇の下にぐっと食いこむ感触が煩《わずら》わしい。しかも、一瞬だけ右足に体重がかかってしまい、鋭い痛みが走ってたじろぐ。これ、本当に平気なんだろうな……何とかバランスを保ってトイレに向かったが、今は投げることなど考えられない。自分のピッチングができなければ、マウンドに上がる意味はない。

4

月曜日、昼休みの終わり近くに、尾沢は職員室に足を運んだ。監督の若林の前で立ったまま、里田の見舞いに行ったことを報告する。その時に本題——連合チームを組むよう提案した、と告げた。

若林の表情が微妙に変化する。これは何を考えている顔だろう？　自分に内緒で勝手に話を進めたのでむかついている？　それとも連合チームなんかできっこないと呆《あき》れている？

「高野連にいる知り合いに話を聞きました」

「君は、そんなに顔が広いのか？」

「前の部長が、今県の高野連にいるんですよ」

「あ、そうなんだ」

そんなことも知らないのか、と尾沢は少し情けなくなった。去年の夏からの「鳥屋野ハルマゲドン」――尾沢たちは密《ひそ》かにそう呼んでいた――で様々な変化がチームを襲ったが、監督と部長が交代したのもその一つである。

今年の春まで野球部の部長を務めていた井関《いぜき》は、野球に関しては素人《しろうと》である。急に監督が辞任した後、若林が監督を押しつけられ、井関は部長に留任。そして今年の春、異動で学校を去った。鳥屋野高に十年もいたからおかしくないという話だったが、何だか一連の不祥事の責任を最後に取らされた感じがしないでもない。井関は不祥事に関与してはいなかったのだが、知らなかったわけではないのだから……見て見ぬ振りをしていたのは、問題を起こした監督本人と同罪と言ってもいい、と厳しく批判する人さえいた。

井関は三条《さんじょう》の県立高校に転勤し、さらに県高野連の理事に就任した。本人は野球経験もないのに……その話を聞いた時、尾沢は完全に白けてしまった。まあ、井関はあの不祥事には特に関係ない、と判断されたということだろう。

不祥事から続いた一連の出来事で、大人はもう絶対に信用しないと尾沢は誓った。こっちはただ野球をやりたいだけなのに、周りがうるさ過ぎる。そして、文句を言うだけで動いてくれない人がどれほど多いか。

考えているうちにまたむかついてきたが、尾沢はすぐに怒りを押し潰した。夏からの騒動で、いつの間にかそんな風に我慢する力が身についていた。今試合をやったら、どんなに追いこまれた状況でもかっかしないで、冷静にピッチャーをリードできるはず……。

「とにかく、井関さんに確認しました。細かい手順も教えてもらいました。そんなに面倒なことではないんです」

「だけど、違う高校同士がチームを組んで予選に出るなんて、大変じゃないか」

「去年の夏の予選で、連合チームは四チームも出たんですよ」この人は何も知らないんだろうな、と思いながら尾沢は説明した。

「四チーム？　ということは、八校が単独で出られなかったわけ？」

「十二校です」尾沢はさらりと訂正した。「四校で連合を組んだチームもあります。部員が一人しかいない高校もありますから」

「それじゃ、部活にならないな」若林の顔に、心配そうな表情が過《よ》ぎる。

「だから、普段から一緒に練習したりしてるみたいです。こうなるともう、普通のチームですよね」

「なるほどね……でも、今回はどうなんだ？」若林が探るように訊ねる。「相手の弱みにつけこむみたいな感じ、しないか？」

「何言ってるんですか」尾沢は大袈裟に目を見開いた。「こっちはむしろ、人助けのつもりなんですよ」

「いやいや……だけど成南だって、そんなに簡単に納得しないいんじゃないかな」

「説得します。向こうだって、今年は甲子園に行くチャンスだったんだ。そこにうちの経験が加われば……連合チームで甲子園出場なんて、前代未聞ですよ？　上手くいったら、監督も一躍ヒーロー、時の人です」

尾沢は人差し指をピンと立てて見せた。しかし若林は、依然として納得していない様子だった。

「それで……僕は何をすればいいんだ？」

「あ、それは大丈夫っす」尾沢は軽く笑った。「連合チームを組むのに、特に難しい決まりや制限はないんですよ。人数が足りないチーム同士が『やろう』と決めて高野連に届け出れば、それで決まりなんです」

「そうなのか……向こうの監督さんはどう言ってる？」

「まだ意識が戻らないんです」

「まずいじゃないか」若林が目を細める。

「薬で眠っていて、しばらく話はできないそうです。でも、俺が話を進めておきますから。成南の選手が納得すれば、この話は成立です」

「だけど、成南の監督さんの意向を無視して勝手にやるわけにはいかないだろう」

「選手ファーストじゃないんですか？」言ってしまってから、我ながらダサい台詞だと思う。最近は「ファースト」をつけておけば、何でもOKになるような風潮がある。

「そりゃそうだけど……そんなことして、大丈夫なのかね」若林が首を捻る。

「とにかく、まず交渉させて下さい。向こうが納得すれば、絶対に大丈夫ですよ。それに監督も、甲子園、行きたくないですか？」

「いや、僕は……そういうのは考えたこともないな」

「連合チームでも、甲子園に出場したら、鳥屋野の悪い評判は一気にひっくり返りますよ。そのチームを率いた監督の評価がどうなるかは……最高っすよね」

若林はまだ納得していない様子だったが、尾沢は結局、「交渉を進める」ことは納得させた。ちょろいもんだよな——笑いを嚙《か》み殺しながら、尾沢は職員室を後にした。高校野球は監督で決まる、なんて言う人もいるけど、そんなことはない。監督や部長、周りの大人に振り回されている選手なんて、自分の頭で考えることもなく、成長しないんだ。そういう選手は一生、誰かに頭を下げ続けて終わる。

俺はそうはならない。もう、大人に振り回されるのはたくさんだ。今度は大人を利用してやる。


練習が終わって部室に集まった時、尾沢は選手たちに計画を告げた。

「成南と組む？　マジっすか」お調子者の三宅が目を見開く。

「まだ決まってねえよ」尾沢は苦笑した。三宅には何かと先走る悪い癖がある。

「成南って、結局何人残ったんですか」加茂が遠慮がちに訊ねる。

「残ったって……死んだわけじゃないぞ」

「すみません！」加茂がさっと頭を下げる。

「いや、いいけどさ……軽傷が七人、重傷が五人だ。重傷の五人は全員が骨折してるから、夏の予選には間に合わないと思う。野球で怪我するのと、交通事故で怪我するのは、全然違うみたいだから」

「向こうはどうなんですか？　受けるんですか？」三宅がまた勢いこんで訊ねる。

「まだ分からないな。里田と話したんだけど、拒否された」

「話す相手は、里田さんでいいんですか？　里田さんはキャプテンじゃないでしょう」と三宅。

「キャプテンの石川は重傷で、まだ話ができる状態じゃないんだよ。それに里田のことは昔から知ってる。中学まで一緒だったから」

「俺も、成南には知り合いがいますよ」三宅の声は弾んでいた。

「そうなのか？」

「中学の同級生で、本間《ほんま》っていうんですけど」

「二年生だな」外野を守り、打線では一番に座る斬りこみ隊長だ。今回の事故では軽傷で済んでいる。

「話、しましょうか？　ダチですから、いつでも話せますよ」

「いや、あまりあちこちから刺激しない方がいい。成南は里田のチームだから。里田がＯＫすれば、全員がＯＫするよ」

「じゃあ、この件はトモさんにお任せでいいんですか？」

「ああ。だからこれから、練習に出られない時があるかもしれないけど……お前たちだけでも、練習はちゃんとやってくれよ。連合チームを組んでも、試合に出られなくちゃどうしようもないだろう。成南の選手を実力で負かすぐらいじゃないと……とにかく、そういうことだ。今日は解散」

　シャワーを浴びて着替え、自転車置き場に向かう。後から中学の後輩でもある加茂がやってきて合流した。加茂も自転車通学なのだ。ただし家まで五分もかからない尾沢と違って、加茂は江《こう》南《なん》区から通っている。昔は近くに住んでいたのだが、高校入学のタイミングで新築の家に引っ越していたのだ。片道九キロぐらいあるから、通学自体がトレーニングになる。本人は「疲れる」

と不満そうだが。

「トモさん、ちょっといいですか？」

「何だ」

「あの……」加茂が言い淀《よど》む。普段から遠慮がちで、ピッチャーとしてはこれが問題だと尾沢は思っている。ピッチャーは、いい意味で図々しく、堂々としていなければならない。マウンドを――試合を支配するためには、引っこみ思案ではやっていけないのだ。

「何だよ、はっきり言えよ」尾沢は迫った。

「トモさん、マジで連合チームで甲子園を狙ってるんですよね」

「お前はどうだよ」尾沢は逆に訊ねた。「成南と一緒だったら、行けると思わないか？」

「それはそうかもしれませんけど……」

「自分は投げられないと思ってるのか？」

「だって、里田さんがいるんですよ」

加茂の不安は理解できる。現在、里田が県内ナンバーワンピッチャーなのは間違いない。身長百八十五センチの、右の本格派。綺麗《きれい》なオーバーハンドから投げ下ろす速球は常時百四十五キロを超え、春の大会の一回戦では、マックス百五十キロを記録した。変化球はスライダーとチェンジアップが中心で、それに申し訳程度のカーブがあるぐらいだが、今の新潟県では頭一つ抜けた存在である。

しかし里田一人ではどうしようもない。今は「一週間で五百球まで」という球数制限があるから、エース一人が一回戦から決勝まで投げ抜いて甲子園出場を勝ち取るのは、実質的に不可能だ。成南の問題点もまさにそれで、里田に続く二番手ピッチャーが弱い。今は最低二人、できれば三人、完投できる力を持ったピッチャーがいないと甲子園は狙えない。

「里田一人で投げ抜くわけにはいかないんだよ。お前の出番も絶対ある」

「それも不安なんですけど」

おいおい、どこまでマイナス思考なんだよ、と尾沢は呆れた。最初は、「里田がいる限り自分の出番はない」と不満に思ってるのかと想像していた。しかし実際には、実戦で投げることを不安視しているのか……それも分からないではない。加茂は去年の夏の県予選で二試合に投げて、既に実戦デビューしていた。練習試合では完投したこともある。しかし夏の大会以降、試合では一度も投げていない。不安を感じるのも当然だ。

「二ヶ月あるよ。その間に、連合チームでちゃんと練習と試合をして、経験を積めば何とかなる」

「……なりますかね」

「だから、そのマイナス思考をやめろって」尾沢はつい強く言った。「俺が一番だ、ぐらいの気持ちにならないと、上手くならないぜ」

「うーん……」

「間近で里田を見て、一緒に練習しろよ。右と左の違いはあるけど、絶対参考になるから」

里田は絶対的なボールの威力で、加茂はキレで勝負するタイプだ。しかし違うタイプの選手を間近で見れば、必ず学ぶことがある。だから、部員が多いチームは強くなるわけだ。自然に切磋《せっさ》琢磨《たくま》していくことになるのだから。

「お前、甲子園、行きたくないか」

「何か……今は想像もできないっす」

「去年、あと一歩まで行ったじゃないか。決勝で負けて、悔しくなかったか？」

加茂は一年生で唯一ベンチ入りしたメンバーだった。決勝では投げる機会はなかったが、間近で先輩たちが敗れ、号泣《ごうきゅう》する姿を見て、何も感じなかったはずがない。二年連続決勝で敗退――それを味わった上級生の屈辱感は、怨念《おんねん》のようになって彼にも伝わったはずだ。それを怖いと感じるか、「仇討《かたきう》ち」のような感覚を抱くかは、本人の気持ち次第だ。

「そもそも、連合チームを組まないと試合もできないんだぞ」

若林が頼りにならないので、尾沢は密かに連合チームを組める相手がいないかとずっと探していた。候補はいくらでもいたが、鳥屋野にとっては条件が悪かった。

近くに、組めそうな相手がいない。

連合チームでは、練習が常に問題になる。近くにある高校同士ならあまり問題はないのだが、離れていると、毎日一緒に練習するのは不可能なのだ。せいぜい、時間がある土日に集まるぐらい……組めそうな相手は中越地区の長岡に一校、下越の村上《むらかみ》に一校あるが、新潟との行き来に一時間はかかる。連合チームを組む現実味はない。

しかし成南なら、歩いて十分ほどだ。練習には、鳥屋野のグラウンドを使う方がいいだろう。甲子園出場経験があり、ここ十年ほどは「公立の雄」として力をつけてきたせいもあって、練習施設は充実している。OB会がしっかりしているから毎年多額の寄付も集まり、公立校にしては予算が潤沢なのだ。屋内練習場まであるから、雨も心配しなくていい。

「まあ、今からあまり心配するなよ。話はこれからなんだから」

「できるでしょう」加茂があっさり言った。

「何でそう思う？」

「トモさん、有言実行だから。今まで、やろうとしたことは必ず実現させてきたじゃないですか」

「そんなこともない」それだったら、今、チームはこんな状態になっていない。他の部員を引き留めて、単独チームとして甲子園出場を目指していたはずだ。

チームが崩壊してしまったのは、去年の予選後に新キャプテンになった自分の責任でもある。後輩たちには、嫌な思いばかりさせた。嫌というか、中途半端な思いを。少人数で練習もままならず、試合もできないのに、ここまでよく一緒にやってきてくれたと思う。

「なあ」

「はい?」

「お前、どうして辞めなかった?」尾沢はつい、加茂に問いかけた。

「いや、だって……」加茂が言い淀む。「また試合はできると思ってたんですよ。辞めた連中も帰ってくるって」

「誰も帰ってこなかったな」自分で言って、寂しくなってしまう。

「逆にトモさんは、何で辞めなかったんですか」

「俺?」尾沢は思わず自分の鼻を指さした。「責任、みたいなものかな」

いや、加茂と同じだったかもしれない。辞めた仲間がいつか帰ってきて、一緒に試合ができるのではないか……しかしその夢は叶わぬまま、自分も部活からの引退を考えねばならない時期を迎えようとしている。

部を辞めた仲間のうち、同期の連中には「戻ってこいよ」とすぐに声をかけた。しかし辞めた経緯から、彼らは逆に尾沢に対して「お前も意地張ってないで辞めろ」と言ってくる始末だった。

最大の問題だった監督はいなくなったのだから、戻ってもいいだろうと言っても、「もう気持ちが折れたから」という答えが返ってくるばかり。それは分からないでもないが……。

　小学校からずっと野球をやってきて、選んだ高校は公立の強豪。しかし、そこで「名監督」と持ち上げられていた男は、とんだクソ野郎だった。世間の非難も浴びた。それで嫌気がさして、野球をやる気が失《う》せてしまってもおかしくない。影響を受けたのは、甲子園への近道として鳥屋野高を目指していた中学生も同じだ。トラブルも嫌だろうし、指導してくれる監督がいなくなってしまったのだから、鳥屋野に行っても甲子園へ行ける可能性は低い……。

　結局、尾沢はかつての仲間たちとは完全に断絶した。今は、教室で顔を合わせても話もしない。辞めた仲間たちの目に、常に自分を哀れむような色があることには気づいていたが……それならそれで、こちらにも意地がある。意地だけで、実際には何もできないまま、三年生の五月になってしまったのだが。

「やり足りないんだよ、俺は」尾沢は正直に言った。

「でも、大学や実業団……BCリーグとかでも、続けられるじゃないですか」

「高校には高校の野球があるだろう？　それは、上のレベルじゃ絶対に味わえない……まあ、そんなことはどうでもいいんだけど、俺はとにかく甲子園に行きたい。そのためには成南と組むのが一番なんだ」

「またネットで叩《たた》かれますよ」加茂は本気で不安そうだった。去年の監督辞任騒動で、散々ネットで話題になった時の嫌な気分を思い出したのだろう。

「自分ではコントロールできないことを気にしてもしょうがないさ。それよりお前、ちゃんとした試合、やりたくないか？」

「それは……俺だって……」

「やりたいだろう?」尾沢は意気ごんで言った。「とにかく俺に任せろ。絶対に連合チームは組む。それで甲子園に行く」

加茂の顔から疑わしげな表情が消えることはなかった。

5

「歩けるの?」

「歩けるさ」

むっとして言ってはみたものの、自信はない。里田は事故から三日後、火曜日に退院して自宅へ戻って来たのだが、松葉杖は使わなかった。多少足を引きずることにはなったが、松葉杖の助けなんか借りるもんか、と意地を張る。

幼なじみ——というかガールフレンドの丸山里美《まるやまさとみ》は、不安そうな表情を隠そうともしなかった。「里美ちゃんを心配させたら駄目よ」と母親が釘《くぎ》を刺したが、こっちは別に、心配させようとしているわけじゃない。正直に言っているだけだ。

里田はゆっくり立ち上がり、ソファの回りを慎重に歩いてみた。右足首にはまだ痛みが残っているが、体重をかけないように気をつければ歩ける。しかしどうしても右足を引きずってしまうのだった。

「滅茶苦茶痛そうなんだけど」里美が心配そうに言った。

「あのさ、三日前に交通事故に遭ったばかりなんだぜ? いきなり全開でダッシュできるわけないよ」

「とにかく、無理したら駄目よ」

里美は本気で心配している。昔からそうだ。体が小さく、運動神経も鈍く、心配なのはこっちの方……と思っているのに、常に心配しているのは彼女だ。これまで里田は大きな怪我は一度も経験していないが、里美は里田がちょっと膝を擦りむいたり捻挫したりするだけで、この世の終わりが来たように騒ぐ。大袈裟だけど、まあ、こういうのは悪くないっていうか、女の子に心配されるのは嫌な気分じゃない。

ソファの周りを二周して腰を下ろすと、額に汗が滲《にじ》んでいた。こういう痛みに馴染みがないから仕方ないけど、とにかく鬱陶《うっとう》しくてしょうがない。いつになったら練習を再開できるのだろう。

インターフォンが鳴り、母親が応答した。少し離れているのだが、ドアの外にいるのが尾沢だということはすぐに分かる。

「あら、尾沢くん……お見舞い？　何回も悪いわね」

母親がインターフォンを切って、玄関に向かう。居留守を使ってくれよ、と言いそうになったが、もう手遅れだ。

「何回もって、トモさん、そんなにお見舞いに来たの？」そうでなくても大きな目を、里美がさらに大きく見開く。

「病院へも来やがった」

「来やがった？　喧嘩《けんか》でもした？」

「いや、別にしてないけどさ」

用事は分かっている。まったく、しつこい奴だ。ただ、これは自分にも責任がある。今考えてみると、キッパリ断ればよかった……「絶対に駄目だ」ときつく言っておけば、あいつも諦めたかもしれない。もっとも、尾沢がそんなに簡単に諦めるわけがないが。リードするときは早い勝負を好むが、バッターとしては、追いこまれれば追いこまれるほど粘り始める。一度、最終回に1点差で負けていてツーアウト二塁の場面で、その粘りを見たことがある。ツーストライクになってから、尾沢は連続七球、ファウルを続けたのだ。結局三振に倒れたが。

「あれ、お揃いで」

軽い調子で言いながら、尾沢がリビングルームに入って来た。

「トモさん、練習は？」里美が訊ねる。

「うちはいいんだよ。どうせ五人しかいないんだし」

「練習しないんだったら、選手の勧誘でもしてろよ」里田はぼそりと言った。

「今更？ それに、勧誘しても逃げられる。そういうのは、四月に散々経験した」尾沢が肩をすくめる。声は暗かった。

「尾沢君、何か飲む？」母親が声をかけてきた。

尾沢は如才なく、馬鹿でかいスポーツバッグからペットボトルのスポーツドリンクを取り出した。

「飲みかけがあるんで、これでいいです」

「そう？」

「はい」

言って、里田の向かいのソファに座りながら、今度はコーラのペットボトルを取り出す。病院へ持ってきたのはゼロコーラだったが、今度のはノーマルだ。里田は受け取らなかった。尾沢はしばらく里田の顔を凝視していたが、やがて何か諦めたように、テーブルにペットボトルを置いた。

「なに、この嫌な雰囲気」里美がうんざりしたように言って、二人の顔を順番に見た。「本当に喧嘩してない？」

「してない」

二人が同時に言ったので、里美が吹き出す。そういう仕草は可愛いのだが、何も尾沢に見せなくてもいいじゃないか。

「ええ、本日は話の続きでありまして」冗談めかして言いながら、尾沢がタブレット端末を取り出した。

「私、外そうか？」里美が気を遣って言った。

「いやいや……もしかしたら俺が邪魔だった？」尾沢が反省したような口調で言った。「里田里美さんになるのを邪魔したとか？」

「邪魔だよ」里田はうんざりして、正直に告げた。小学生の頃から、「結婚したら里田里美」と散々からかわれてきたのだ。

「恋人同士の語らいを邪魔して申し訳ないけど、大事な話なんだ」

「別に、恋人同士じゃ……」里美の耳が赤くなる。

「さて、ここで里美に質問」尾沢が人差し指を立てる。

「何？」里美がソファの上で座り直した。

「成南のブラバン、どうするんだ？」

「どうするって……」里美が困惑の表情を浮かべる。

「トモ、今そんな話しなくたっていいだろう」里田は割って入った。

「いやいや、大事な話だよ」尾沢は気にする気配も見せなかった。「全国大会出場経験もある新潟成南高校ブラスバンド部は、今年の県予選の応援をやるんですか？　はい、イエスかノーか」

「そんなこと言われても、答えられないわよ」

「部長なのに？」

「部長っていうか、指揮者ね」里美がさらりと訂正した。

「はいはい。指揮者ね。どっちにしてもリーダーだろ？　去年の秋から、今年に向けて応援練習をやってたそうですねえ。それを披露する機会がないのは、残念じゃない？」

「いい加減にしろよ、トモ」里田は思わず口を出した。「里美は関係ないだろ」

「関係ないってことは……ないわよ」里美が軽く反論する。

実際、ブラスバンド部が初めて野球部の応援をする、というのは校内では大きなニュースになっていた。今まで野球部にはちゃんとした応援が入ることもなく――これまでの成績を考えれば当然だ――せいぜい野球好きな生徒が勝手に声援を送りに来るぐらいだった。しかしそれが、去年秋のベスト4で一気に変わった。「甲子園も狙える」「応援でも強豪校に対抗を」という雰囲気が盛り上がり、ブラスバンド部が腰を上げたのだ。エースと指揮者がつき合っているというのも、散々噂されて……それは余計な話だが。

「それで、と」尾沢がタブレット端末に視線を落とす。「お前、海浜の清水をどう攻める？」

「何だよ、いきなり」里田は身構えた。予想していた話とは違う。

「いや、だから、県内ナンバーワンのスラッガーをどうやって抑えこむ？」

「そんなの、知るかよ」この前の試合で打たれた嫌な記憶が蘇る。

「研究してないのか？」

「そんな暇、なかった」

「スコアラーを送りこむような余裕はなしか」

「あるわけないだろ。うちは十二人しかいないんだぜ」

「今は、七人な」

「いい加減にしろって」今日の尾沢は、いつにも増してくどい。それに、嫌がらせしているのではないかと思えるぐらい、言い方に刺《とげ》があった。

「清水は置いておいて、新発田《しばた》工業の浅岡《あさおか》だったらどう料理する？」

いったい何なんだ……新発田工業とは、去年の秋の三回戦で対戦した。里田は1失点で完投勝ちしたのだが、浅岡にはソロホームランを含む三安打を浴びている。相性の悪い相手だった。

「浅岡は……まあ……外角だな」

「浅岡みたいな左バッターの外角をどう攻めるよ。お前、左バッターの外へ逃げるボールがないだろう」

「落ちる球でいけるさ」里田の決め球の一つがチェンジアップだ。握り方で、スピードを殺して垂直に大きく落ちるボールと、スピードはそれほど落ちずにわずかに沈むボールを投げ分けられる。

「左バッターには、お前のチェンジアップは見えてるよ。被打率を見れば明らかだ。右バッターに対しては一割八分。でも左バッターには二割五分打たれてる——去年の秋からの、練習試合も含めた数字だけどな。左をどう抑えるかが、一番の課題じゃないか」

「お前……何でそんなこと知ってるんだ？」気味が悪くなってきた。まるで尾沢自身がスコアラーのようなものではないか。

「浅岡は、外角低目に弱点がある」尾沢が断言した。「逆に、真ん中から内角はとにかく強い。実際、明らかにボール球で、俺だったら尻餅《しりもち》をつきそうなストレートを強引に引っ張って、ライト線の二塁打にしたことがあった」

「そんなボールを打つなんて、そもそも邪道だよ」里田は吐き捨てた。

「いや、あいつは『打てるボールはストライク』という感覚だから」

「イチローじゃないんだからさ」

似ても似つかない、という感じだ。浅岡はずんぐりした体型で、パワーがあるのは間違いないのだが、器用な感じはない。のけぞるようなボールをツーベースにしたというなら、単なる悪球打ちかまぐれだ。

「体が柔らかいらしいよ」

「はあ？」

「開脚が百八十度どころか、二百度ぐらいいくらしい」

「相撲《すもう》取りじゃねえかよ」

「そこまででかくないけど、とにかく体が柔らかくて、動体視力もいいのは間違いない。ただ、いくら反応がよくても、腕の長さはカバーできないだろう？　外角低目に逃げるボールがあれば、確実に抑えられる。内角を意識させるようなピッチングは必要ないんだ。無駄なボールを投げなくて済む」

「だから何なんだよ。俺、シンカーとか投げられないぞ」

「まだ二ヶ月ある。二ヶ月あれば、新しい球種は覚えられる」

「だから、予選は――」

「出ないのか?」尾沢が身を乗り出した。

里田は無言を貫いた。余計なことを言えば揚げ足を取られる。尾沢はとにかく理屈っぽいから、言い合いになったら絶対に負けるだろう。何も言わないのが正解だ。

「里美、何か言ってやれよ。恋人としてさ」

「まだ早いわよ。事故から三日しか経ってないんだから」里美が慌てた様子で言った。「怪我だって治ってないんだから、試合のことを言われても困るでしょう」

「でも、県予選は待ってくれない」

「だからそれは、お前の勝手な言い分だろう?」里田は思わず責めた。「少しぐらい休ませろよ」

「休みなんか必要ないだろう。時間がないんだぞ」

「いい加減にしてくれ」里田はゆっくり首を横に振った。

「そうか。じゃあ、土産《みやげ》だけ置いて帰る」

「土産?」

「これ」

尾沢がバッグの中から、分厚いバインダーを取り出した。

「紙なんて流行《はや》らないけど、こっちの方が読みやすいかなと思ってさ」どうせ里田が受け取らないだろうと思ったのか、尾沢はバインダーをテーブルに置いた。

「何だよ」

「見れば分かる。じゃあな。いつまでもお邪魔したら悪いし」

「だからトモさん、そんなんじゃないって」里美が反論する。

「まあまあ……」尾沢がにやりと笑った。それから急に真顔になり、「うちが出たら、友情応援とかやってくれるかな」

「何、それ」

「鳥屋野にはブラバン部がないからさ。応援団はがっちりしてるけど、応援曲なしは寂しいんだ」

「県大会で友情応援なんかあるの？　そういうのって、甲子園の話じゃないの？」

「応援があれば頑張れる。いつも、他校のブラバンの応援が羨《うらや》ましかったんだ」

「でもトモさん、出るの？　部員、集まったの？」

「出られるだけの人数は集まるさ。なあ、フミ？」

「マジでいい加減にしろって」

里田はつぶやくしかなかった。尾沢は、母親に向かって妙に爽《さわ》やかに挨拶して、リビングルームを出ていく。

「何、これ」里美がバインダーを手に取った。

「知らないよ」

「見ていい？」

「別にいいけど」

里田は、尾沢が持ってきたコーラに手を伸ばした。体を動かさないでこんなものばかり飲んでいたら、太ってしまいそうだが……これって、もしかしたら尾沢の嫌がらせか？

しかし、コーラの甘さは最高なんだよな。苛々していたのが、一口飲んだ途端に落ち着いた。そうなると、尾沢が持ってきたバインダーの中身が気になる。

「何だった?」里美に訊ねる。

「うーん……数字」

「数字?」

「自分で見てみたら?」

里美がバインダーを差し出す。里田はコーラをテーブルに置いて、代わりにバインダーを受け取った。開いてみると、すぐに何だか分かった。

県内の有力高校の、主軸打者の分析シートだ。完全ではないが、去年の秋の大会以降の打撃成績がまとめてある。それを集めるだけでも大変なはずだったが、実際に試合を観た人間にしか分からないバッティングの癖や弱点まで書きこんである。おいおい、これ、あいつが自分で実際に観察した結果なのか?

パラパラと紙をめくっていくと、一枚のメモが床に落ちた。拾い上げると、尾沢のカクカクした特徴的な字が見える。


試合ができなくて暇だったから、去年の秋から他のチームの試合ばかり観てた。数字は完全じゃないけど、大まかな傾向は分かる。

マジか……里田は啞然《あぜん》として、もう一度一ページ目からめくっていった。打撃成績、コースによるヒット確率、苦手な球種。試合数がそれほど多くないから、絶対的にデータの数は足りないはずだが、それでもよくぞこれだけ集めたものだ。元々尾沢は異常な凝り性で、データ大好き人間でもあるのだが、いくら自分のチームが試合ができないにしても、週末に梯子《はしご》して他チームの試合を観るのはやり過ぎではないだろうか。

というより、虚しくなかっただろうか。

試合に生かせるかどうかも分からないのにこんなことをしていたら、単なる趣味だ。まさか、最初から成南と連合チームを組むことを想定していたわけじゃないだろうけど……事故が起きるかどうかなんて、誰にも分かる訳がない。

お前のメッセージは受け取ったよ。でも、実際にやるかどうかは別問題だからな。

「連合チームか」里美がぽつりと言った。「連合チームって、弱いイメージよね」

「まともに合同練習もできないんだから、そうなるさ」週に一回しか練習できなければ、連携プレーもままならない。「一回戦を勝ったら大騒ぎじゃないかな。逆に、負けた方はダメージが大きい。何で連合チームなんかに負けるのかって馬鹿にされる」

「もしも連合チームが甲子園に行ったら、大事件?」

「高校野球史上に残るな」

実際はどうなるだろう……正直言って、想像もできない。世間に叩かれるのではないかと考えると怖かった。不祥事を起こして実質的に活動停止しているとはいえ、鳥屋野は去年まで二年連続決勝に進んだ公立の強豪である。そして成南は「成南トゥエルブ」として注目を浴びた。不祥事、そして事故と、自分たちではどうしようもないことで部員を失った実力校同士が組んで連合チームを作ったら、世間はどう見るだろう。

俺だったら叩くな、と里田は思った。こういうのは、ルールの自分勝手な解釈ってやつじゃないか？　いや、別に解釈はしてなくて、ルールに則《のっと》ってやろうとしているだけなのだが。でも「ずるい」と言われる可能性はある。怪我でプレーできなくなった仲間たちにも申し訳ない。あいつらとはまだ話ができていないが、尾沢のアイディアを話したらどんな反応を示すだろう。拒絶されそうな気がする。

「やらないの？」里美がさらりと訊ねる。

「やらない」里田は断言した。

成南は成南で、一つのチームなのだから。

「何で？」

「何でって……」説明はできる。できるけど、話したくない。何だかぐずぐず言い訳してしまいそうだった。

「出ればいいのに」

「無理だよ」

「何で」里美が露骨に不満そうな声で訊ねた。

「とにかく無理」

里田は立ち上がった。右足首に鈍い痛みが走るが、我慢できないほどではない。すぐに治るさ……治るけど、試合ができるかどうかは分からない。

試合はやりたい。だけどそれは、あくまで成南というチームとしてだ。野球漫画だったら、彼女が泣いて頼みこめば、主人公がぐっと心を動かされて連合チームの結成を決断するところだろう。

駄目だ。俺はチームメートを裏切れない。それに猪狩監督の指揮で一つになったチームなのだから。

でも甲子園は夢だ。

里田は一つ深呼吸して、まだ座っている里美の頭をぽん、と叩いた。

「何、それ」里美が怪訝《けげん》そうな表情で里田を見上げる。

「おまじない、みたいなものかな。お前の頭を触ると落ち着くんだよな」

「勝手に触らないでよ」里美が嫌そうな表情を浮かべて髪を撫《な》でた。髪型が乱れたのか……高校に入ってからショートカットにして、特に前髪も作っていないのだが。

「いいじゃん、別に」

「一回百円」

「破産するよ」

「どこ行くの？」

「昼寝」

それで会話を打ち切り、階段で二階へ向かう。できるだけ慎重に、一歩一歩を踏み締めて……歩けない感じではないが、走る、投げるとなるとまた別だろう。医者は「一週間ぐらいは無理に動かさないで様子を見て、最初はウォーキングから始めた方がいい」とアドバイスしてくれていた。それで少しでも痛みが出るようなら、リハビリメニューを再検討。

歩けないけど、上半身のウェイトトレーニングはできる。今日もどうせやることはないんだから、これから学校へ行って、部室でバーベルでも上げようか。だけど、学校へ行くのが面倒くさい。自転車で十分ぐらいしかかからないのだが、歩くのに難儀するようで、自転車になんか乗れるのか？

ベッドに寝転がり、両手を後頭部にあてがう。

何だか全部が気に食わない。もやもやした気分が膨らむばかりだった。誰かに指示して欲しい……指示してくれたのは尾沢一人。その指示が気に食わないのだから、どうしようもない。

上手くいかなかったな、と尾沢は後悔した。

6

里田に渡したデータは、ほとんど趣味で集めたものである。ニュースで打撃成績を調べ、さらに有力校の試合を直接観て主力打者の弱点を探った。しかしデータは何の役にも立たないので、虚しくなるばかりだった。

里田に渡せばピンとくるのではないかと思った。あいつは、県内の強豪打者と戦わなければならない。そのためのベースになるのがあのデータだ。あれが頭に入っていれば、ゼロベースで対戦するよりも絶対有利になる。いわば俺の秘蔵のデータを渡したのだから、すぐに気づいて感動してくれると思ったのだが……木曜日になっても反応がない。こっちからまた連絡を取るのも嫌で、ただじりじりするだけだった。走り出してはみたものの、明らかに準備不足だったよな。でもこれは、試合と同じではないか。始まってからも状況は逐一《ちくいち》変わるのだから、それに対応していかないと。

放課後、部室へ向かう途中で、尾沢は声をかけられた。

「尾沢君」

「はい」思わず直立不動の姿勢になってしまう。

何と、校長の早田三津子《はやたみつこ》だ。校長と話をする機会などまずないから、さすがに緊張してしまう。この校長は今年の春赴任してきたばかりだ。ずいぶん教員の異動が多かったのは、「野球部の不祥事のせい」という噂があるのを尾沢も知っている。あれは、他の先生たちには何の関係もないのだが。早田校長も、別に後始末のために鳥屋野高に来たわけではないはずだ。

「成南の事故、大変だったわね」

「いえ……はい」いきなり何だ？

「向こうに、連合チームを組みたいって提案したんですって？」

「声はかけました」どうして知ってる？　若林だな、とピンときた。一応、監督を無視するわけにはいかないと思って報告したのが、校長の耳に入ったのだろう。というより、若林が自分一人で抱えこむわけにはいかずに、急いで校長に相談したのかもしれない。あの人ならいかにもやりそうだな、と苦笑する。まったく頼りにならない……まあ、邪魔しなければそれでいいや。

「向こうは何て言ってるの？」

「正式な話……じゃないんです。監督ともまだ話せていないので」

「監督さん、大変みたいね」

「意識は戻ったようですけど、かなり重傷みたいです」

「それであなたは、誰と話してるの？」

「里田——向こうのエースです」

「ああ、里田君ね」

校長が知っているのが不思議だった。この人、野球に興味があるのだろうか？　それなら、今や新潟を代表するエースになった里田を知っていても不思議ではないが。

「彼は何て言ってるの？」

「全然乗ってきません」尾沢は正直に打ち明けた。校長がどういうつもりで聞いているかは分からないが、嘘《うそ》をついてもしょうがないだろう。

「たぶん、いろいろ言う人がいるわよ」

「……でしょうね」それは尾沢も懸念していることだった。「でも、ルールの中での話です。何も悪いことはしません」

「そうね」校長がうなずく。「イチャモンをつけられても平然としていられる覚悟はある？」

「まだつけられてませんから、何とも言えません」

校長が笑ったがそれも一瞬で、すぐに真顔に戻る。

「私が、成南の先生と話してもいいけど」

「校長先生が交渉してくれるんですか？」

もしそうなら、話は一気に進むかもしれない。成南にも、甲子園出場のチャンスだと意気ごんでいる先生はいるだろう。単独チームではないにしても……でも、それは筋が違う。

「ありがたいですけど、自分たちで何とかしようと思います」

「そう？　困った時は大人の力を借りてもいいのよ」

「俺たちは困ってません。困ってるのは成南です」

「でも、あなたたちも……」

「あの不祥事を防げなかったのは俺たちの責任でもあります。だから、今回のことも自分たちでやります」

「あなたが想像しているより大変だと思うわよ」校長が深刻な表情で言った。「私もよくは知らないけど、ＯＢ会がいろいろ言い出すかもしれないし。あそこ、うるさい人が集まってるんでしょう？」

「それは分かってます」尾沢はうなずいた。

ＯＢ会は強力な後ろ盾であると同時に、頭が痛い存在でもある。たっぷり寄付してくれるおかげで、野球部は潤沢な予算で活動を続けてこられた。ＯＢ会の偉い人と会うのは年一回……夏の予選が終わり、三年生が引退する時だ。「お疲れさん会」という感じで、市内のホテルに集まって大宴会が開かれる。去年、一昨年と出てみて尾沢も驚いた。ホテルの広い宴会場が一杯になるほどの、大変な賑《にぎ》わいだったのだ。出席しているＯＢにも、県内の政財界の重鎮が揃い、「ここに爆弾が落ちたら新潟は全滅だな」と笑う人さえいた。一昨年は久しぶりの決勝進出だったので、「よくやった」「来年こそは」と例年にない盛り上がりだったそうだが、去年は微妙な空気が流れていた。二年連続で同じ相手に負けて甲子園を逃すとは何事だ——そういうのは、ＯＢに言われたくない。悔しさは、試合をしていた自分たちが一番よく分かっている。

その後の不祥事で、ＯＢ会の臨時総会が何度か開かれたという。結局「今後も変わらず現役を支援していく」という方針が、野球部には正式に伝えられた。ただし部員が大量に退部してしまったし、練習の手伝いに来る若手ＯＢもめっきり減った……ＯＢ会だって、今回の不祥事に関しては、どう対応していいか分からなかったのだろう。

ここで連合チームを組んで出るとなったら、何を言い出すか分からない。「ふざけるな」というのがデフォルトの反応のような気がする。

「できたら、誰かうるさく言う人が出てきた時に、何とかブロックしてもらえるとありがたいです」

「図々しいわね、君も」校長が苦笑した。

「すみません」慌てて頭を下げる。「でも、そういう時は、大人に助けてもらいたいです」

「まあ……そうね。面倒臭いことは私たちが引き受けるわ。でも本当に、成南の子たちを説得できるの？」

「何とかします」

「自信、あるの？」

「分かりませんけど、何とかしないと、夏が終わっちゃいますから」

「そうね。じゃあ、頑張って。今のところ私は、頑張ってと言うことぐらいしかできないけど」

「校長先生は、連合チームには賛成なんですか？」

「前の学校で、野球部が連合チームを組んで予選に出たのよ」

「どこですか？」

「十日町《とおかまち》実業」

尾沢はうなずいた。去年、魚沼《うおぬま》地方の高校が何校かで連合チームを組んで予選に出場していた。対戦はしなかったが、新聞記事で読んだ記憶がある。十日町市と南魚沼市は隣接しているのだが、学校同士は結構距離があって行き来が大変だったらしい。週に一回の練習もままならない中、頑張って出場に漕ぎ着けた——あの記事を読んだ時は、自分たちが同じような目に遭うとはまったく考えていなかった。

「いろいろ大変だったけど、選手たちは頑張っていたのよ。でも、最後まで一つにはなれなかった。違うユニフォームを着て試合に出るのがどれぐらい異常事態か、分かる？」

「いや、それは……」

分かるどころか、想像もしていなかった。実際、連合チームと試合をしたことがないから、よく分からないのだ。鳥屋野と成南のユニフォームはよく似ている——どちらも細いストライプだ——が、色合いが微妙に違うので、チグハグな感じになるのかもしれない。でも、サッカーやラグビーのように両チームの選手が入り乱れる展開にはならないから、そんなことはどうでもいい。

「言うのは簡単だけど、実際にやるのは大変よ」

「何とかします」尾沢としてはそう言うしかなかった。

「あまり一人で抱えこまないで」

「うちの選手は、全員やる気満々です」

「そう……それならいいけど」うなずき、校長が去って行った。

何が言いたかったのかな、と尾沢は首を傾《かし》げた。助けてやろうという感じだったのだが、最後の方は脅しているようにも聞こえた。前の学校の連合チームで、何かややこしいことがあったのだろうか？　その教訓を伝えようとしている？　だったら、もっとはっきり言ってくれればいいのに。


絶対に里田に「うん」と言わせる。逆に言えば、あいつが「うん」と言いさえすれば、連合チームは結成できる。

そのために尾沢が選んだ作戦は、成南で里田の相棒を務める石川を口説《くど》き落とすことだった。同じポジションだし、中学時代には何度も対戦した相手だから、ある程度気心も知れている。

土曜の午後、練習が終わった後、尾沢は長岡へ向かった。両親とも動けなかったので、小遣いを叩《はた》いて新幹線に飛び乗る。そこから先はバス……着いた時には、既に午後五時になっていた。

石川はひどい有様《ありさま》だった。右足と右腕は分厚いギプスで固定されており、まったく身動きが取れない様子だった。頭と顔にも怪我を負っており、ネット型の包帯で頭全体が覆われている。

「よう」それでも石川は何とか笑顔を見せた。「どうした、いきなり」

「見舞い」とはいえ、小遣いにも限度がある。手土産なしで訪れたのが恥ずかしく、尾沢は体を小さくするようにして椅子に座った。

「怪我、どうだ？」

「普通に歩けるようになるには、最低二ヶ月——三ヶ月はかかるな」

「そんなにひどいのか？」

「膝は治りが遅いんだってさ」寝たまま石川がうなずく。

「そうか……」

「しょうがないけどな。運が悪かったとしか言いようがない。フミは隣に座ってたのに、軽傷だったんだから」

「そうなのか？」里田に事故の状況を細かく聞かなかったことを悔いる。まず、きちんと話をして、あいつの不安を取り除いてやるべきだったんじゃないか？　話せば不安が薄れたかもしれないし。「じゃあ、お前は本当についてなかったんだ」

「俺は昔から、運がないんだよなあ。くじ引きで当たったためしがないんだ」石川が溜息をつく。右手を上げようとして表情を歪《ゆが》め、ゆっくりと下ろす。代わりに左手で顔を拭《ぬぐ》った。

「右手は？」

「尺骨骨折」

「ああ……」しばらくはボールを投げるのも無理だろう。尾沢は話題を変えた。「皆、どうしてる？」

「会ってないんだ。重傷で入院している連中は病院もバラバラだし、怪我が軽い奴らも、自分のことで精一杯なんじゃないかな。でも、里田が来た」

「……そうか。いつ？」

「昨日」

　ということは、俺の申し出について、女房役に話していた可能性がある。確認しようかと思った瞬間、石川が口を開いた。

「連合チーム、組みたいって言ったんだって？」

　無言でうなずく。石川の顔色から本音を読もうとしたが、包帯のせいで表情の変化がはっきりとは読み取れない。

「キャプテンのお前に黙って里田に言ったのは申し訳ないけど、お前には面会できなかったから。皆を集めて言うこともできないし」

「分かってるよ」石川がうなずいたが、どこかに痛みが走ったのか、顔を歪める。「正直……難しいな」

「悪い」尾沢は頭を下げた。「先走りしたかなって思ってはいるんだ。でも、我慢できなかった」

「お前ら、散々苦労したもんな」石川が深刻な表情――深刻そうに見えた――でもう一度うなずく。今度は特に痛みはなかったようだ。

「あれは、俺らにも責任があるから」

「でも、基本的には監督の問題だろう？　そういう人だったのか？」

「そういう人だったんだよ」言って、尾沢は溜息をついた。

　高校野球で、監督は絶対の存在である。それはどこの高校でも変わらない。前監督の堤《つつみ》は鳥屋野高校のＯＢで、大学野球でも活躍したかつての名選手である。プロ入りも噂されたが怪我で断念し、大学卒業後は地元へ戻って家業の酒屋を継いでいた。暇な時間に後輩たちの練習を手伝ううちに正式にコーチになり、十年前には体育の常勤講師になって監督に就任した。それ以降、夏の県予選でベスト8まで進めなかったことは一度もない。それまでしばらく低迷していた鳥屋野を、再び「公立の雄」に引き上げた手腕は確かだろう。五年前には甲子園出場、そして一昨年、去年と二年連続で「あと一歩」。

　尾沢が鳥屋野高を選んだのは、やはり堤という監督の存在が大きかった。十年近く、安定してチーム力をキープしているのはすごい。それなのに、特に練習がきついという噂も聞かなかったし、公立で甲子園を狙うならやっぱり鳥屋野だろう……。

　ところが堤は、とんだパワハラ野郎だった。

　尾沢はあまり被害に遭わなかったのだが、控え組に対する扱いはメチャクチャだった。暴言は日常茶飯事、私用での使いっ走りも当たり前のようにあったし、ここ一、二年は手を上げることも珍しくなかった。尾沢は見て見ぬ振りをしていた……するしかなかった。不満が一気に吹き出したのは、去年の夏の予選が終わった直後である。三年生が引退すると同時に、尾沢の同級生の二年生三人と一年生四人が退部した。同時にだから、まるで示し合わせた集団脱走である。最初の七人に続いて他の選手も次々と退部し、堤も責任を問われて辞任する羽目になった。

　この脱走劇は大問題になった。辞めた連中が、SNSで堤の横暴を暴露したのである。

「堤監督って、滅茶苦茶だったんだな」

「俺は自分のことで精一杯で、何もできなかったんだよなあ」尾沢は溜息をついた。

「去年三年が引退した時、何人残ってたんだっけ？」

「十九人。結局そこから十四人辞めた」

「それはそれでひどくないか？　何だか無責任な感じがする」

うなずくしかない。最大の問題は、去年、二年生でベンチ入りしていたのは、尾沢一人だけだったということだ。尾沢は他の選手を必死で引き留めた。特に二年生の仲間を。二年生が全員いなくなったら、もう野球部として活動できなくなる――それに対して同期の選手たちは「監督が替わったら、もう甲子園なんて無理だろう」と肩をすくめるだけだった。要するにパワハラ騒動に端を発して、選手たちは目標を失ってしまったわけである。

「だけどお前、よく残ったな」

「一年生だけ放っておくわけにはいかないじゃないか」

結局残ったのは尾沢とピッチャーの加茂、内野手の久保田《くぼた》と三宅、外野の石神の五人だけ。

「でも、試合どころか、練習もまともにできてないんだろう?」

「だからそれは、俺の責任でもあるから」

「しょうがないんじゃないか? 選手にはどうにもできないさ」

「確かにできない……かもしれないけどさ……」

あの騒動ではマイナスしかなかった、と尾沢は思った。一番大きな教訓は「大人は信用できない」。堤はまともな説明も謝罪もなしにいきなり辞めてしまったし、マスコミの取材が殺到した時も、学校側はあまり庇《かば》ってくれなかった。ああいうのって、学校側が上手くマスコミをコントロールして、俺たちが取材を受けずに済むようにするものじゃないか? マイクを向けられた時にさっさと逃げ出してしまえばよかったのだが、あの時は、そんなことをするとさらにマイナスの印象を与えるのではと怖くなっていた。

結局、鳥屋野高野球部は実質的に崩壊した。一応部としては存続していたものの、まともな練習さえできなくなった。こういう時こそ、OB会が助け船を出してくれると期待していたのだが、

「支援する」という声明を出しただけで、実際には助けてくれなかった。後で、やはり鳥屋野高野球部OBである父親に聞いた話だと、OB会でも内部は大揉《も》めになったらしい。堤を監督に強く推したのが今のOB会の幹部連中で、責任の押しつけ合いになったという。そして堤から部員に対しては謝罪の言葉は一切なく、選手は完全に置き去りになってしまった。一連の騒動を、当事者なのに他人事《ひとごと》のような視線で見ていた尾沢は、大人に対する信用を完全に失った。

「お前もきついよなあ」自分は大怪我しているのに、石川は心底尾沢に同情している様子だった。

「まあな」

「モチベーションもクソもない」

「ないね……お前は？」

「俺？」石川が尾沢に顔を向ける。寝ていて首を少し動かすだけでも、結構大変なようだった。

「俺は……そうねえ」

「予選に間に合わないだろう？」

「無理だな」そう言う石川の口調には、はっきりと悔しさが滲んでいた。「自分ではどうしようもないけど、悔しいな。リハビリで間に合えば死ぬ気で頑張るけど、膝はもう一回手術する可能性もあるんだってさ」

「そうなのか？」

「やっぱり関節は大変なんだよ。まあ、元々右膝は悪かったから、ここできちんと治してもらうのも手かな……とか考えても、全然気は楽にならないね」

「他の選手はどうなんだろう」

「会ってないけど、皆茫然《ぼうぜん》としてるんじゃないか？　はっきり言って、うちの選手が試合に出るのは無理だよ」

「だったらどうする？」

「お前はどうしたらいいと思う？」

　尾沢は無言で、石川を見た。しばらく睨み合いのような状態が続いたが、やがて石川がほっと息を漏らす。

「里田、いいピッチャーになっただろう」

「ああ」

「猪狩さんはピッチャー出身だからな。あいつには特に目をかけて指導してきたんだ」

「じゃあ、今のあいつがあるのは監督のお陰か」

「ちょうど伸びる時期だったんだろうけど……去年の夏の予選で、一皮向けた」

「三回戦負けでも？」

「おいおい、三試合で1点しか取られてないんだぜ？　打たれたヒットはたった五本だ。俺たちがもうちょっと打ってたら、ずっと上に行けたかもしれない。あれがあって、俺たち全員、目の色が変わったんだ。甲子園も夢じゃない、目標として口に出しても誰にも笑われないってね」

「実際、秋はすごかったよ」

「まあね――里田は、プロへ行けると思うんだ」

「俺もそう思う」尾沢はうなずいた。

「そういう選手が一人いると、周りは盛り上げてやろうっていう気持ちになるんだよなあ。これが私立の強豪校だったら、選手の間で足の引っ張り合いもあるんだろうけど、うちは呑気《のんき》な公立校だから。里田中心のチームなのは間違いないけど、あいつも浮いてなかった。成南で野球をするのが大好きなんだよ」

分かる、とは言えなかった。鳥屋野高は公立でも強豪校であるが故に、部内にも厳しい――ある意味ぎすぎすした雰囲気が漂っていた。今思えば、それは監督のキャラクターによるものだったのだが、レギュラー争いは熾烈《しれつ》で、同じポジションを争う先輩同士の間では会話もなかったのを、尾沢は間近で見ている。一年生の時からベンチ入りしていた尾沢は、今思えばチームの中では特別な存在になっていたのだろう。よく、先輩たちのいじめに遭わなかったものだ。

「里田は甲子園に行かせないとな」石川が他人事――野球好きの呑気な話のように言った。

「ああ」

「甲子園に行ってアピールしないと、今後の進路が開けないと思うんだ」

「そうだな」

「お前……連合チームで甲子園に行けると思うか?」石川が尾沢の目を真っ直ぐ見た。

「分からない」尾沢は正直に答えた。

「分からない……そうだよな。簡単に行ける、なんて言ったら、俺はお前を信用しねえよ」石川がふっと笑った。何とか痛みは我慢できている感じだった。

「でも、やれることはある。そもそも、予選に出ないと何も始まらない。もう、時間もないしな」

「エントリーの締め切り、二十日だったよな」石川が確認した。

「ああ」

「やれよ。俺はいいと思う。こんな状態じゃ、キャプテンの権限も何もないけどさ」

「皆、納得すると思うか? 監督は?」

「分からない」石川が静かに首を横に振った。「分からないけど、俺が話してみるよ。でも、連合チームの監督はどうする？　猪狩さんは、指揮は執れないと思うよ。一番重傷だったんだから。それにお前のところの監督……今、誰だっけ？」

「使えない人」尾沢はあっさり言った。

「使えないって……」石川の顔に困惑の表情が浮かぶ。

「野球経験ゼロで、去年新卒でうちの高校に来たばかりなんだ」

「ああ――トラブルの後に監督を押しつけられたんだな。お互いにいい迷惑だ」

「練習にもあまり顔を出さないしな。もっとも、まともな練習もできてないんだけど」

「困るな。監督がいないと試合はできないぞ」

「俺がやる」

「それは……高校生で監督をやるつもりか？」

「いや、名目上はうちの監督に頼まないとまずいだろうけど、実質的には俺が仕切るってことで。それしかない」

「そんなにいろいろ引き受けて、パンクしないのかよ」石川が目を細める。

「俺の仕事は、皆が試合できるようにすることだと思ってるんだ」尾沢はうなずいた。

「それだって厳しいぞ」

「分かってるけど、プレーボールの声を聞かないと、何も始まらないじゃないか」

「格好つけ過ぎだよ」石川が小さく笑う。

「……里田は何て言ってる？」

「やりたくないみたいだな。あいつには、成南に対する愛着もあるから」

「お前もだろう?」

「それを言えば、お前はどうなんだよ。あんなことがあって、選手もいなくなって、それでもまだ、鳥屋野っていうチームに対する愛着はあるのか?」

「分からない」尾沢は素直に認めた。「滅茶滅茶だよな」

「お前ら、マジでひどい目に遭ってるからなあ」

「でも、甲子園には行きたい。俺はどうでもいいんだ。正直言って、俺レベルだったら高校で終わりだと思うし、いつ引退してもいい……どうして引退しないのか、自分でもよく分からなかった。でも、この事故があって……」

「チャンスだと思った?」

尾沢は人差し指で頰を掻《か》いた。そう……そういう気持ちは間違いなくある。里田と組めば甲子園に行けるかもしれない。諦め切れずに野球を続けてきて、そこへ突然この状態――欲が出ても当然だと思う。

「俺、ひどいと思うか?」

「試合がやりたくない奴はいないよ」石川がうなずく。「特に俺やお前みたいに、マジで野球をやってきた選手は、試合が最優先だ」

「図々しく聞こえるかもしれないけど、俺は里田を甲子園に連れて行く」尾沢は宣言した。

「頼む」石川が拳《こぶし》に握った左手を差し出す。尾沢は、そこに自分の拳を合わせた。

「里田を説得してくれるか?」

「成南野球部で、俺がやる最後の仕事はそれかな」

「いや、最後じゃないよ」

「連合チームができたら、もう一つ、お前には頼みたいことがあるんだ」

「ああ？」

7

石川の野郎——いや、黒幕は尾沢だな。尾沢が石川に頼みこんだに違いない。

石川と電話で話した後、里田は久しぶりに学校へ向かった。野球部は当然、活動停止。ようやく普通に話せるようになった猪狩の指示もあり、当面は自主練も含めて練習中止が決まっていた。しょうがない。いくら監督がベッドから動けなくても、命令は絶対である。

自転車は普通に漕げた。右足首にはまだ鈍い痛みが残っていて、何だか硬くなってしまった感じがしているが、歩いたり自転車を漕いだりする分には問題ない。地元のかかりつけの整形外科医にも相談して、「重大な怪我はない」というセカンドオピニオンも得ていた。

だから何なんだ、と思うけど。自分の体が万全でも、試合ができなければ何の意味がある？

そうやって悶々《もんもん》としている時に、石川から電話がかかってきたのだった。「鳥屋野と組んでやれよ」と。そして「これはキャプテン命令だから」とつけ加えた。

勝手なこと言いやがって。成南として出られないからって、すぐに他のチームと組んで試合ができるわけじゃない。

でも、石川の言葉は重い。二年以上ずっとバッテリーを組んで、互いに高め合ってきた仲だ。自分の人生において、一番信頼できる人間の一人。

尾沢は、そこへ無理矢理割りこんできたようにしか思えない。

日曜日の午前中、サッカー部と陸上部が練習中だった。サッカー部は普段、グラウンドの半分しか使えないのだが、今日は野球部がいないので、全面を使って紅白戦をしている。あいつら、喜んでるんじゃないか、と里田は皮肉に思った。

グラウンドの脇には、運動部の部室が入ったプレハブの建物がある。野球部の部室に入るのも、何だか久しぶりな感じがした。先週の土曜日、長岡へ出発する前に部室に集合して……あの時は、全員元気だった。珍しく、怪我人もいなかった。それが今、何とか無事なのは七人だけ。

部室はガランとしている。誰かが干した練習用のユニフォームが二着、そのままぶら下がっていた。いつもこうだ。洗ったユニフォームは外で干そうと申し合わせてあるのに、天気が悪い時など、必ず部室内に干してほったらかしにしている奴がいる。

ベンチに腰かけ、足元に転がっているダンベルを何となく手にした。こういうのも、ちゃんと一ヶ所に集めて管理しておかないと、すぐに散らかってしまう。実際、部室は雑然としていた。汗の臭いが籠って……慣れた臭いなのだが、今日は何故《なぜ》か煩わしい。掃除しようかとも思ったが、それも面倒臭かった。結局、窓を開けて空気だけ入れ替える。五月の爽やかな風が吹きこむと同時に、サッカー部の連中の声が飛びこんでくる。「サイド！」「トイメン、カバー！」……あいつら、元気だよなあ。元気でいいな。

ぼうっとしていると、いきなりドアが開いた。窓も開いているので、風の流れが一気に強くなる。ここのところ雨が降っていないせいで、グラウンドは乾き切っており、乾いた土の臭いが急に襲ってきた。

顔を上げると、尾沢が立っている。

「お前……勝手に人の学校に入るなよ」

「別に止められなかったけど」

尾沢は私服姿だった。ウィンドブレーカーの前を開け、グレーのTシャツを覗かせている。肩から提げた大きなスポーツバッグに手を突っこむと、真新しいボールを取り出し、里田に放って寄越す。里田は反射的に左手を伸ばしてボールを受け取った。それを見た尾沢が、今度はバッグからキャッチャーミットを取り出す。

「キャッチボール、しようぜ」

「はあ?」いきなり何を言い出すんだ?

「投げられないのか?」

「そんなことないけど……自主練も禁止なんだ」

「練習じゃないよ。ただのキャッチボールだ。アメリカだと、『プレー・キャッチ』って言うんだぜ。つまり、遊びだ」

「そんなの、知らねえよ」

「投げてないと、感覚が鈍るぞ」

何でお前と……と思いながら、里田は立ち上がり、自分のロッカーからグラブを出した。左手にはめると、自然と刺繍《ししゅう》に目が行く。「We're the One」——俺たちは一つ。選手全員のグラブに同じ刺繍がしてある。去年新チームになった時に、石川が言い出して揃えたのだった。

「ほら、早くしろよ」

「うるさいな」

言いながら、里田はスニーカーを履いた。スパイクを履かないでキャッチボールするなど、いつ以来だろう。グラウンドはサッカー部が大きく使っているので、中に入れない。仕方なく、部室の前でキャッチボールを始めた。

一週間ぶりに握るボールの感覚……違和感はないものの、何となくボールの吸いつきが悪い。いい状態だと、指先がボールにしっとりとくっつき、しかもリリースの時にはスパッと切れる感覚があるのだが。

尾沢は最初からきついボールを投げてきた。これは……中学の時に硬球でキャッチボールをしたこともあるのだが、その時とは明らかに重みが違う。尾沢はいわゆる「馬鹿肩」で、軟球でも九十メートル以上投げられた。盗塁阻止のための二塁送球は、まさに糸を引くような感じで、しかもいいフォーシームのように綺麗な回転をする。マウンドで慌ててしゃがまないと顔面を直撃するような低いボールが、すっと伸びて二塁ベース上ではストライクになる——そういう場面を里田も何度も経験していた。

「今、遠投、どれぐらいいける？」

「百十、かな」尾沢がさらりと答える。

「マジか？　すげえな」里田は思わず、本気で驚いた。一年生から試合に出て、二年生になった途端にレギュラーポジションを獲得したのも納得だ。

二人はしばし、無言でキャッチボールを続けた。尾沢に対してはむかつくことが多いが、それでもキャッチボールをしていると中学時代の感覚が蘇ってくる。あの頃から——いや、野球を始めた小学生の頃から、散々言い合いはしてきた。しかし仲が悪かったわけではない。お互いに言いたいことが言い合える仲だったからこそ、長くバッテリーを組めたのだろう。

それでも今は、尾沢の言葉に乗るわけにはいかない。

「お前、石川と話しただろう」

「話したよ」尾沢があっさり認めた。

「ひでえな。あいつ、重傷なんだぜ。話すのも大変なのに」

「でも、お前も話しただろう」

「俺は……チームメートだから」

何だか言い訳めいているなと思いながら、里田はボールを強く投げ返した。お、今のはいいボールだった……しっかり指に引っかかり、回転も最高。「汚い回転」の方がボールが不規則に変化してバッターを戸惑わせることもあるのだが、基本はやはり、回転のいい速球だ。

「ナイスボール」尾沢がさらりと言った。

「お前、そんなこと言うタイプじゃないだろう」キャッチャーによっては、一球一球褒めたり逆に気合いを入れたりする。石川がまさにそういう感じで、里田は言葉でずいぶん育ててもらったと思う。

「今のお前には励ましが必要なんじゃないかな」

「別に」里田は視線を逸《そ》らした。

「甲子園に行きたくないか?」

「行きたくない奴なんかいないだろう」

「行けるよ」

「はあ? マジで言ってるのか」

「マジだよ。俺が連れて行ってやる。俺は去年の秋以来、県内の有力チームをずっと見てきたんだ——暇だったからな」

その言葉が、里田の胸に刺さる。暇だった——試合がしたくてもできない。

「お前、俺の分析シート、ちゃんと読んだか」

「読んでない」

「力作なんだぜ。ちゃんと読め。読んで、今の俺たちが手を組めば、甲子園は夢じゃない」

「だけど……」

「成南の弱点は打線だよな。鳥屋野には俺がいる」

それは認めざるを得ない。尾沢は、打力では石川より上――去年の夏の予選では、決勝までに四割を超える打率を残している。

「二年生にも打てる奴がいる。それにピッチャーも……加茂はよくなったぞ」

「あいつが？」にわかには信じられなかった。加茂は二人の中学の後輩でもあるのだが、中学時代は線が細く、体力的に問題があった。練習試合でも、完投したことなど一度もなかったんじゃないか……。

「必死に走りこんで、体力はついてきたよ。右と左の違いがあるけど、スライダーのキレは、お前より上かもしれない」

「まさか」むっとして里田は言い返した。

「実際見てみろよ。いろいろ教えたくなると思うぜ」

「俺には関係ない」

「ピッチャーが二枚揃ってれば、行ける」尾沢が断言した。「成南は、それが最大の問題点だっただろう？」

それは里田も認めざるを得ない。球数制限が導入されて、今は一週間に五百球が限度になっている。完投能力のあるピッチャーが最低でも二人いないと、県大会のような連戦は勝ち上がれない。

「あいつを実戦で育てようよ。それで甲子園に行く」

「俺は――」

「石川を甲子園に連れて行きたくないか？　他の大怪我した選手も。今は動けないかもしれないけど、八月になれば新幹線に乗れるぐらいには回復するだろう。そうしたら、皆で甲子園に行けばいいじゃないか」

「プレーはできない」

「We're the One、だろう」

そんなことまで知っているのか……尾沢の情報収集能力に、里田は密かに舌を巻いた。何だか気味が悪いぐらいである。

「俺は、お前を甲子園に連れて行く。そうすれば、その後の道も開ける。プロでも大学でも……こんな事故でチャンスを潰したら駄目だ」

それは確かだ。自分のピッチングを多くの人に見せることなく負けたら、高校で野球が終わってしまうかもしれない。

終わりたくない。俺はまだ旅の途中なんだ。

「俺にも夢を見せてくれよ」尾沢がすがるように言った。

「お前の夢は……」

「甲子園でお前の球を受けること」

それは、違う高校へ進んだ時点で消えた夢ではないのか？　あの頃、「将来どうするか」と二人で何度も話したことを覚えている。二人とも公立志望。野球も続ける。しかし中学の時点では、尾沢の方が高校野球に対する思いが強かったのは間違いない。だからこそ必死で勉強もして、野球が強い鳥屋野を選んだのだから。一方自分は、尾沢ほどには高校野球に対する思い入れがなかったのだと思う。中学で「伸びきった」感覚もあったし……それで、取り敢えず部活としての野球ができる高校として、成南を受験した。高校に入って猪狩と出会い、さらに二段階ぐらいレベルが上がるとは思ってもいなかった。

上手くなれば欲が出てくる。でもその欲は、思いもよらぬ事故で急に萎んだ。そこへ尾沢が、新しい欲を持ってきた。

「やってやれよ。怪我した選手のためにも」

尾沢が静かな口調で言って、ボールを投げ返す。キャッチした里田は、右手に握ったボールを一回、二回と親指でスピンさせて投げ上げた。

「ついでに俺のためにも。お前自身のためにも」

「それじゃ、誰のためにやるのか分からない」

「全員だ」尾沢が力強く宣言する。

「お前ぐらいの力がある奴は、周りの人間全員に対する責任を負ってるんだよ。お前の力で、甲子園に連れて行ってくれ」

「俺が連れて行ってやる」と言っていたのが、今度は逆になった。こいつ、本当に行けると思っているのか？

里田は、そこにないプレートを踏んだ。意図を見抜いた尾沢がさっとしゃがんで構える。右足首に意識を集中しながら、ゆっくりと始動した。むきになるなよ。アスファルトの上じゃ、踏ん張れないんだから——しかしつい力が入り、体の動きがぎくしゃくして棒球になってしまう。それでもボールは、尾沢が構えたミット――ど真ん中に飛びこんだ。尾沢はしばらくそのまま固まっていた。

「今の、七割だよな」

「六割だ」

「だったらいける。お前が十割の力を出したら、誰も打てない」

十割か。十割でずっと投げ続けたら、すぐにどこかが壊れる。そうならないためには……今の力を二割アップさせればいい。そうしたら、今の十割が八割になる。その先に見えているのは――。

甲子園だ。

「行くか」

尾沢の顔に大きな笑みが浮かぶ。すっと立ち上がると、壁を打ち抜くようなスピードのボールを投げ返してきた。顔の左横で受けると、反射的に「高いぞ」と文句を言った。

「上ずった」尾沢が右手をぶらぶら振る。

「練習不足だな。これから俺が鍛えてやるよ」

「よく言うよ」尾沢が声を上げて笑う。「俺がお前を鍛えるんだ」

「何ヶ月も試合してない奴に言われたくない」

「それは俺のせいじゃない」尾沢が急に真顔になった。「大人を信用しちゃ駄目だぜ。全部俺たちでやるんだ」

そうか……こいつは間違いなく、人間不信に陥《おちい》っている。それも当たり前だが、何だか悲しくなった。自分の周りには信用できる大人しかいないのだが、尾沢は散々痛い目に遭ってきたのだろう。

尾沢がゆっくりと近づいて来た。二メートルまで距離を詰めると、「この件、二十日までは絶対に秘密だ」と言い渡す。

「何で？」

「二十日がエントリーの締め切りだろう？　その前に話が漏れると、絶対にあれこれ言う人間が出てくる。妨害されるかもしれない。エントリーしてしまえば、誰が何を言っても後の祭りだ」

「妨害しようとする人間なんか、いるのか？」

「うちのＯＢとか」

「ＯＢが？　何で？」

「ＯＢってのは厄介なんだよ」

強豪校のＯＢ会が、それなりにうるさそうだというのは何となく想像できる。しかし、そんなに心配するほどのことなのだろうか？　もしかしたら鳥屋野のＯＢ会が特別うるさいのだろうか？　成南野球部にもＯＢ会はあるが、練習や試合に口を出したことはほぼないはずだ。去年の秋の大会でベスト４に入った時に、慌てて「寄付金を集めよう」という話になったぐらいだというし……。

「まあ、お前は気にするな」尾沢が急に口調を緩めた。「とにかく黙っててくれればいい。あと、他の選手は納得してくれるかな？」

「お前のところはどうよ」

「うちの選手は、最高のチャンスだと思ってる」

「人のふんどしで相撲を取るのが？」

「そうかもしれない」尾沢が認める。「でもこの際、どうでもいいじゃないか。それに……」

「何だ？」

「連合チームが甲子園に出たりしたら、いろいろな意味で大騒ぎになるんじゃないかな。今の高校野球の在《あ》り方とかまで、問題になるかもしれない。俺は、どうせなら一騒動起こしたいんだよ」

「面倒な話は困るよ。俺は平和主義者なんだから」

「分かってる。でもこれから何ヶ月か——八月までは、平和主義者はやめてくれ」尾沢が真顔で告げる。「邪魔する奴は全員ぶっ倒す、ぐらいの気持ちでいてくれないか」

一瞬、里田はぞっとした。尾沢は、単純に甲子園への憧れだけでこの計画を思いついたのではないらしい。昔は——中学生の頃までは、こんなに好戦的な感じじゃなかったのに。

去年の不祥事が、こいつを変えたのだろうか。だとしたら危ない。恨みや憎しみは、野球が強くなる原動力にはならないはずだ。

8

週明けの月曜日、尾沢はすぐに監督の若林に事情を説明した。職員室の中で、その一角の雰囲気が緊張する。

「マジなのか」若林が目を見開く。

「マジです。大マジ」

「いや、しかし……そんなこと、本当にできるのか？」

「できます」尾沢は断言した。短い会話を交わしている間にも、情けなくなってくる。監督なんだから、もうちょっとしっかりして下さいよ……。

「向こうの監督さんや部長さんは何て言ってる？　勝手に話を進めて大丈夫なのか？」

部長の江上《えがみ》も疑念を口にした。鳥屋野高野球部の部長――教頭なのだが、去年の不祥事の後にこのポジションを押しつけられた――も、イマイチ頼りない。

「そこはちゃんと話して欲しいんです」

「いや、お前、そんなこと急に言われても」

「若林監督には言いました」この二人は野球部に関して会話も交わしていないのか、と尾沢は驚いた。

慌てて若林が周囲を見回す。誰かが助けてくれるわけでもないのに。

「若林先生、それは……」江上が疑惑の目を若林に向ける。

「あ、はい、いや、言い忘れてました。まさか、成南が了承するとは思ってなかったので」若林が慌てて言い訳した。

「ちょっとまずそうだな」江上が首を傾げる。「選手同士で勝手に決めて、手続きの問題とかが面倒そうじゃないか。練習とか、どうするんだ？」

「うちから成南までは、歩いて十分じゃないですか。毎日、もっと遠いグラウンドまで通っている学校だってありますよ。うちへ練習に来てもらえばいいんです。鳥屋野の方が設備がいいですし」

屋内練習場は築三十年で、かなりぼろぼろになっているが、少なくとも雨風――冬場は雪もしのげる。甲子園に二度目の出場を果たした後、舞い上がったＯＢ会が大量の寄付金を集めた成果が、この屋内練習場だ。広さは内野をカバーするぐらいだが、冬場は雪に悩まされる新潟の高校にとっては、ありがたい設備である。

「しかし、参ったな。成南の監督さんや部長さんは、顔も知らないんだ」江上がぼやく。

「別に、会ったことがないからって話ができないわけじゃないでしょう」この人たちは何でこんな情けないことを言ってるんだ、と尾沢は呆れた。確かに大人の世界ではいろいろ面倒なことがあるかもしれないが、そんなの、ちょっと頑張れば乗り越えられるだろう。

「いや、校長にも相談しないと。連合チームなんて初めてだから」江上が言い訳するように言った。

「大したことないですよ。手続き的にも、書類をちゃんと書けば済む話ですから。連合チームで大変だって言われるのは、組む相手を探すことと、一緒に練習をやることです。うちと成南の場合は、この二つの問題は解決しているんですよ」

「しかしねえ」江上がなおも渋った。まるで、面倒なことは一つもやりたくないと言っているも同然である。

「向こうの選手と話しますか？」尾沢はズボンのポケットからスマートフォンを取り出した。

「テレビ電話でつなぎますよ。成南だって、あんな事故で夢を取り上げられそうになってるんです。可哀想だと思いませんか？　ここは人助けだとも思って」

「世間がいろいろうるさいかもしれないぞ」江上がなおも文句を言う。

「そこは考えてます」

「何を？」

「秘密の作戦」

「秘密の作戦って何だよ」江上がさらに突っこむ。

「秘密だから言えません」

「あのな……」江上が溜息をついた。

「甲子園、行きたくないんですか？」

「考えたこともなかった」

尾沢は少しだけむっとした。二年連続で、甲子園まであと一歩のところまで行ったのだ。その時江上は、野球部には直接かかわっていなかったが、「考えたこともなかった」？　自分の学校の生徒が甲子園で活躍する様子さえ、想像しなかったのか？

「とにかく、事務手続きは全然面倒じゃないんです。あとは、成南の先生たちと話してもらって、それで何とか」

「やってあげて」

突然早田校長の声が聞こえて、尾沢は勢いよく振り向いた。すっと近づいて来た校長が眼鏡を外したところだった。おっと、いきなり援軍か？

「私は十日町実業で連合チームを経験してるけど、大した手間じゃなかったですよ。尾沢君、成南の監督さんはまだ入院中？」

「ええ」

「向こうの部長さんは？」

「監督が兼任です」

「じゃあ、江上先生、病院まで見舞いに行って正式に話をして。見舞いの花は、私がポケットマネーで買うから」

「いや、校長、それでは……」

「江上先生が出してくれる分には全然構いませんよ」校長が大きな笑みを浮かべる。その直後、急に真面目な表情に変わった。「生徒たちが自主的にやってるんだから、手伝ってあげればいいじゃない。悪い話じゃないんだし。とにかく、生徒が自主的に何かするのが大事よ」

「自分で手を挙げる奴なんかいませんからね」尾沢はつい口を挟んだ。

「君は、両手を挙げてるみたいなものね」

「……すみません」自分が前のめりになっているのは自覚していた。しかし半年以上、試合もまともな練習もできていない状態では、気持ちが先走ってしまうのも当然だと思う。

「まあ、いいわ。生徒が自主的に動いたのは、悪いことじゃない。だったら大人は、黙ってフォローしてあげましょう」

ありがとうございます、と言いかけたが、先に校長が口を開く。

「それで尾沢君、甲子園に行ける確率は？」

「それは――」思わず言い淀んだ。

「そういう時は、百パーセントと言っておくものよ」校長がニヤリと笑う。「ここだけの話なんだから。外に向かってそんなこと言ったら、笑われるかもしれないけど」

「じゃあ、百二十パーセントにしておきます」尾沢は真顔で答えた。「今、新潟で一番甲子園に行きたいと思っているのは、うちと成南の選手ですから」

道を閉ざされた時、人は二種類に分かれると思う。そこで諦めて引き返す人間と、その先にある目的地に到達するために、それまでよりも強く渇望する人間と。自分は絶対に後者だ。

五月二十日、エントリー締め切り。そこまでいろいろなことがあったが、何とか無事に終わった。江上と若林が事務手続きは全部やってくれたが、実際には尾沢もあれこれ口出ししなければならず、精神的に疲れた。それでもほっとして、里田と電話で話す。

「何とか終わったよ」

「野球部じゃない人間がいるんだけど」里田は疑わしげだった。

「うちの隠し球だ。お前も知ってるよな」

「知ってるけど、今、野球やってないだろう?」

「何とかするよ」

「石川も入ってるじゃないか。あいつは絶対無理だぞ」

「キャプテンは入れておかないと」

「何だか……まあ、いいけど。練習はどうする?」

「次の土曜日に、最初の顔合わせでどうかな。うちのグラウンドで」

「鳥屋野の方が設備がいい、か」

「成南にはバッティングマシンとかないだろう?」

「ない」少しむっとした声で里田が答える。

「うちにはある。あるものは全部使って、がっちりやろうぜ。選手は七人、揃いそうか?」

「取り敢えず五人かな。関川《せきかわ》と東《あずま》はまだ、怪我が治ってない」

「大丈夫なのか?」尾沢は声を潜《ひそ》めた。軽傷といっても程度は様々で、「事故からこれだけ経ったから練習はＯＫ」と簡単に決められるわけではないようだ。

「様子を見て、だな」

「お前は大丈夫なのか?」

「俺は何ともない」

先日のキャッチボールの感触で、何とかなるとは思っている。足首の負傷の影響はなさそうだ。

「監督さんと話、できるかな」尾沢は訊ねた。

「順調に回復してるけど、退院の予定はまだ立ってないんだ」里田が暗い声で言った。

「アドバイスが欲しいんだよな」尾沢は正直に打ち明けた。「うちの監督も部長も、野球は素人だから」

「悪い人じゃないみたいだけど」

尾沢は既に、若林を里田に引き合わせていた。本番では若林が監督になるのだし、早めに顔合わせさせておいた方がいいと思ったからだ。

「悪い人でも構わないから、野球が分かっている方がいいな」

「それ、お前のところの前の監督のことじゃないか」

むっとして尾沢は黙りこんだ。「悪い人」と言っても限度があるじゃないか……。

「ああ、悪かった。言い過ぎた」里田が即座に謝る。「猪狩さんに、リモートで指揮を執ってもらうわけにはいかないかな」

「試合中はスマホ禁止だろう」

「タブレットとか……」

「同じだよ。俺は、ルール違反してまで勝ちたいわけじゃない」

「そう?　お前なら、バレなけりゃ何でもやると思ったけど」

「違う。あくまでルールの範囲内で、やれることは何でもやる、だ」尾沢は正した。「ルール違反だ」と言われたくない。使えるものは何でも使うが、あくまで正々堂々と戦う。

「分かった、分かった。じゃあ、土曜日の何時集合にする？」

「九時」

「了解。伝えておく」

よし……尾沢はまた職員室に向かった。事後報告だが、土曜の練習のことは伝えておかないと。

若林の席に行くと、いつもと様子が違うことに気づいた。あまり片づけができない人なのか、いつも机の上には本や資料が積み重なっているのだが、今日はその山がさらに大きくなっている。見ると、野球関係の本ばかりだった。『野球指導のＡＢＣ』『実践・高校野球』『上手くなる高校野球』……さらに足元にはダンボール箱が置いてあり、そこにも野球の本が突っこんであるのが分かった。

「監督……今から野球の勉強ですか」

「ああ、尾沢」若林が、視線を落としていた本から顔を上げた。閉じて机に置いた本のタイトルは『野球指導の極意』。「驚いたよ。野球関係の指導の本って、こんなにあるんだ」

「全部読むんですか？」

「まあね。読まないよりは読んだ方がいいだろう」

かえって危ないな、と尾沢は危惧《きぐ》した。野球の指導に「王道」はない。尾沢も練習や指導関係の本を読み漁《あさ》った時期があったが、同じことに関してまったく別の説明が書いてある本も多く、かえって混乱させられた。結局こういうのは、口コミが一番なのだろう。ライバル関係でも、監督同士、選手同士の情報交換はある。それに、強いチームの練習法は、自然に他のチームにも伝わるものだ。

尾沢は気を取り直して、土曜日に初顔合わせの練習をする、と告げた。

「土曜か……何時からにした？」

「九時です」

「僕は補習の担当だぞ」

「え？」

「いや、土曜だろう？　午前中は二コマ入ってる」

「マジすか……」

先生が監督をやる場合の問題はこれだ。授業や補習で、どうしても時間を取られる。

「いてもらわないと困るんですけど」

「時間、ずらせないか？　午後なら大丈夫だけど」

「土曜は、午後から雨の予報なんですよね。屋内練習場はあるけど、できたら外でやりたいんです」

「じゃあ、教頭先生に頼もうか。部長がいれば大丈夫だろう」

「いいですけど……」

何だか最初から、つまずいた感じがする。いきなり監督不在で練習かよ、と不安にもなった。監督がいないと練習ができないわけではないが、何しろ連合チームの初顔合わせである。何となく、気合いが入らない……教頭だって、野球のことが分かっているわけじゃないし。

まあ、しょうがない。自分が引っ張っていけばいいだけだ。そもそも初練習だから、そんなに無理もできないだろうし。キャッチボール、守備練習、打撃練習……どこの学校でも同じようにやっているメニューをこなしながら、連合チームならではの練習方法を探っていく感じになるだろう。

教頭に会って土曜の練習の打ち合わせを終え、尾沢は職員室を出た。これから部室に行って、土曜日のことをきちんと言わないと。まあ、選手の方は問題ないだろう。エントリーが決まってから、気合いが入りまくっている。焦る気持ちを抑える方が大変そうだ。

「尾沢」

声をかけられ、立ち止まる。振り向くと、応援部の部長、坂上《さかがみ》が立っていた。顔が怖い……身長も百八十センチあって人を圧するごつい体格なのだが、今日は顔も凶暴だった。鳥屋野は野球部だけでなく、サッカー部やバレー部も強豪で、応援団の活動も活発だ。今時正式な応援団がある高校は少ないのだが、鳥屋野の場合、伝統の応援団が部活としてしっかり活動して、試合では選手を盛り上げる。

そのせいか、歴代応援部部長は、常にでかい顔をしている。鳥屋野高では「運動部会」という各部のキャプテンの集まりがあって、予算の分配などの話をするのだが、そこでも応援部部長が必ず議長を務めるのが長年の決まりになっていた。坂上は歴代部長の中でも、特に態度がでかい。尾沢とは、中学校からのつき合いでもあるのだが、何だか見下されているように感じることもあった。

「成南と連合チームを組むんだって？」

「情報が早いな」校内でも極秘で話を進めていたのだが……他の部員が話したのかもしれない。奴ら、テンションが上がってるから、黙っていられなかったのではないだろうか。

「うちはノータッチだからな」

「ああ？」

「応援しないって言ってるんだ」

「何で」

「鳥屋野で出るわけじゃないからな」

「いや、野球部全員ベンチ入りするけど」

「単独チームじゃないから、関係ないんだよ」

「何だよ、それ」むっとして尾沢は言い返した。「それでも応援部かよ」

「鳥屋野の応援部は、鳥屋野のチームだけを応援する」

「おい——」

「お前、そこまでして試合に出たいのか」坂上がぐっと迫って来た。異様な迫力……身長は尾沢とほとんど同じぐらいなのだが、昔から空手をやっていたせいか、筋骨隆々なのだ。今も、ワイシャツが大胸筋ではちきれそうになっている。

「当たり前だろう」

「だったら、うちの学校の中で選手を集めるべきだ。他の部から応援をもらってさ。他校と組んで試合に出るのは、恥ずかしくないのか？」

「人助けだよ」尾沢はすばやく論点を切り替えた。「成南があんな事故に遭って、可哀想だと思わないのか？　単独チームで出られないから、手を貸したんだよ」

「いや、お前が試合したかったからだろうが」坂上は引かなかった。「都合よく、成南の事故を利用したんだろう？」

「お前、言っていいことと悪いことがあるぞ」正直に言えば、坂上の指摘は正しい。事故が起きることは予想もできなかったのだが、その話を聞いてすぐに、ついに組む相手が見つかった、と思ったのだ。成南のため、里田のためでもあったが、自分たちの都合がゼロだったわけではない——いや、半分は鳥屋野のためだった。

「他力本願は筋違いだ」坂上は引かなかった。

「頼ってない。俺が自分で考えたことだ」

「とにかく！」坂上が声を張り上げる。「応援部は、今回の大会には一切応援を出さない。勝手にやれ！」

「ああ、勝手にやるよ。試合するのは俺たちなんだから。ただし、俺たちが甲子園に行くことになっても、お前は来るな。応援はお断りだ」

「甲子園に行けると思ってるのか？　マジで？　だったらお前、どうかしてるよ」

「どうして行けないと思う？」

「馬鹿か、お前は」坂上が嘲笑《あざわら》った。「急ごしらえで連合チームを作っても、上手くいくわけないじゃないか。これで勝ったら、ずっと同じメンバーで練習している普通のチームはどうなるんだよ。面目丸潰れじゃないか」

「お前は、同じメンバーで——同じ釜《かま》の飯を食った選手が仲良しクラブで部活するのがいいと思ってるのか？」

「ああ？」

「俺の目標は勝つことだ。成南の選手と仲良しになることじゃない」

「勝手にしろ！」

吐き捨て、坂上が大股で去っていった。あいつの感覚も分からないではない。他のチームの選手をスタンドから応援するなど、問題外だと思っているのだろう。

どうでもいい。応援なんかなくたって試合はできる。ただ問題は、坂上が他の部にまで影響力を持っていることだ。あいつが騒ぎ出したら面倒なことになる……内輪にまで敵ができるのか？

第二部　新チーム

1

「――尾沢です。ポジションはキャッチャーです。よろしくお願いします。甲子園、狙っていきましょう！」

　尾沢の声が広いグラウンドに響き渡る。キャッチャーは守備陣に指示を飛ばすのも役目だから、声が通らないと話にならない。あいつは昔からこれが得意だったな、と里田は懐かしく思い出した。普通に話している時はそんなに声が大きいわけではないのだが、とにかくグラウンドでは通りがいい。

　あ、次は自分の番か。里田は円陣の中で一歩進み出て、「成南の里田です。ポジションはピッチャーです。よろしくお願いします！」と声を張った。直後、尾沢とほとんど同じ台詞だったと気づき、何だか気まずくなる。オリジナリティを出してもよかったな。

　頭の中で、現部員全員の名前を確認する。成南は自分の他に、児島《こじま》、本間、本庄《ほんじょう》、関川、辻《つじ》、東の七人。鳥屋野は尾沢、加茂、久保田、石神、三宅の五人で計十二人。奇《く》しくも「成南トゥエルブ」と同じ人数になった。

「はい、それじゃこれで、自己紹介は終わり」鳥屋野の部長――教頭だという――が締めた。「関川と東はまだリハビリ中だし、人数も少ないから、怪我しないようにゆっくり慣らしていこう。では、始め！」

いや、「始め」って……柔道じゃないんだから、と里田はうつむいて苦笑いした。この人も、運動部の指導経験はないのかもしれない。真新しいジャージも、いかにも着慣れていない感じなのだ。ふと、成南の監督、猪狩のノックを思い出す。ノックは強く打てばいいわけではないのだが、猪狩の打球は強烈だった。まあ、あれは打球に対する恐怖感を薄れさせるためなのだろう。

「じゃあ、始めようか」今度は尾沢が声をかけた。一応、事前の話し合いで尾沢がキャプテンと決まっている。それはそれで問題なし……尾沢は面倒見がいい男だし、根っからのキャプテン体質なのだ。選手に対するフォロー――里田はこういうのが苦手だ――は任せてしまえばいい。俺は自分のピッチングだけ考える。

「まずランから。グラウンド五周。ラスト一周は全力で」尾沢がテキパキと指示する。

体のほぐし方は各校によってそれぞれだ。しかし、まず走るのは、鳥屋野も成南も同じ。最後の四百メートルをダッシュするのは、鳥屋野独自のルーティーンだろう。

しかし、見事にバラバラ――いかにも二組のチームが急遽《きゅうきょ》一緒に集まった感じだ。下はユニフォーム、上はTシャツというのは同じだが、Tシャツの色が成南は濃紺、鳥屋野は赤なのだ。この派手な赤は、試合用ユニフォームのアンダーシャツと同じ色である。

最後尾をゆっくり走りながら、里田は他の選手の様子を確認した。成南の選手に関しては、怪我からの回復具合。鳥屋野の選手は走り方そのもの――走るのを見れば、その選手がどれぐらい動けるかは分かる。

鳥屋野の選手たちは……ちょっと大丈夫か、これ？　三週目に入ると、早くも列が乱れ始める。二人ずつ並んで縦一列、というのがこういうランニングの基本なのだが、ついていけなくなる選手が出てきた。軽いジョグで？　里田は右足首を庇って、ゆっくりしたペースで一番後ろを走っていたのだが、それでも鳥屋野の選手たちのスピードは落ちてきて、里田は自然に追い抜いてしまう。残り一周になったところで、ジョグを引っ張るのは成南の選手だけになった。唯一、尾沢だけがついてきているものの、元々走るのは嫌いな男なので苦しげな表情だった。

ホームストレッチに差しかかったところで、里田は一気にスピードを上げた。足首が不安なので全力疾走というわけにはいかないが、それでもできる限りのスピードで四百メートルを走り抜く。成南の選手の中では最後にゴールしたが、鳥屋野の選手たちはなかなか戻ってこない。

おいおい……別に、こういうジョグが野球選手としての能力を決めるわけではないが、いきなり体力差を目の当たりにした思いになって、里田は軽いショックを受けた。

その後に本格的な練習。最初は様子を見ながらやっていくしかないだろう。成南と鳥屋野の選手が組んでキャッチボールを始めたが、これもどうにも頼りない。いいボールを投げているのは尾沢と、ピッチャーの加茂だけ。その加茂にしても、距離が開くとボールが山なりになってくる。ピッチャーは必ずしも百メートルを超える遠投ができなくてもいいのだが、それでも心配だ。

肩がほぐれたところで守備練習が始まる。その時に、ポジションで一揉めあった。今日の練習に入っているのは、成南、鳥屋野とも五人ずつ。その中で、サードとセンターがダブっている。外野は一ヶ所守れれば他も何とかなるが、内野はそれぞれのポジションで専門性があるから、この辺も調整しておかねばならないだろう。里田としては、セカンドに穴が空いているのが心配だった。内野の要《かなめ》はショートとセカンド。特に成南では、セカンドのレギュラー・楠《くすのき》が守備の要で、内野全体をコントロールしていた。時には外野の守備位置にまで指示を飛ばすこともあるぐらいだった。しかし楠は、両足骨折の重傷で、未《いま》だに入院している。

サードは……乱暴に言えば、サードは反射神経があれば守れる。強い打球が飛んでくることが多いのだが、動体視力に優れ、スタートダッシュが早い選手なら、それほど問題なくこなせるものだ。ショートには東、ファーストには関川が復帰してくれるはずだが。二人は軽いストレッチをして、後は練習の手伝いをしている。

尾沢はその辺、どう考えているのだろう。まだレギュラー——先発メンバーを固定する時期ではないが、ある程度ポジションを固めて練習を重ねないと、後でぎくしゃくしかねない。

部長の江上はやはり野球未経験ということで、尾沢がノックバットを握った。成南で控えの内野手だった本庄がキャッチャーを務める。

尾沢のノックは遠慮がちだった。もちろん、強い打球を打てばいいわけではないが、これでは各選手の技量が掴めない。ただ、里田が見る限り、やはり鳥屋野の選手の動きはぎこちなかった。緩い打球が手につかず、一塁への送球も乱れがちだ。

こいつらマジで大丈夫か、と里田は心配になった。しかしすぐに、こんなものかもしれないと自分に言い聞かせる。尾沢以外の選手は、全員二年生なのだ。去年の夏までは、先発メンバーのほとんどが三年生で、二年生は尾沢だけ。入ったばかりの一年生——今の二年生は、練習試合にも出られず、練習でも声出しが中心だったはずだ。その中で、加茂は数少ない例外だった。

成南の辻と本間は、無難に外野守備の練習をこなした。幸い、二人とも事故では打撲程度の怪我だったので、もう影響はまったく感じられない。この二人をセンターとライトに置いて……という感じになるだろうと里田は勝手に頭の中で守備位置を考えた。鳥屋野の石神という選手もセンターだが、レフトも守れるだろう。

守備練習が終わると、里田たちはブルペンへ向かった。ピッチャーは里田と加茂。キャチャーは尾沢、それに本庄がつき合ってくれた。

「お前、キャッチャーミット、どうしたんだ?」里田はブルペンへ向かいながら本庄に訊ねた。

「石川さんから借りました」

「マジで? あいつ、まだ入院中じゃないか」

「電話で許可を取ったんですよ。部室のロッカーから持って来ました」

「キャッチャー、できるのか?」

「何とか」本庄が、左手にはめたミットをパカパカと開いた。「何でも屋ですから」

それは間違いない……選手が少ない成南は、全員が複数のポジションを守れるように練習を続けてきた。控え選手だった本庄も、練習試合ではマスクを被った経験がある。

本庄がキーパーソンになるかもしれないな、と里田自身は密かに思っていた。器用な本庄なら、集中して練習すれば、セカンドもこなせるようになるかもしれない。

「今日は向こうのピッチャー……加茂のボールを受けてやれよ」

「その方がいいですか?」

「誰がどんな形で組むか分からないから。慣れておいた方がいい」

「了解っす」

軽い調子で言って、本庄がホームプレートの後ろに立ち、加茂と軽くキャッチボールを始めた。里田は尾沢を相手にする。現実的には、試合ではこの組み合わせになるだろうな……俺が投げて、尾沢が捕る。

「加茂、よろしくな」

「オス」

加茂がキャップを少し上げて挨拶した。中学の後輩でもあるのだが、久しぶりに会うので少し緊張しているようだった。

「体、でかくなったな」身長は中学時代とほとんど変わっていないが、下半身が明らかに大きくなっている。ユニフォームの腿《もも》周りが苦しそうだった。

「去年から、筋トレばかりやってましたから」

「ああ……そうか」試合ができなかった期間の苦悩を考えると、さすがに可哀想になる。ボールを使った練習が満足にできず、ひたすら筋トレばかりというのは、目標を立てにくい。ボディビルの大会に出るわけでもあるまいし。

「ちょっと投げてみろよ。お前のピッチング、見たいから」

「緊張しますね」加茂が引き攣《つ》った笑いを浮かべる。

「馬鹿言うなって。知らない仲じゃないし……投げてみろよ」

「オス」

加茂がセットポジションに入る。おっと、まずここから変えてきたのか、と里田は納得した。中学時代の加茂は、球速はそこそこあったのだが、コントロールが今一つだった。たぶんそれは、体を無理に大きく使おうとしていたからだと思う。体があまり大きくないピッチャーにありがちなのだが、どうしても無理に大きく動いて、ボールに勢いをつけようとしてしまう。その結果、コントロールがつきにくくなるし、スタミナの消耗も激しくなる。怪我につながることもしばしばだ。

しかし加茂は、大きくフォームを変えていた。セットポジションから、足をあまり上げないで始動する。オーバースローではなく、サイドスロー。体をぐっと捻って、右打者の膝下に食いこむクロスファイヤー気味のピッチングを目指しているのだろう。しかしスピードは、オーバースローに比べて明らかに落ちる。

「気になるなら、スピードガン、あるぞ」尾沢が声をかけてきた。

「気になる」里田は認めた。

「じゃあ、測ってみるか」

尾沢が、マウンドまでやって来た。その後ろにある小さなロッカーからスピードガンを取り出し、加茂の後ろで構える。

「スピードガンまであるのか？　すごいな。さすがに強豪校は違う」里田は素直に驚いた。

「スピードガンは、そんなに高いものじゃないんだ。三万円ぐらいかな？」

その三万円を捻出するのに、成南はどれだけ苦労すると思ってる？　鳥屋野と違って、ＯＢ会が弱いから金も集まらない。学校の予算でできることには限りがある。

「加茂、いつも通りでな」尾沢が声をかける。

うなずき、加茂はストレートだけを投げ続けた。百三十四キロ。百三十二キロ、百三十七キロ。百三十キロ台中盤がストレートのマックスのようだが、左でサイドスローという変則投法であることを考えると、バッターからはもっと速く見えるかもしれない。実際、ボールにキレはありそうだから、丁寧に投げていけば大崩れせず、一試合を任せられるかもしれない。

「加茂、次はスライダーだ」

指示されるまま、加茂がスライダーを何球か投げこんだ。こちらは百二十キロ台前半。悪くないボールだ。特に右打者の内角へ行くボールに癖がある。左打者から見れば、バットが届かないところへボールが逃げていく感じだろう。

こいつは成長したな、と里田は少しだけほっとした。レベルの低い対戦相手なら、十分抑えていけるだろう。

「ほら、お前も投げろよ」スピードガンを片づけた尾沢が、里田にボールを渡し、キャッチャーのポジションまで駆けて行った。ミットを掲げ、ボールを要求する。

里田は立ち投げで、何球か強いボールを投じた。体は既に暖まっているから、いつでもいける。元々肩はすぐに作れるので、あまり準備がいらないのだ。

「座ってくれ」

指示すると、尾沢がゆっくり腰を下ろす。右膝をつき、低く構える。いつも右膝をつくのは、二塁送球の時に右足の蹴りを有効的に使えるからだという。

それにしても、こういうブルペンがあるのは羨ましいよな、と思う。マウンドと、キャッチャーが座る場所に屋根がかかっているだけだが、ちょっとした雨なら問題ない。本降りになったら──あるいは雪の時は、自慢の屋内練習場を使えばいいのだし。いつも吹きさらし、あるいは炎天下のグラウンドで投球練習をしてきた里田にすれば、本当に羨ましい環境だった。

「ほら、どうした」尾沢が声をかける。

里田はうなずき、プレートの前をスパイクで均した。プレートの真ん中を踏み、ゆっくりと振りかぶって左足を高く上げる。そこで一度タメを作り、大きく踏み出してボールを投じる──ただし、まだ八割の力だ。投げていくうちにペースを上げていこう。

投球練習は、ただ漫然と投げてはいけない。球種とコースをきっちり決め、実際に試合で投げているような感覚を持たないと。三球続けてストレートを投げた後に、スライダーを投じた。低目に小さく沈むスライダーで、内野ゴロを打たせたい時は有効——尾沢が捕り損ねる。ワンバウンドしたわけでもないのに、どうした？　元々キャッチングは上手く、中学時代は後逸することなどほとんどなかったのに。

尾沢は平気な様子でボールを取りに行き、投げ返した。何だか嫌な予感がして、里田はサインなしで勝手に球種を変え始めた。ストレート、大きなスライダー、続いてチェンジアップ。ストレートはちゃんと捕れている。しかし変化球に対しては危うい。特に大きく落ちるチェンジアップは捕り損ね、脛《すね》に当ててしまった。レガースをしていないので、しばらく痛みでうずくまる。

おいおい——里田の不安は急激に膨れ上がった。もしかしたら半年以上、まともに練習ができていなかったから、腕が鈍ってしまったのか？　加茂を相手にしているだけでは、それほど鍛えられなかったのかもしれない。加茂のスライダーも悪くないのだが、自分の変化球に比べればキレがない。これじゃあ、俺の変化球が使えないじゃないか……。

後でちゃんと話をしてみようと思い、里田はそれからはストレートばかりを投げ続けた。尾沢はストレートなら一球も捕り損なわないが、それでもどこか危なっかしい。何故か腰が引けているように見えるのだ。

「里田、今ので五十だ」尾沢が声を上げる。「まだいけるか？」

「今日はやめておく」里田は軽くボールを投げた。上がりのキャッチボール……こうやって軽く投げるだけなら、まったく問題ないのだが。

「里田さん、今の全力ですか？」加茂が訊ねてくる。

「九割かな」

「さすがですね。それで百四十五キロ出ちゃうんだから」

見ると、加茂はいつの間にかスピードガンを持っていた。

「お前……人のスピードを測ってる暇があったら、ちゃんと投げこめよ」

「すみません。でも、参考にしたくて」

「右と左じゃ、違い過ぎて参考にならないんじゃないか」

「いえいえ……勉強になりました」

気合いが感じられない。練習の時から身を入れ過ぎると疲れてしまうし、やり過ぎで怪我する恐れもあるのだが、フルパワーを使わないことと、遊びで練習することは全然違う。

「軽く打っておこうか」尾沢が提案した。

言われて気づいたのだが、打球音がショボい。自慢のバッティングマシンを使っているのだろうが、快音は全然聞かれないのだった。ブルペンを出てホームプレートの方へ向かうと、打席に立っているのは鳥屋野の選手である。

打ち損じがひどいな、と里田は顔をしかめた。バッティングマシンの球筋は素直だから、慣れれば打ち返すのは難しくないのだが、詰まった当たりばかりだ。内野を超える当たりは一本もなし。一度など、ど真ん中のボールを空振りしてしまう。

「あれ、何キロに設定してるんだ?」里田は思わず尾沢に訊ねた。

「百二十ぐらいじゃないかな」

百二十であれかよ、と本気で心配になってくる。今時、県大会でベスト8に入るようなチームのピッチャーなら、誰でも百三十キロぐらいは投げる。素直なボールがくるバッティングマシンで困っているようでは、試合では絶対に打てない。

「お先に」

尾沢が打席に入る。こいつは大丈夫なのかな、と心配しながら、里田はバッティング練習を見守った。さすがは尾沢……確実にボールを捉《とら》えている。先程の選手とは、打球音からして違っていた。きっちりミートしたライナーを、外野へ飛ばしている。全力で遠くへ運ぼうというわけではなく、ミートポイントを確認している感じだった。それでも次第に大きな当たりを飛ばすようになり、最後は流し打ちで左中間を真っ二つに抜く当たりを二本続けて飛ばし、打撃練習を終えた。

里田も打席に入ったが、これはご愛嬌《あいきょう》みたいなもの……打てないのは自分でも分かっていて、打順は九番が指定席なのだ。それでも、意外にいい打球が打てる。「ボールを打つ」練習自体が久しぶりなので、何だか気分もよかった。

全員が打撃練習を終えて、最後にクールダウンのランニング。こういう時、声を揃えて気合いを入れながら走るのが普通なのだが、キャプテンの尾沢は何も言わなかった。どう声をかけていいか、分からないのだろう。普通は学校の名前を入れて声を揃えるものだが、この場合は「成南」でも「鳥屋野」でもない。大会では「成鳥」とか「鳥成」と表記されるのだろうが、どうせなら、連合チームは名前も自由につけさせてくれればいいのに。

昼前に練習は終わり、最後に円陣を組んだ。ずっと練習を見守るだけで、一声もかけてこなかった部長の江上から「お疲れさん」と挨拶。練習の内容については特に口にせず、今後の予定を喋《しゃべ》るだけだった。明日は休み。月曜から本格的な合同練習を開始するが、三勤一休とする。

おいおい、それでいいのかよ、と里田は不安になった。両チームとも、試合や本格的な練習から離れていた時期が長い。勘を取り戻すためには、厳しく練習しないと話にならない。特に鳥屋野の連中は。

「トモ、こんな練習でいいのかよ」里田は思わず訊ねた。

「ああ、六月半ばまではこんな調子でいこうかと思ってる」尾沢があっさり答えた。「俺が立てた練習スケジュールだよ」

「練習試合は？」

「それは今、考えてる」

「いつからやるんだ？　実戦、何試合もこなさないとヤバイぞ」

「分かってる」

尾沢があまりにも平然としているので、里田の不安は高まる一方だった。基礎もまともにできていないような鳥屋野の選手。交通事故のショックからまだ立ち直っていない成南の選手。これで「甲子園を目指す」と言ったら笑い者になる。

「帰りに飯、食わないか」

里田が誘うと、尾沢はあっさり乗ってきた。よし……このチームのことは、尾沢としっかり話し合わないと。

話さないと何も始まらない。何が問題点なのか、どうやって解決していくのか——問題点があり過ぎて、どこから手をつけていいのかまったく分からなかったが。

2

二人は、鳥屋野高からそれぞれの家に帰る途中にあるマクドナルドに立ち寄った。小学生の頃から数え切れないほど来ている店で、しょっちゅう替わるバイト店員ばかりでなければ、すっかり顔馴染みになっていただろう。土曜日の昼時とあって、店内はほぼ満席だった。

それぞれ注文して席につく。尾沢は最近ずっと試している組み合わせにした。フィレオフィッシュとチキンフィレオにサラダ、それにお茶。

「ポテトは?」里田が訊ねる。

「ポテトは食べない。やめた」尾沢はあっさり言った。

「何で? あんなに好きだったじゃないか」

それは間違いない、中学生の頃、尾沢はビッグマックのセットに少し金を足して、いつもポテトをMサイズからLサイズに変更していたぐらいなのだ。

「研究の結果、ポテトはやめた方がいいという結論に至ったわけだよ」

「はあ?」

「いいか」尾沢はタブレット端末を取り出して画面に目をやった。「フライドポテトのLは、それだけで五百十七キロカロリーもある。脂質二十五・九もかなりヤバイ。要するに、ポテトを食べると必要ない栄養の摂り過ぎになるんだ。バーガー自体はいいんだ。栄養バランス的には完璧だから……肉も野菜も入って糖質、脂質、タンパク質のバランスが取れている。ファストフードが体によくないっていうのは、フライドポテトが元凶なんだ」

「いや、でも、バーガーだけだと腹が膨れないじゃないか」

「だから二つ食べる」

「それだって太るだろう」

「フィレオフィッシュは三百二十三キロカロリーでタンパク質が十四・四グラム。チキンフィレオは四百六十五キロカロリーでタンパク質は二十グラムだ。この二つが、マックの中では一番健康的な組み合わせだな。最近、いつもこれなんだ」

「お前……何がやりたいんだ?」

　里田が自分のポテトをつまんだ。かつての尾沢がそうだったように、五十円余計に出してＬサイズにしている。ゼロコーラにしたのは、自分の体に対するせめてもの気遣いだろう。

「体を作ってる」尾沢は宣言した。

「できてるじゃないか……いや、少し痩《や》せたか?」

「絞ってるんだよ。人間の体は、自分の意志と努力で変えられるし」

「そういうタイプじゃなかっただろう、お前」

「うちの高校、文化部で家政部があるんだよ」

「家政部って……料理を作ったりとか?」

「それだけじゃなくて、栄養学とかも研究してる。で、俺は研究材料になったんだ」

「人体実験かよ」里田が顔をしかめた。

「違う、違う」尾沢は顔の前で手を振る。「毎日、食ったものと、体重や体脂肪率を報告してるだけだ。向こうは、秋の学祭で発表するんだってさ」

「よく分からないな」里田が首を横に振った。

「今、体脂肪率十パーセントなんだ。去年の秋から五パーセント落とした。でも、体重は五キロ増えてる」

「筋トレ、やり過ぎじゃないか？　プロテインも飲んでるのか？」それで痩せて見えたのか、と里田は納得した。

「プロテインはやめてくれって、家政部から言われてる。食べ物だけで体をコントロールしたいんだってさ」

「お前……何やってるんだよ」

「暇だったから――まあ、いいじゃないか。家政部の連中の言う通りで、人間の体って、結構簡単にコントロールできるのな。なかなか面白いぜ」

「そんなことより、このままでいいのかよ」

「何が」

尾沢はフィレオフィッシュの包装を剝《む》くのに専念していて、顔を上げない。ぱっと剝《は》がせばいいのに、どうも上手くいかないのだ。こんなに不器用なのに、野球だけはちゃんとやれるのもおかしな話だ。いや、ちゃんとやれているとは言えないか。今日のキャッチングは、まるで他のポジションの選手が急ごしらえでキャッチャーをやっているようなものだった。それは自分でも十分自覚している。

「鳥屋野は、完全にレベルが落ちてる」

「そうだな」里田の指摘を、尾沢は受け入れざるを得なかった。

「そんな簡単に言っていいのかよ」

「自分で一番よく分かってるから。俺もそうだし」ようやく包装紙を剝がし、尾沢はフィレオフイッシュに齧《かじ》りついた。一口で半分ほど食べてしまったが、すぐには呑《の》みこまずにひたすら嚙み続ける。フィレオフィッシュには、嚙みごたえのある素材は一つも入っていないのだが、どんな食べ物でも「とにかく三十回嚙むこと」と家政部から厳しい指導が入っていた。

「甲子園なんて、人前では絶対に言えないぞ」里田が残念そうに言った。

「そうかな」口をモゴモゴ動かしながら尾沢は反論した。

「そうだよ。今日の練習で分かった」

「分かったって、何が」

「俺たち、皆下手クソだ」

「お前、怪我はどうだ」尾沢は逆に聞き返した。「今日、百パーで投げられたか？」

「そこまでじゃない」

「でも、変化球は切れてた」尾沢は、右から左へ動かした右手を、途中ですっと下に下げた。

「変化球だけでも、抑えられるんじゃないか」

「その変化球を、お前が捕れてないじゃないか」

「硬球でお前のボールをちゃんと受けるの、初めてみたいなもんだから」

「はっきり言えば、俺は不安だらけだよ」里田が打ち明ける。「お前、何でそんなに吞気なんだ？　今日の練習を見ただけで、俺は絶望的になった」

「お前は何でも大袈裟なんだよ」尾沢は笑って、フィレオフィッシュの残りを口に押しこんだ。

「まだ時間はたっぷりある」

「時間はある……いや、ないよ。予選まで一ヶ月半しかないんだぜ」

「俺たち、素人じゃないよな」

「ああ？」里田が目を見開く。

「鳥屋野も成南も、ほとんどの選手が小学生の時から野球をやってる。遅くても中学校から始めてる。それで身に染みついたものは、簡単には消えないよ」

「お前らは、半年以上も試合してないじゃないか」里田が指摘する。

「でも、練習はしてたから、ボールの感触は覚えてる。今日だって、ボールにびびってる奴はいなかっただろう」

「そうかなあ」里田が疑わしげに反論する。「ノックの時なんか、完全に腰が引けてたじゃないか。お前の緩いノックであれじゃあ、試合ではどうなるんだよ」

「勘は戻るよ。元々皆、基礎はできてるんだから」

「何でそんなに楽天的になれるかね」里田が溜息をついた。「はっきり言おうか、俺は今日、絶望したよ」

「諦めが早過ぎるよ、お前は」尾沢は逆に心配になってきた。里田は昔からこういうタイプなのだが……大差がついてしまうと、勝っていても負けていても集中力が途切れてしまう。急に気の抜けたボールを投げて、痛打されることもしばしばだった。

「はっきり言おうか？　俺が心配してるのは鳥屋野の選手なんだよ。うちから七人が先発メンバーで出ても、まだ二人足りない。鳥屋野から絶対に二人は入らないといけないんだよ。その二人が穴になったらどうする？」

「一人は俺なんだけど」尾沢は軽く反論した。

「じゃあ、もう一人が穴だったら……そういうところは狙われる」

「ツーアウト満塁のチャンスに限って、チームで一番打てない奴のところへ回ってくるんだよな」尾沢はうなずいた。

「冗談じゃないんだ！」里田が声を張り上げる。

「フミ、声でけえよ」

「……分かってる」

　里田が不機嫌な表情を浮かべ、猛烈な勢いでビッグマックを食べ始めた。そんなに慌てて食べたら、消化に悪いのに。こいつも家政部のアドバイスを受けた方がいいと思うが、今から一ヶ月半では体質改善は不可能だろう。まあ、取り敢えず野球のことだけ考えていけばいいのだが。

　あっという間にビッグマックを食べ終えた里田が、喧嘩腰で訊ねる。

「何か、いい手はあるのかよ」

「いろいろ考えてるよ」

「いろいろって……鳥屋野の選手、上手くなるのか？」

「上手くなるっていうか、元のレベルには戻せる」

「そのレベルって、どれぐらいだ」

「決勝に残るぐらい」

「去年の決勝でプレーした選手は、お前だけじゃないか」里田が指摘する。

「うちには下手クソは一人もいないよ」

「いやいや……」里田が力なく首を横に振った。「お前、俺を騙《だま》したのか？」

「騙した？　何で？」

「取り敢えず人数が揃って試合ができればいい、とでも思ってたのか？　本気で甲子園なんて、無理だって分かってたんだろう？」

「せっかちだな、お前は」尾沢は肩をすくめた。「練習初日から上手くいくわけないじゃないか」

「冗談じゃない」里田が立ち上がる。「これじゃ、絶対無理だ。甲子園なんて、お前の妄想《もうそう》なんじゃないか?」

「まさか」言いたい放題言われていい加減むかついてきたが、無理に反論もできない。自分だって様々な手を考えているが、百パーセントの自信があるわけではないのだ。

逆に言えば、考えていることが全て成功すれば、甲子園はぐっと近づく。

「帰るわ」

「おい――」

「何だよ」

「ポテト。食えよ」

「お前にやる」

里田がさっさと去って行った。せっかちなのは昔から――昔よりせっかちになっているかもしれない。あんな事故に遭ったせいだ、と尾沢は自分に言い聞かせた。明るい未来が、自分の責任ではない出来事で突然閉ざされたら、誰だって絶望する。そこへ誰かが手を差し出せば、藁《わら》にもすがる思いで飛びつくだろう。しかしその藁が、想像していたよりも遥《はる》かに細く、脆《もろ》かったら……時間をかければ、藁を太くすることはできる。里田は、それが待てないのかもしれない。

残った大量のポテトに意識が向く。やっぱり美味そうだよな……昔は、ハンバーガーよりもポテトの方が好きだった。それが今、目の前に山のようにある。半分ぐらい食べたって、急に体がおかしくなるわけじゃないよな。

手を伸ばしかけ、引っこめる。いやいや、こんな意志薄弱なことじゃ駄目だ。一度決めたら最後までやり通す。ポテトを我慢できないようじゃ、甲子園なんて絶対に無理だ。

その日の午後、尾沢は同級生の佐川美優《さがわみゆ》に電話をかけた。話すのは——本気で話すのは久しぶりだ。

「尾沢……」美優が絶句する。

「元気?」尾沢はわざと明るい声で訊ねた。

「私は元気だけど、尾沢は何やってるのよ」

「何って?」

「野球!　連合チーム!」いきなり美優が声を張り上げる。「皆呆れてるわよ」

「どうして」

尾沢は平常運転でいくことにした。美優は怒りっぽいが、それは長くは続かない。こちらが普通に対応していれば、すぐに落ち着くのだ。

「だって、連合チームなんて……あり得ないし」

「何で」

「何でって、当たり前じゃない。自分たちだけで出られないからって、何で相手が成南なのよ」

「ルール通りにやってますけど」

「そういう問題じゃなくて」

「急にくっついたチーム同士が甲子園を目指したら、何だか不純だとか?」

「不純って言うか……」

「なるほど、分かったよ」

「何が」

「お前、坂上と百パー同じ反応だ」

「マジ？」美優がいきなり慌てたような声になった。「あのゴリラと？」

尾沢は思わず笑ってしまった。ごつい体格の我らが応援部部長は、確かにゴリラに似ていなくもない……顔も、だ。

「坂上と同じ考えってのは、どうかね」

「それは……それで、いきなり何よ。何で電話してきたの？」

「番号、分かってるから」

「そういう問題じゃなくて」

「分かった、分かった」こういうやり取りは猫の喧嘩みたいなものだ、と尾沢には分かっている。前足で盛んに引っ掻き合うだけで、すぐに飽きてしまう。「お願いがあるんだけど……戻ってくれないか？」

「は？」

「マネージャーとして」

「何で今さら」

「水汲《く》みとか洗濯をしてくれとは言わないよ。データの分析にだけ手を貸して欲しいんだ」

「ちょっと、調子良過ぎない？」美優は本気で怒っているようだった。

「分かってるよ。でも今は、佐川の力が必要なんだ」

「そんなこと言ったって、無理」

「何で？」

「ハルマゲドンで辞めた人間に、そんなこと、頼む？」

「元凶はいなくなったんだけど」

美優が黙りこむ。考えてるな、と尾沢には分かった。もう一押しすれば、何とかなるだろう。

美優は野球オタクだから。

美優の兄——鳥屋野高で五年先輩だ——は今年、大学を卒業してプロ野球の世界に身を投じた。その兄の影響を強く受けた彼女自身、中学校までは野球をやっていた。鳥屋野高に入ってマネージャーに転じたのだが、尾沢は最初から強烈な印象を抱いていた。女子マネージャーといえば、選手のユニフォームを洗濯し、飲み物を用意し……というのがよくある仕事なのだが、美優は異常な観察眼と分析能力の持ち主だったのだ。自分でもプレーしていた人間にしか分からない、細かいところによく気がつく。試合の時はベンチに入らずバックネット裏に陣取り、相手チームの選手の癖を探り、みっちり記録を取る。その指摘が間違っていたことは、尾沢が覚えている限り一度もなく、特にピッチャーの癖を見抜く能力が抜群だった。ベンチ入りしていないから、試合中はその情報は伝わってこないのだが、次の対戦で確認してみると、百パーセント合っていた。

そのせいか、何かと問題の多かった前監督の堤にも信頼され、「お前はマネージャーじゃなくてスコアラー」と言い渡されていた。美優自身もそれを楽しんでいた。選手も、相手チームの対策を考える時に、まず美優の意見を聞くようになったぐらいである。去年の不祥事の後、暇な時間にできるだけ他校の試合を観に行くようになったのも、美優の影響かもしれない。

その美優も、さっさと野球部を去ってしまった。「試合がないなら、いても意味がない」というのが彼女の言い分……尾沢は反論できなかった。時間を無駄にしたくない、将来野球にかかわる仕事をするためには、大学で学ぶこともたくさんあるから、と彼女は主張した。本当は、トラブルを間近に見てうんざりしてしまったのかもしれない。

ただし、彼女がすぐに受験勉強に身を入れ始めたかというと、そんなこともない。というより、どこかぼうっとした毎日を過ごしていたはずだ。尾沢は図書館で彼女が一人きりでいるのを何度か見たことがあるが、本を広げたまま、頬杖をついてどこか遠くを見ているのが常だった。

それどころか、尾沢たちがたった五人で練習しているのを、防御用ネットの向こうからずっと見ていることもあった。間違いなく、未練たっぷりだ。美優は、生の野球に——高校野球にかかわりたいのだ。

「里田のピッチング、分析したくないか?」

「里田君って、ちゃんと投げられるの? 怪我の影響は?」美優が初めて微妙に食いついてきた。

「大丈夫。今日初めて合同練習をやったんだけど、特に大きな影響はないみたいだ。あいつはやれるよ」

「マジ?」

「マジ」尾沢は一人うなずいた。本当は少し心配でもあるのだが、ここでそんなことを言ってもしょうがない。とにかく、美優を乗せなければ。「あいつのピッチングを練習の時から見て、分析してくれよ。里田がチームの大黒柱になるのは間違いないんだから」

「それで、どうするつもり?」

「甲子園に行く」

「本気で言ってるの?」美優が心配そうな声を出した。「尾沢、頭でも打った? あ、今日は暑かったから、それで——」

「俺は大マジだよ」尾沢は真剣な口調で言った。「何の根拠もなくそんなことを言ってたら馬鹿だけど、俺は勝てると思ってる」

「二つのチームのいいとこ取り、とか考えてるの？　甲子園は、そんなに近くないわよ」

「少なくとも、成南単独、あるいは去年のうちぐらいの力は出せる」

「ちょっと信じられない」

「自分の目で見て確認してくれよ。お前が見れば一目瞭然《りょうぜん》だから。それで、問題点があったら言ってもらえれば、すぐに修正する」

「でも……」

「甲子園、行きたくないか？　二年連続決勝で負けた悔しさは、お前も知ってるだろう」

「嫌なこと言わないで」

美優に対する尾沢の印象は、「泣き虫」である。普段はそんなことはないのだが、一昨年、去年と二年続けて決勝で負けた後は、人目を憚《はばか》らず号泣していた。それこそ、最後のチャンスを逸《いっ》した三年生よりも激しく。まるで自分のエラーで試合を落としたようだった。

「八月までだから……それぐらいなら、受験に影響しないだろう？　本当はもっと早く声をかけたかったんだけど、ちゃんとチームとして動けるようになってからの方がいいからと思って。空振りしたら申し訳なかったからさ」

「うーん……」

「里田を解剖したくないか？」

「解剖ね……うーん……」

迷っている——いや、復帰する気は出てきたに違いない。結局美優は野球が好きなのだ。

「煮るなり焼くなり好きにしていいからさ。それと、マネージャーの雑用は全部免除でいいよ」

「そういうの、自分たちでやるの？」

「もちろん。とにかく今は、試合をすることが大事なんだ。それで、甲子園に行く」

「言ってることは分かったけど……尾沢は一度病院に行った方がいいわね」

「何で」

「甲子園なんてマジで言ってるとしたら、本当に危ない人だから」

「練習を見れば、お前だって納得するよ」里田はまったく別の感想を持ったようだが……とにかく今は、美優を巻きこまないと。「なあ、監督が若林だぜ」

「それはしょうがないでしょう」一転して、美優が同情的な声を出した。「他に人がいなかったんだから」

「素人なんだぜ？　野球に関してはまったく当てにならないんだよ。だから、実質的にはお前に監督をやってもらって――」

「ちょっと、何言ってるの？」

「正式に監督になってもらうのもいいかもな。女性の部長とかはいるわけだし、できるんじゃないかな」

「私、生徒だよ」美優は本気で困っている様子だった。

「女子高生監督なんてなったら、スポーツ紙が一斉に取材に押しかけてくるよ。だから、ちゃんと前髪作っておけよな」

「馬鹿じゃない？」

美優はいきなり電話を切ってしまったが、尾沢は自分の顔が緩んでいるのを感じた。あいつは絶対、釣り針に引っかかった。そうじゃなければ、こんなに長く話をするはずがない。俺たちには、監督はいないも同然なのだ。だからこそ「頭脳」が欲しい。美優がいて、しっかり相手チームを分析してくれれば、何倍も強くなれる。試合中にも、弱点を修正できるのだ。

電話が鳴った。美優。尾沢は思わずにやけながら、スマートフォンを取り上げた。ほら、ヒットだ。美優の前に「野球」という餌《えさ》を投げれば、食いついてくるに決まっている。


美優は上手く引っかかった。取り敢えず、月曜日の練習は見に行くから——嫌々誘いに乗ってきたのだが、実際には興味津々《しんしん》だと尾沢には分かった。

さて、これで一つ問題はクリアだ。練習に来さえすれば、美優はすぐに昔の感覚を取り戻してくれるだろう。チームの現状には苛つくかもしれないが、「だったらお前が強くしてくれ」と言ったら絶対に乗ってくる。同じ「野球好き」として接して、相談を持ちかければ、本気になるはずだ。

尾沢はさらに新しい手を打ったが、これは予想通り上手くいかなかった。電話ではどうしても説得できない。会えば何とか……意を決して、午後遅く、尾沢は自転車を漕ぎ出した。そんなに遠くない。片道五キロぐらいだから、十五分もあれば着くだろう。

しかし漕ぎ出した瞬間、雨が降り出した。午前中から雲は厚かったのだが……一度家に戻ってカッパを着こむ。雨はすぐに激しくなり、全身をばちばちと強く打ち始めた。顔に当たる雨が鬱陶しく、どうしてもスピードを落とさざるを得なくなる。

交通量の多い場所を避けようと、住宅地の中を走り、巨大な水門を左に見ながら信濃川を渡る。この橋は坂になっていないので、自転車でも楽だ。渡り終えるとすぐに跨線橋《こせんきょう》の下を潜るが、大した高低差ではない。立ち漕ぎで一気に通り過ぎたが、その先が緩い登り坂になっているのを忘れていた。ようやく登り切ると、左側に川——これは信濃川ではなく、関屋《せきや》分水路だ。越後線の線路の下を通ると、その先は関屋分水路を渡る有明《ありあけ》大橋。尾沢はそちらには行かず、交差点を右へ曲がって西大通りに入った。

住所は……晴れていれば、自転車にスマートフォンをセットしてナビ代わりに使えるのだが、雨に濡《ぬ》らすわけにはいかない。時々自転車を止め、雨ガッパの内側からスマートフォンを取り出して道順を確認する。

一軒の家の前で自転車を停め、雨ガッパのフードを跳ね上げる。まだ雨は強く、すぐに髪が濡れてきたが、フードを被ったまま挨拶するわけにはいかない。まあ、タオルがあるから濡れても大丈夫だろう。

何度か話したことはある相手だが、いつも上手くいかなかった。申し訳ないという気持ちもあり、どうしても腰が引けてしまう。相手は一年生だから遠慮する必要もないのだが、この辺はこちらの気持ちの問題だからどうしようもない。

インターフォンを鳴らす。相手が出る間に、尾沢は呼吸を整えた。美優を口説き落として、「頭脳」は手に入れることができそうだ。次は「右腕」だ。勝ち進んでいくために、どうしても必要な材料。

これを何とかしないと、計画は絶対に上手くいかない。

3

マジで大丈夫なのか、これ。

月曜日、里田の不安は急速に高まった。

関川、東も復帰して、守備練習で投内連携をやったのだが、どうしても動きがぎくしゃくしてしまう。状況を設定して一々動きを止めてやるのだが、鳥屋野の選手たちは、個別の状況での動きが体に入っている感じではない。ノーアウト一塁、相手が確実にバントしてくるところで、内野がどう詰めるか。牽制《けんせい》のタイミングはどうするか。バントさせるか打たせるかで内野の動きも変わってくるのだが……これじゃあ、成南得意の堅い守備が生かせない。猪狩が鍛え上げた成南の守備——特に内野は鉄壁の守りを誇っていた。困った時は内野ゴロを打たせておけば絶対に大丈夫だった。

しかし今は、ダブルプレーを確実に完成させるのも難しいだろう。ワンアウト一塁で、セカンドゴロを打たせてダブルプレーを成立させたい——しかし、セカンドに入った鳥屋野の三宅が、尾沢の緩いノックをファンブルしてしまう。何とかボールを持ち直してベースカバーに入ったショートの東に送球したが、これがとんだ暴投になる。距離にしたら十メートルもないのだから、暴投なんかあり得ない。焦っているからこんなことになる——そもそも、あの緩いゴロをファンブルするか？　尾沢は元に戻ると言っていたが、そもそも下手クソだったんじゃないか？　いい選手は辞めて、駄目な選手だけが残ってしまったとか。

一々確認しながらノックするのだが、守備位置の確認というより、ボールの取り方、その後の処理の仕方という基礎が中心で、里田の苛立ちは次第に高まっていった。こんなの、基本の基本じゃないか。

守備練習を終えると、すぐにブルペンに入る。今日も尾沢を相手にピッチング練習をしたが、状況がよくなっているわけではない。尾沢はやはり変化球に対応できずに、ポロポロとこぼしてしまう。あまりにもひどいので、今度は一球ずつ球種を指定して投げてみると、何とか捕球はできるがどうにもぎこちなく、低目のボールには辛うじて対応している感じだった。

体が硬い。

野球部が実質休止している間、筋トレは十分こなしていたはずだ。体脂肪率が減って体重が増えたのは、間違いなくその証拠である。しかしその分、ストレッチをサボっていたのではないか？　体が硬い野球選手は大成しないのに。

何だか冴《さ》えない……不安は大きくなる一方だった。このままでは、まともな試合はできそうにない。

打撃練習が始まってから、不安は怒りに変わり始めた。鳥屋野の選手たちの顔に笑顔が見えるのだ。もちろん、常に真剣でいる必要はない。監督の猪狩も「笑顔を忘れるな」といつも言っていたが、それは試合中の話である。練習では歯を見せてはいけない。上手くいった時に会心の笑みを見せるのはともかく、打ち損じたり、空振りしたりして照れ笑いを浮かべているのは駄目だ。しかもそれが成南の選手にも伝染している。

練習が終わると、里田は二年生の本間を摑まえて、グラウンドの隅に連れて行った。

「何だか気合い、抜けてたけど」

「そうですか？」本間は何を言われているか分からない感じだった。

「打撃練習の時、お前、笑ってただろう」

「笑ってませんよ」本間が急に真剣な表情になった。

「それに、鳥屋野の選手と話してばかりだったじゃないか」

「よく知らない相手なんだから、話さないと何も始まらないでしょう。向こうに、中学校の同級生もいるんですけどね」

「そういうの、練習が終わってからでいいんじゃないか？」

「フミさん、何でそんなにカリカリしてるんですか」本間が不思議そうな口調で訊ねる。

「本番まで一ヶ月半しかないんだぜ？　焦るのは当然だろう」

「焦り過ぎですって」本間が諭《さと》すように言った。「一ヶ月半もあるんですから」

「投内連携だって全然上手くいってない」

「そりゃ無理ですよ」本間が首を横に振った。「投内連携は、今日初めてやるんですよ？　普段の練習のやり方も全然違うんだから、急に合わせるなんて無理です」

「やれそうなのか？」

「そのうち何とかなるんじゃないすかね？」

里田は一瞬で頭に血が昇った。こいつ、あまりにも能天気というか、無責任じゃないか？

「うちは一度、死んだんですよ。それが、試合はできそうなんだから、十分じゃないですか」

「十分じゃないかって、試合できるだけでいいのか？　勝ちたくないのかよ」

「だって、成南じゃないし。俺たちは来年へのつなぎみたいなものだから」

「お前……」

「フミさんは、マジで甲子園に行けると思ってるんですか？」

「じゃあ逆に聞くけど、お前の目標は何なんだよ」

「俺？　俺は、まあ……試合できればいいですよ。このチーム、成南じゃないんだし」

「じゃあ、連合チームを組んでやることに意味なんかないじゃないか」

「甲子園に行けると思ってるフミさんの方が、よほど変ですよ」本間が真顔で反論した。「尾沢さんは甲子園なんて言ったけど、マジで考えてる奴なんかいませんよ。フミさんはマジなんですか？」

「予選に出る以上、そこを目指さないと馬鹿だ。記念じゃないんだから」

「俺が馬鹿だって言うんですか」本間の声に怒りが滲む。

「馬鹿じゃなくても、やる気があるとは思えないな」

「無茶言わないで下さい！」

「おい、いい加減にしろよ」

急に尾沢が割って入った。比較的冷静な口調で、表情にも変化はない。いつから里田たちの話を聞いていたか分からないが、最後は怒鳴り合いだったから、聞きつけて急いで駆けつけてきたのかもしれない。

「どうかしたのか？」尾沢が二人の顔を交互に見ながら訊ねる。

「いや、何でもないっす。ちょっと練習の件で、フミさんから厳しく指導されてただけですから」笑みさえ浮かべ、本間が答える。

「そうなのか、里田？」

里田は何も言わなかった。認めもしないし、否定もしない。何を言ってもトラブルになりそうだった。

「悪いっすね、声がでかいもんで」本間が笑みを浮かべて謝る。

「いや、いいけど……何かあったら言ってくれよ」

「分かってますよ、キャプテン」

笑みを消さずに、本間が立ち去った。尾沢が真顔で訊ねてくる。

「本当に何でもないのか？」

「何でもない」

何でもないわけがない。本間があんないい加減な気持ちだとは……里田は、ずっと感じていた一抹の不安が一気に大きくなるのを意識した。連合チームを組むことには猪狩も賛成で、できる限りバックアップすると言ってくれたものの——病院のベッドに縛りつけられたままでは説得力がなかったが——選手たちの反応は微妙だったのだ。鳥屋野にすれば「渡りに船」だったかもしれないが、成南の場合、試合に出られるからといって喜ぶわけにはいかない。去年からあれだけ苦労して、チームを作り上げてきたのだ。一枚岩のチームが崩壊し、鳥屋野が助け船を出してくれたからといって、ウェルカム状態ではない。本間なんか、仮に一回戦で負けても「予選に出られていい記念になった」と晴々《はればれ》とした笑顔を浮かべそうだ。

それじゃ駄目だ。駄目だけど、俺が気合いを入れなくちゃいけないのか？　そんなの、俺の仕事じゃない。ピッチングのことしか考えたくない。

三勤一休で、木曜は練習が休み……練習を再開する金曜日、里田は授業を受けていても集中できなかった。頬杖をつき、指先で鉛筆をくるくる回しながら、ぼんやりと考える——いや、考えていない。考えようとしても、思いがあちこちに散り、まったくまとまらないのだ。

はっきりしているのは、「嫌だ」という気持ちだけ。

このまま練習を続ける気にはなれない。「取り敢えず予選に参加できればいい」ぐらいに考えている選手たち。何も手を打たない尾沢。

もやもやした思いは、一つの結論にたどり着いた。

昼飯は部室で食べるのが習慣になっているのだが、今日はその気にならなかった。代わりに食堂に向かい、片隅で弁当を広げる。もそもそと箸《はし》を使っていると、里美に声をかけられた。見ると、近くに彼女のクラスの女の子たちがいる。全員が紙袋を持っているので、購買にパンを買いに来たのだと分かった。

「何か、しけてない?」里美が心配そうに言った。

「しける?」

「しけるって言わない? うちの親、よく言うんだけど」

「どういう意味?」

「ほら、お煎餅《せんべい》とかが湿気を吸って……あんな感じ?」

「分かんねえよ」

「ご飯、つき合ってあげる」

「別にいいよ」

「相談もあるのよ」

里美が、近くにいた数人の友だちにうなずきかける。ボーイフレンドと一緒にご飯ね……ニヤニヤしながら、彼女たちは去って行った。

里美が紙袋からパンを取り出した。サンドウィッチにコロッケパン。成南の購買のコロッケパンは名物で人気が高く、昼休みが始まって三分で売り切れる。里美はどうやって手に入れたのだろう？

「相変わらずよく食べるわね」

里美が呆れたように言った。よく言うよ、と里田は思った。でっかいサンドウィッチにコロッケパンは、女の子にしては食べ過ぎじゃないか？

「尾沢の野郎、フライドポテトを食べないんだ」

「何、それ」

「肉体改造中だってさ」

「そう言えば、この前会った時、結構痩せてた感じがしたわね」

「体重は増えて、逆に体脂肪率は減ってる」

「アスリートねえ」納得したように里美がうなずく。「フミさんは、相変わらずただの大食いだ」

途端に居心地が悪くなり、罪の意識さえ感じる。里田の今日の弁当は、掌《てのひら》サイズのチキンカツ二枚がメーンなのだ。鶏の胸肉だからとんかつよりはいいかもしれないが、揚げ物に変わりはない。ただ、これぐらい食べないと、練習終わりまで腹が保たない。普通の生徒の二倍の量の弁当を食べても、練習前にはゼリーのお世話になることもしばしばだった。

「で？　相談って？」

「応援、やっぱり準々決勝からでいいよね？」

「いや、そんなこと言われても……今まで応援なんか受けたことないから」

「他の学校の子に聞いてみたんだけど、全校応援が入るのって、だいたい四回戦ぐらいからなんだって」

「そうなんだ」

去年は三回戦負け。一昨年は二回戦負けだったので、対戦相手に応援がいなかったのも当然か。しかし、三回勝たないと応援も入らないというのは、何だか寂しい気もする。

「まだ一学期の最中だもんね」里美が野菜ジュースを啜《すす》った。「応援に行く時間もないでしょう」

「新潟全域でそんな感じなのかな」

「たぶんね。でも、準々決勝からでもいいでしょう？　そこまでは勝つよね」

「さあね」何を呑気なことを、と里田は少し苛ついた。勝負は水物なのだ。今年も絶対的な優勝候補である海浜だって、一回戦で取りこぼす可能性がある。「お前、本気で応援に来るつもりなのか？　ブラバンで話、まとまったのか？」

「だいたいね」

「もしかしたら、トモに乗せられた？」

「そういう感じは否定しないけど、一回ぐらい、スタンドで応援してみたいし。準備もしてきたからね」

「間に合うのかよ」

「うちのブラバンの実力、知らないの？」里美が笑った。「楽勝よ。試合中に繰り返す曲もあるから、何十曲もマスターする必要はないし、練習にはそんなに時間はかからないと思うわ。鳥屋野の応援部と合わせるのは大変かもしれないけど」

「あ、そう」

「何？　何かあった？」里美が鋭く気づく。

「別に」

「フミさんって、分かりやすいよね。ポーカーフェイスとか、知ってる？」

「知らねえよ」苛つきが加速する。里美は幼なじみであるが故に、時々何も考えずにこちらの心に土足で踏みこんでくる。あまり感情を出さないつもりでいるのに、彼女には読まれてしまう。

「ほら、怒ってる。何に怒ってるの？」

「応援のこと、白紙に戻しておいた方がいいと思うよ」

「何で」

「準々決勝まで行けるかどうかなんて、分からないじゃないか」

「自信、ないの？」

「ない」里田は正直に認めた。里美には嘘をついてもバレるしな……。

「マジで？」

「チームがまとまらないんだよ。っていうか、誰も本気になってない」

「フミさんは？」

「俺が本気になったって、他の選手が本気を出してないんじゃ、意味ないよ」

「フミさんが引っ張ればいいじゃない」

「俺はそういうタイプじゃない。そういうのは、トモに任せる。あいつがやるべきなんだ。でも……トモも、やる気があるかどうか分からない。しかも腕が落ちてる。取り敢えず選手が集まって、試合に出られるようになったから、ゴールだと思ってるんじゃないかな」

「フミさんが投げても勝てないってこと？」

「トモが下手クソになってるんだよ。ずっと試合してないからしょうがないかもしれないけど……あれじゃ、任せられない」

「厳しいね、トモさんは」

「マジでやるんだったら、厳しくなる——でも、もういいかな」里田は箸を置いて、頭の後ろで手を組んだ。

「まだそんなに練習してないんでしょう?」

「四回」

「それで判断するの、いくら何でも早過ぎない? そんなに気合いが入ってないんだったら、フミさんが自分で気合いを入れればいいじゃない」

「だから俺は、そういうのに向いてないんだって」

「ふうん」里美が唇を尖《とが》らせる。「フミさんって、与えられたものを受け取るだけなんだ」

「ああ?」

「だって、今回の連合チームの話だって、鳥屋野が持ってきた話を受けただけでしょう? 練習でも、自分で声を出さない……餌を待ってるだけじゃ、餓死しちゃうわよ」

「俺はペットじゃないよ」里田はまだ半分ほど残っている弁当に蓋をした。

「何? せっかく一緒にランチなのに」

「こんな話をしてちゃ、飯も美味くないよ」

里美は肩をすくめるだけだった。何だよ、挑発するだけして、あとは放置? 十年以上のつき合いなのに、未だに彼女のことはよく分からない。

教室に戻って、残った弁当を急いで平らげた後、里田は尾沢にメッセージを送った。

今日は休む

速攻で返信が来た。

どうした?

体調不良

足首か?

ちょっと風邪っぽい

足首は大丈夫か?

しつこい……やけに足首にこだわる。実際、自分でも状態は百パーセントではないと思っているのだが。痛みがあるわけではないのだが、何となくまだ踏ん張りにくい。

足首問題なし

それだけ送って、メッセージのやり取りを終える。尾沢はしつこく聞いてくるかもしれないが、

る。あとは無視だ、無視。授業中のスマホ使用は禁じられているから、返事をしなくても言い訳にな

練習に出ない……出ないで、俺は何をやるんだ？

放課後、他の選手が鳥屋野高校に移動したタイミングを見計らって、里田は部室に向かった。複数の運動部の小さな部屋が集まったプレハブ小屋。着替えて、スパイクではなくアップシューズを履く。合同練習はボイコットしても、ただぼうっとしているわけにもいかない……ストレッチで体をほぐしてから、走り始めた。

サッカー部と陸上部が練習しているのを横目に、校庭全体を使って四角く回って行く。一周、六百メートルぐらいになるはずだ。走っているうちに、次第に無心になってくる。呼吸が気持ちよく整い、体の中から熱が噴き出る。腕を軽く振り、スピードを上げ過ぎないように気をつけながらペースを保つ。額に滲んだ汗が垂れ、頬に筋を作るのが分かった。真夏のランニングは地獄だけど、この季節は最高だな……ジョギングを趣味にする人がいるのも分かる。

「——里田。里田！」

背後から声をかけられ、はっと顔を上げる。

「里田、ちょっと待て！」

立ち止まって振り向くと、陸上部の監督、沢谷《さわや》がやって来た。三十代半ば、よく日焼けした体育の教師である。

「お前、どんだけ走ってるんだ」沢谷が驚いたように言った。

「いや……カウントしてませんでした」

「俺が数えただけで、十五周してるぞ」

十五×六百メートルで九キロ？　道理で汗がひどいはずだ。里田はアンダーシャツの袖《そで》で顔全体を拭った。普段の練習でもこんなに走ることはない。例外は冬場で、グラウンドに雪が積もるとボールを使った練習ができないので、雪を踏み締めながら延々とランニングを続けることになる。必ずシューズから靴下までびしょびしょになり、風邪を引いてしまうこともよくあった。

「何だよ、今日は自主トレなのか？」

「まあ、そんな感じです」

「怪我は大丈夫なのか」

「まあ、何とか」里田は右足首のアキレス腱《けん》を伸ばした。アキレス腱が痛いわけではないが……。

「バランス、崩れてたぞ」

「マジすか」里田は目を見開いた。

「俺は専門家だぞ。怪我してないと、あんな走り方にはならない」

無意識のうちに右足を庇っていたのかもしれない。そう言えば、左足の方に少し張りを感じる。

「それよりどうだ、自主トレやってるんだったら、ちょっとやりを投げてみないか？」

「いやあ……勘弁して下さいよ」里田は苦笑した。

沢谷は、里田が一年生の時から、ずっと陸上部への勧誘を続けてきた。弱い野球部で苦労するより、陸上部でやり投げをやってみろよ、と。あまりにもしつこいので、去年の春、猪狩の許可を得て、一度だけ陸上部の練習に参加したことがある。その時初めてやりを投げてみたのだが、いきなり五十メートルを超える距離が出た。それで沢谷は、俄然《がぜん》本気になってしまった。「これなら、ちょっと練習すればインターハイで上位も狙える」と。

言われてみると、やれそうな気がしてきた。やり投げは、投擲《とうてき》競技の中では野球のボールを投げる動作に似ている。肘《ひじ》の使い方は違うが、やってできないことはない、という感覚だった。

しかしそこで、猪狩がすかさず介入した。「甲子園を目指すピッチャーに手を出すな」とぴしりと一言。猪狩の方が教員として先輩だから、さすがにこの警告で沢谷も落ち着いた。ただし里田は、猪狩の一言に逆に驚いていた。「甲子園を目指す」。今まで、そんなことは一言も言っていなかったではないか。実際、その夏の大会も三回戦で負けてしまったのだし。それでも猪狩は、何か手応えを感じていたようだった。そして秋の大会では、初のベスト4。

猪狩と話したい、と唐突に思った。あの監督とは独特の絆《きずな》がある。話せば道が開けるかもしれない。

4

おお……尾沢は思わず固まってしまった。あまりにもいいボールがくると、しばらくその感触を全身で感じているために、動きたくなくなる。アニメだったら、ミットから煙が上がっているところだ。

ゆっくり立ち上がり、ボールを投げ返す。相手は屋内練習場のマウンドに立っていた。ユニフォーム姿ではなく、ジャージにTシャツの軽装。足下だけはスパイクで固めている。

「ナイスボールだ」

相手は無言でうなずく。無口……なのかどうかは分からない。このシチュエーションにどう対応していいか、自分でも分かっていないのかもしれない。

尾沢はストレートだけを要求した。変化球はいらない。いや、投げさせてはいけない。相手はしばらく、本格的なピッチングから遠ざかっていたのだ。まずはストレートだけで、ピッチングの感覚を取り戻してもらわないと。

二人しかいないので、スピードガンで測るわけにはいかないが、尾沢の体感では間違いなく百四十キロ台中盤は出ている。それでもまだ余力があり、その気になれば百五十キロが出るかもしれない。ストレートだけなら、里田と互角の勝負だろう。あまりにもボールの伸びが良過ぎて、何球か、捕り損ねたぐらいだった。俺もまだ、練習が足りないな……明らかに感覚が鈍っている。里田のスピードに慣れるために、バッティングマシンのボールを受けてみたこともあるが、あれではやはりキャッチングの練習にはならなかった。

五十球投げたところで、尾沢は終了を宣言した。マウンド上の相手は不満そうだったが、無理はさせられない。

「どうだ?」

「どうって……まだ分かんないっす」

「行けると思うよ、俺は」

「そうすかね?」

「でも、しばらくは合同練習には参加しないで欲しい」

「何でですか? 俺、やりますよ。投げられます」相手が露骨に不満な表情を浮かべる。

「分かってる。俺もやれると思う。でも、隠しておきたいんだ」

「隠すって……」

「高校野球だって、情報戦なんだぜ? お前を隠しておいて、本番でドーンと——相手にはデータがないから、絶対抑えられる」

「練習試合なしで、いきなり投げるんですか？」不満の表情は消え、今度は不安の色が現れる。

「できるさ。試合が練習だと思えばいい」

「いや、それは……ヤバくないすか」さすがに腰が引けている。

「チャレンジだ。どうせ一度は捨てた命だしな。でも、よく引き受けてくれたよ」

「それは、まあ……甲子園に行けるかもしれないし」

現金な奴だ、と苦笑した。この男の性格がイマイチ分からないが、即戦力なのは間違いない。リトルリーグ出身で硬球にも慣れているし、試合勘は——それは実戦で投げながら取り戻してもらうしかない。賭《か》けだが、安全策ばかり選んでいたら勝負には勝てない。

「悪いけど、練習は四日に一度にするから」

「そんなに間隔が開いたら、練習にならないっすよ」

「合同練習は三勤一休なんだ。その休みの時にやりたいんだよ」

「合同練習、いつも何時までなんですか？」

「平日は六時……六時半だな」鳥屋野の野球部は、昔からだらだらと遅くまで練習することはなかった。授業が終わって、午後三時半か四時から練習開始。三時間も練習すると「今日はやり過ぎ」という感じになる。それは成南も同じようだった。強豪私立校は部員が多い分、練習に時間がかかってしまうのだが、公立、しかも進学校はどこもこんな感じだろう。時間ではなく中身で勝負だ。

「じゃあ、合同練習の後でどうすか？　毎日一時間でも投げれば、感覚が戻りますよ」

「余計な投げこみはいらないよ」それは前監督のポリシーでもあった。ピッチャーの肩は消耗品だから、必要以上の投げこみは禁止。それより走って下半身を鍛えろ――鳥屋野高校野球部のピッチャーたちは「野球部長距離クラブ」と皮肉っぽく言っていた。しかしそれで、タフなピッチャーが育ってきたのも間違いない。

「投げたいんですよ。ずっと投げてなかったんで」

「だったら、最初の予定通り野球部に入ればよかったんだ」

「それは……」相手が渋い表情を浮かべる。「あんな状態じゃ、入れないっす」

「でも、鳥屋野高には来たわけだからさ」

「それは……親も鳥屋野出身なんで、勧められたんです」

「悪かったな。あんなことがなければ、今頃夏の予選のデビューを目指して練習できてたのに」

「いえ……」

「でも、他の部に入らなくてよかったよ。勧誘、相当あったんじゃないか？」

「ありましたけど、野球以外はできないんで。不器用なんすよ」

「じゃあ、俺と一緒だ」

小学校で野球を始める子は、大体スポーツ万能、クラスの体力測定でも上位というのが多い。だから他のスポーツも上手くこなせて、運動会では主力になるのだが、中にはどうにも不器用な選手もいる。尾沢もそんな一人で、野球以外では平均レベル以下だ。足も遅いし、他の球技も苦手。

「そうなんすか？　尾沢さん、柔道とか得意そうに見えますけど」

「柔道は、授業だから仕方なくやってるんだよ」尾沢は苦笑した。

二人は汗を拭い、スポーツドリンクを飲んだ。これは尾沢の奢《おご》り。

「里田さんって、やっぱりすごいすか?」相手が探るように訊ねる。

「間違いなく、今の新潟ナンバーワンだね」

「そんなに?」

「スピード、キレ、変化球、コントロール……どれもレベルが高い。変化球なんて、俺はついていくだけで精一杯だよ。あれで、速く落ちるボールがあれば無敵じゃないかな」

「自分、スプリット、いけますけど」相手は右手の人差し指と中指を大きく広げた。確かに……掌が大きく指も長いので、挟んだボールをきちんとコントロールできそうだ。

「試合で使ったことは?」

「ありますよ。コントロールはイマイチなんですけど」

「よし。それもこれから練習していこう。あのスピードにスプリットがあったら、高校生はまず打てないよ」

「オス」

自信たっぷりの返事が頼もしい。実際、自分で受けた感じでは、里田ほどのまとまりはないにしても、勢いは上という感じがする。いきなり実戦投入は不安ではあったが、秘密兵器とはこういうものだろう。

ただ連合チームを組んで試合に出るだけではない。勝つ。勝ち上がって甲子園に行く。そのためには、ルール内で使える手は何でも使うつもりだった。あれこれ言う人がいるかもしれないが、そんなことは相手にしていられない。

「絶対焦るなよ。焦ったら、故障の原因にもなるから」

「早く試合で投げたいっすね」

「必ずそのタイミングはくるよ」

県予選、そしてその先の甲子園を考えれば……ピッチャーが三枚いれば、絶対に有利だ。そして他の野手は、全員がユーティリティプレーヤーになる。全員がカバーし合えば、限られた人数でも勝ち進んでいけるはずだ。

頭の中では、計画が絡まりつつある。実際、計画だけでなく、手も打っている。

ただしその計画は、初動段階で既に崩れつつあった……里田と話さないと。あいつは「体調不良」で今日の練習を休んだが、実際はサボりだ。後で成南の選手たちに確認したのだが、昼間はまったく元気で、普通に体育の授業にも参加していたという。それから体調が悪化した可能性もあるが、そうは思えなかった。

怪しい。

里田は、今のチーム状態、それに練習方法に不満を持っている。それを解消しない限り、戻って来るとは思えなかった。そしてあいつがいなければ絶対に勝てない——チームは初戦で散るだろう。全員がユーティリティプレーヤーになると言っても、それは絶対的エースの里田がいてこそなのだ。

あいつは連合チームの芯《しん》だ。芯がなくなったら、チームは一試合で崩壊する。

チーム練習が休みになった月曜日、尾沢は成南高校へ向かった。今日は本間が一緒だった。

「里田さん、マジ過ぎだと思うんですよ」本間が言った。

「俺だってマジだよ」尾沢は反論した。

「いや、尾沢さんがマジなのは分かるけど、里田さんはガチ過ぎるんです。いきなり、今までと同じように、ガチガチに練習できると思ってたんじゃないすかね」

「それは無理だよなあ」何事にも「慣らし」は必要だ。

「俺が、鳥屋野の選手と馴染もうと思って話してるだけで、気合いが抜けてると思うぐらいだから」

「この前、言い合いしてたのはそのことか？」

「そうなんすよ」本間が肩をすくめる。「里田さんは、自分も他の選手も追いこみ過ぎなんです。追いこんでもいいけど、ちょっと早過ぎないすか？」

「まあな」しかし里田の気持ちはよく分かる。

「練習ボイコットはないですよねえ」本間がぶつぶつ言った。「キャプテンとしてどう思います？　今の練習で、問題ありますか？」

「いきなり思い切りネジを巻いたって、上手くいかない。馴染むまでには時間がかかる……練習中には、いろいろぶつかることもあるだろう？　遠慮しないで意見を言い合えるようになるにも、もう少し時間が必要だと思うんだ。それに俺たちは、今はまだ下手クソだ」

「ああ、下手クソですね」本間があっさり認める。「特に鳥屋野は……正直、二年連続準優勝チームの残党とは思えません」

残党って何だよ、と尾沢は苦笑した。まあ、本間の言いたいことも理解できないではないけど。あの不祥事の後で残った、たった五人の部員。目標もなく、ただ五人でできるだけの練習をする日々……これで腕が落ちなければおかしい。

「残党を、お前が鍛え直してくれよ」

「難しいですけどね」本間が首を捻る。「ポジション、どうするんですか？」

「固定しない方がいいかな」

「それはまずいんじゃないすか？」本間が異議を唱える。「やっぱりレギュラーポジションと打順は固定しないと、気持ちの準備もできませんよ」

「今、セカンドとレフトが決まらないんだ」

「そうですね……レフトは、鳥屋野の石神じゃ駄目なんですか？」

「本来センターだからな。守備練習をさせてみたけど、まだ慣れてない」

「確かにそうですね……あと、三宅はどうなんですか？」

「あいつはムードメーカーだけど、正直ちょっとレベルが落ちる」このままだと、ベンチを温めることになるだろう。

「久保田はバッティングが良さそうですけど、どうなんですか」

「コンタクト能力はあるよ。パワーはないけど」

「内野の間を抜けばいいんですよ。足も速そうだし」

「五十メートル、五秒九」

「陸上部レベルじゃないすか」本間が目を見開く。「それに、それだけ足が速いなら、やっぱり外野の方がいいと思うけど」

「本人の意向も聞いて考えるよ。ただ、実戦をまったく経験してないから、サードも外野も急には無理かな」

「そう言えば、練習試合、どうするんですか？　まさか、実戦なしでいきなり予選ってわけにはいかないでしょう」

「それは考えてるよ」上手くいくかどうかは分からないけど……これまでに「頭脳」と「右腕」

はほぼ手に入れた。後は「金」で、これが一番難しい。ひたすら頭を下げるぐらいしか、方法は思い浮かばなかった。

「あれ、里田さんが走ってますよ」急に立ち止まった本間が小声で言った。

「ちょっとペース、速過ぎないか？」

二人は、部室の前で立ち止まった。里田はグラウンドの向こう側を相当なスピードで走っている。グラウンドの端まで来ると直角に曲がり、少しだけペースを落としたものの、やはりかなりのスピードをキープしている。野球部のランニングというより、陸上部の長距離選手の走りだった。

「ヤバくないか、あれ」尾沢はつぶやいた。

「何がすか」本間は啞然としている。

「足首、大丈夫なのかな。あんな勢いで走ってたら、負荷がかかり過ぎじゃないか」

「本人は大丈夫って言ってましたけど」

里田は完全に自分の世界に入っていた。部室の前を走り過ぎても、まったくこちらに気づかない。

「里田さん、このまま練習をボイコットし続ける気なんすかね」本間が心配そうに言った。

「お前が言えば、戻って来るんじゃないか？」

「それは無理っすよ」本間が即座に否定した。「里田さん、頑固だから。頑固だからいいピッチャーになったんでしょうけど」

今はそれがマイナスになっているわけか。何というか、里田と他の選手は、走るスピードが違う。里田は一人でずっと先まで行ってしまい、後ろの方でだらだら走っている他の選手を振り返って、苛立っているのだ。しかしどんなに苛々しても、他の選手のスピードが上がるわけではない。声をかけて気合いを入れても、ペースは人それぞれなのだ。無理に走れば必ず故障する。

「おう、本間。やってるか？」よく日に焼けた男が声をかけてきた。

「オス」

本間はすっと背筋を伸ばして挨拶した。尾沢もそれに倣《なら》う。ジャージ姿が板についているところを見ると、どこかの部の監督だろう。「こちらは？」と疑わし気に訊ねる。鳥屋野の制服を着ているので、すぐに部外者だと分かってしまうのだ。

「鳥屋野高校の尾沢さんです。俺らのキャプテンですよ」本間が紹介してくれた。

「ああ、頑張ってるな」男がうなずいた。

「陸上部の沢谷監督っす」

「鳥屋野の尾沢です」尾沢はもう一度頭を下げた。

「今日は何だい？　合同ミーティング？」

「そういうわけじゃないんですが」答えながら、尾沢の目は里田を追っていた。

「里田か……毎日走ってるぞ。うちで、長距離にスカウトしようかと思ってる。長距離の選手にしてはちょっと体がでかいけどな」

本気なのか冗談なのか分からず、尾沢はただうなずくだけにした。ただこの監督は、いかにも冗談好きなタイプに見える。たぶん、選手たちとも気さくに接するのだろう。人気がありそうだな、と思った。

「あいつ、どうかしたのか？　合同練習は鳥屋野でやってるんだろう？」

「まあ……体調不良で」尾沢は適当にごまかして答えた。

「確かに、右足の具合がよくないよな」

「分かります？」本間とは逆の見方だ。

「そりゃあ俺は、走りを見るのが専門だから。あまり無理して走らない方がいいよ。そう言ったんだけど、あいつ、人の言うこと聞かないからな」

「すみません、ご迷惑をおかけして」尾沢は頭を下げた。

「いや、あいつはうちの生徒だよ。鳥屋野の人に言われるのは変だ」

「……ですかね」

「何があったか知らないけど、走りこみをしていい時とそうじゃない時があるから」

「言っておきます」

沢谷はしばらく無駄話をして去って行ったが、最後には「期待してるぜ」と言い残した。

「成南の先生たちは、本気で連合チームに期待してるのかな」尾沢は本間に訊ねた。

「よく分からないけど、全校で八割は歓迎じゃないすかね。予選に出られないはずが、鳥屋野に助けてもらったんだから」

「そうか……うちはヤバイかもしれない」

「ヤバイ？　何がですか？」

応援部が大きな力を持っており、部長の発言権が大きい、ということを説明した。その部長が「連合チーム反対」とはっきり言っている。

「国粋主義者はどこにでもいるんですねえ」呆れたように本間が言った。

「国粋主義者ってのは変だと思うけど」尾沢は首を傾げた。本間の話は、いつもながらどこか微妙にずれている。

「まあ……連合チームって、どうしても、部員が少なくてまともに試合できない高校が仕方なく組んだっていうイメージだから。俺たちもそうですけどね」

「応援、もらえないかもしれない」

「それはしょうがないっすよ。でも、俺たちが試合をするのは、誰にも止められないですよね。まあ、ベスト8に入れば、嫌でも応援に行こうって話になるんじゃないすか？」

「違う」

「違う？　何がですか？」

「ベスト8で終わらない。甲子園に行く」

「まあ……」本間が頰を掻いた。「そう言っておかないと、モチベが保てないっすよね」

「お前は行けないと思ってるのか？」

「試合はやってみないと分からないでしょう。その前にまず、里田さんをどうやってコントロールするかですよね」

　確かにそれが、当面の大問題だ。


　里田は汗だくで部室に戻って来た。その時点で午後五時。どうやら、一時間以上、ただ走り続けていたらしい。距離は十キロを軽く超えているだろう。

　尾沢が部室の入り口に腰を下ろしているのを見て、里田が一歩引いた。

「人の部室で何してるんだ」疑わしげな視線を向ける。

「人の部室、なんて言うなよ。今は同じチームなんだから」

「で？」里田がタオルで顔を拭った。

「お前が来ないから、俺が来た」

「何言ってるんだ」

「投球練習だよ」尾沢はスポーツバッグからキャッチャーミットを取り出した。「ロッカー、借りるぞ。着替える」

里田は何も言わなかった。ただ黙って、尾沢が着替えるのを見ている。見ているというより、凝視。気づかれたな、と尾沢は嫌な気分になった。加茂たちを相手にした投球練習で、下半身が痣《あざ》だらけになっている。やはり、キャッチングの基本を忘れかけているのだ。どうしても体を使ってボールを止めるようになるから、あちこち傷ついてしまう。

「よし、やるぞ。体は暖まってるんだろう?」

「見りゃ分かるだろう」里田がまた顔をタオルで拭う。

「スパイク、履けよ。マジで投球練習行くから」

里田が無言で、上がり框《かまち》のところにある靴箱からスパイクを取り出した。よく使いこんだ黒いスパイク……座りこんで、しっかり紐《ひも》を結んだ。それから急に、気まずい表情を浮かべる。

「グラブが中なんだ」

「どのロッカー?」

「一番」

「エースナンバーだ」

「そういうわけじゃない」

尾沢は一番左の列の最上段にあるロッカーを開けた。グラブを取り出すと、里田のところまで持って行って手渡す。

「じゃあ、行くか」

尾沢も持ってきたスパイクを履いた。尾沢は去年から、ハイカットのスパイクを愛用している。素早い動きには合わないが、足首ががっちりサポートされるメリットは大きい。キャッチングもブロックも安定する。

難点は、履くのも脱ぐのも面倒なことだ。普通のローカットのスパイクと同じ位置まで紐で縛り上げ、その上は面ファスナーで固定する。

「よし、行くか」

里田が無言で部室を出て行く。行き先は、一塁側のダグアウト前にあるブルペン。サッカー部がグラウンドを大きく使っており、マウンドから投球練習ができない。もちろん、マウンドは野球部の縄張りなのだが、今は強いことは言えないのだろう。

二人はキャッチボールから始めた。次第に距離を長くし、サッカー部の邪魔にならないようにしながら、五十メートルほどまで距離を広げる。本当は、さほど足首に負担がかからない遠投で調整した方がいいのだが、グラウンドが狭いからそれは無理そうだ。

「いいか?」

「ああ」

里田がブルペンのマウンドに上がる。尾沢はホームプレートの前をスパイクで均し、ゆっくりと準備を進める。

「ストレートからだ」

「ＯＫ」言って、尾沢は腰を下ろした。

里田は、最初から飛ばしていた。もともと肩ができるのが早いタイプで、今日もスピードが乗っている。尾沢の左膝――右打者の内角低目にボールが飛びこむ。速い。微《かす》かに恐怖を感じるぐらいだった。

ストレートを二十球続ける。目が慣れてきたところで、尾沢はスライダーを要求した。里田が「大丈夫か?」とでも言いたげに唇を歪める。

スライダーのキレはやはり抜群だった。あまりにも変化が大き過ぎて、しばしばワンバウンドになってしまう。尾沢は必死に身を乗り出してボールを止めた。回転のせいで、ワンバウンドしたスライダーは時に、不規則に転がってしまう。ショートバウンドで綺麗にミットに収めようとせず、体で止めた方が安全だ。しかし、プロテクターもレガースもないとやはりきつい……里田もそれに気づいたようで、「プロテクター、いいのか」と聞いた。

「これでいい」硬球を生身で止めるのはきつい。しかしこれは、恐怖を乗り越えるための練習なのだ。プロテクターやレガースにボールが当たっても、さほど痛みはない。その分、何となくボールと親しめないというか……まず体に痛みを覚えさせないと駄目なような気がしていた。

「次、チェンジアップだ」

尾沢は別の球種を要求した。里田がうなずき、今度はセットポジションに入る。ランナーがいる想定でのピッチングだろう。

里田は、完全にストレートと同じ腕の振りから、チェンジアップを投じた。ボールは真ん中から外角低目へ流れ落ちる。変化としてはあまり大したことはない。あくまでタイミングを外し、バッターを泳がせるのが狙いのボールだ。本人はどう思っているか分からないが、これは三振を取る決め球には使えないな……しかし、最初に予想していたよりも変化が大きく、ワンバウンドしてしまう。尾沢はまた体を使ってボールを押さえた。

六十球ほどの投球練習を終えた後、尾沢は体のあちこちに痛み——打撲の痛みを抱えこむことになった。

「上がるぞ」

「もう終わりかよ」里田が皮肉っぽく言った。

「十分だよ。でも、毎日やるからな。お前が練習に来ないなら、俺がこっちへ来る」

「やり過ぎだ」

「俺の練習なんだ。お前の練習じゃない」

尾沢は、キャッチングの能力が衰えてしまったことを自覚している。だからこそ、体を痛めつけることになっても、里田のボールをできるだけたくさん受けたかった。

二人は距離を縮め、クールダウンのキャッチボールをした。近い距離でも、里田は遠慮なく速いボールを投げこんでくる。

「お前、ストレッチやってないだろう」里田が指摘する。

「やってないわけじゃないよ」尾沢は否定した。練習前の軽い柔軟体操を、ストレッチと言えればの話だが。

「筋トレばかりやってて、体が硬くなったんじゃないか」里田が皮肉っぽく言う。

「いや、それは……」

「中学の頃の方が、もっとミットさばきが上手かった。今みたいに、体で止めることなんか、ほとんどなかったじゃないか」

「軟球と硬球は違うよ。それよりお前の方こそ、足首、治ってないな」

「治ってるよ」里田の表情が一瞬引き攣る。

「いや、全然踏ん張れてない。ステップが短くなって、重心が高い」

里田が黙りこむ。自分でも意識していたな、と尾沢には分かった。結局俺たち二人、どっちも問題を抱えこんでいて、本調子には程遠いわけか。

「練習、戻ってこいよ」尾沢は本気で誘った。

「やる気がない連中とやっても、甲子園なんて無理だ」

「やる気がないわけじゃない。一気にダッシュできないだけだ。お前みたいに、すぐに走り出せる選手ばかりじゃない」

「それじゃ予選に間に合わない。だいたい、選手を乗せていくのはお前の仕事じゃないか」

「分かってるよ」尾沢はうなずいた。「俺は、今のやり方しかないと思ってる。ゆっくり乗せていけばいいんだ。変な話に聞こえるかもしれないけど、初戦が始まる直前に気持ちが一つになればいいんだから」

「だけど、あのレベルじゃどうしようもないだろう。甲子園に行くって言ったら、笑われるぜ」

「今日から必死でストレッチをやるよ。体を柔らかく、な。それともう一度言うけど、お前が合同練習に来ないなら、俺が毎日こっちへ来るからな。合同練習が終わった後、お前の球を受けるよ」

「それは——無駄だな」

「無駄だと分かってるなら、ちゃんと練習に来いよ」

里田が黙りこむ。考えている……いや、迷っている。たぶん里田は、意地を張っているだけなのだ。後に引けなくなっている。尾沢は説得の言葉を変えた。

「どうやって戦って行くか、お前のアイディアも必要なんだよ」

「そもそもお前は、どう考えてるんだよ。毎日の練習は別にして、練習試合とか……実戦をやらないと、試合勘は戻らないぜ」

「もちろん、実戦はやるよ」

尾沢は計画を明かした。話を聞くうちに、里田の顔色が変わってくる。

「その遠征は……無理じゃないかな」眉を寄せたまま、里田が言った。「金がかかり過ぎだろう。成南にそんな予算はないぞ」

「うちだってないよ。でも、ＯＢ会は金を持ってる」

「出してもらえるのか？　不祥事があった後だときついだろう」

「正直、きつい」尾沢はうなずき、里田の疑念を認めた。「ＯＢ会を動かすにはお前が必要なんだ」

「俺？　何で？」

「県内ナンバーワンピッチャーを見れば、オッサン連中も気が変わるよ」

「そうかな……」

「とにかく、練習に戻ってこいよ。他の連中には俺が言っておくから、気にしないで、エースらしく堂々と戻って来ればいい」

「答えられないな」

「まあ……お前が頑固なのは昔からだよな」尾沢は苦笑いした。「俺は他にも、いろいろ計画してるから」

「もったいぶってないで、全部言えよ」

「サプライズがないと、面白くないじゃないか」

「サプライズより、もっとしっかりしたものが――」

「この連合チーム自体がサプライズなんだよ。だから、最後まで驚かせてやる」

5

結局乗せられてしまった。

尾沢は即座に心を揺さぶる名言を吐くようなタイプではないが、一々理詰で迫ってこられると、最後には逆らえなくなる。まあ……こうなるしかないんだよな。もしかしたら自分も、これを望んでいたのかもしれないし。

自分を納得させて、里田は久しぶりに鳥屋野高のグラウンドに足を踏み入れた。が、誰もいない。練習の日を間違えたのかと思ったが、体育館の脇にある屋内練習場の前に、尾沢が立っているのを見つけた。小走りにそちらへ向かうと、尾沢も気づいてさっと手を上げる。

「何でグラウンドにいないんだ？」

「ミーティングなんだよ」

「練習前に？」

「大事な話がある」

屋内練習場は、それほど立派なものではなかった。内野より少し広いぐらいで、壁や窓はだいぶくたびれている。確か、三十年ぐらい前に甲子園に出た時に、ＯＢ会が大量の寄付を集めて建てたのではなかったか……汗とカビの臭いが染みついているが、それでも羨ましいとつくづく思う。海に近い新潟市は、上越や中越に比べればそれほど積雪量が多いわけではないが、やはり冬は雪に悩まされ、満足な練習ができなくなる。鳥屋野高は、その心配をしなくていいわけだ。

中に入ると、他の選手は既に全員集まっていた。遅れてきたのが急に恥ずかしくなったが、冷やかす人間もいない。

「じゃあ、最初にミーティングを」

尾沢が切り出した。監督の若林は顔を出しているが、いつものように口は出そうとしない。ミーティングなどは、完全に尾沢に任せるつもりのようだった。これで本当に監督として大丈夫なのか、とさすがに心配になってくる。

「まず、マネージャーを紹介します」

「マネージャーじゃなくて、スコアラー」紹介された鳥屋野の女子生徒が、尾沢の言葉をいきなり訂正した。「佐川美優です。尾沢はマネージャーって言いましたけど、スコアラーです。連合チームと相手チームの戦力分析を担当します」

何だ？　里田はいきなり混乱した。佐川美優と名乗ったこの子は、たぶん自分たちと同級生だろう。「尾沢」と呼んだのがその証拠だ。鳥屋野高の制服姿で、タブレット端末を持っている。身長百六十センチぐらい、髪はショートカットで、いかにも何か運動をやっていそうなタイプだが、どういうことだろう。鳥屋野ぐらいの強豪校だったら、マネージャーは何人もいてもおかしくないが、「スコアラー」？

「佐川、説明して」

尾沢に促され、美優が円陣を組んでいる選手たちの顔を見回した。表情は極めて真剣。

「まず、警告です。スパイが来てます」

おっと……物騒な話だ。大所帯の野球部では、試合に出ない控えの選手が、他のチームの試合を観戦に行くことはよくある。勉強のためでもあるし、ライバルチームの選手を観察するためでもある。しかし、普通の練習までは見に行かないものだ。

「何度か目撃したんだけど、海浜の生徒、それに聖王《せいおう》高校の生徒が練習を見てました」

聖王は新発田市にある私立の強豪校で、県大会ベスト4の常連だ。甲子園にも何度も出場したことがある。

「ビデオを撮影していたし、写真も撮っていました。追い払うわけにはいかなかったけど、スパイなのは間違いないですね」

「そんなの、マナー違反じゃないか」里田はたまらず文句を言った。

「里田君は映されてないから。練習に来てなかったでしょう」

美優が平然と言ったので、里田は耳が熱くなるのを感じた。何なんだ、この上から目線は。

「佐川が見つけてくれてよかった」尾沢が話を引き取った。「まあ、海浜や聖王が注目してるんだから、うちも捨てたものじゃないってことだ。でも、相手にむざむざ手の内を晒《さら》す必要はない。今日から、屋内でできる練習は屋内でやる。外ではアップと外野の守備練習だけで、バッティング練習も中でやろう」

「叩き出せばよかったんだよ」里田はついきつく言った。「そうしたら、スパイなんかしなくなるだろう」

「叩き出したら、後で面倒なことになるから。こっちが隠れればいいんだ。せっかく屋内練習場があるんだし」

尾沢は乗ってこなかった。筋違いな気がするが……スパイしに来るのが間違っている。やっぱりちゃんと抗議して追い払って、自分たちは堂々と練習できるようにするべきじゃないか？

「何でこそこそ練習しなくちゃいけないんだよ。こんな狭いところでバッティング練習をやっても、勘が摑めないだろう」

「作戦だ」尾沢が人差し指を立てた。

「そういうこと」美優が同意してうなずく。「秋にベスト4、春にはベスト8のチームと、二年連続で県大会で決勝まで行ったチームが合体するんだから、他校が警戒するのは当たり前でしょう」

「いや、まだ一足す一が二になってないし」里田は思わず反論した。

「これから三にするから」

また、話を膨らませて……里田は首を横に振ったが、すぐに異変に気づいた。失笑が漏れてもおかしくない状況なのに、誰も笑わない。右隣にいる加茂、左隣にいる本間――顔を見ると、二人とも真顔でうなずく。

俺がいない短い間に何かあったのか？　もしかしたら尾沢は魔法使いか？

やはり、何かあったのは間違いない。ただ、その「何か」がよく分からない。

里田が驚いたのは、守備練習の時だった。どうにも危なっかしく見えた鳥屋野の二年生の動きが、見違えるようによくなっている。尾沢の強いノックにも平然と反応し、スローイングも安定していた。鳥屋野の五人の選手のうち、ピッチャーの加茂と尾沢を除いた野手は石神、久保田、三宅の三人だけだが、もう少し鍛えたら試合でも心配なさそうだった。短い間にどうしたんだと里田は首を捻ったが、考えてみればこの三人も、元々は期待されて鳥屋野に入ってきた選手のはずである。彼らが中学三年の時に、鳥屋野は夏の大会で久々に決勝へ進んでいる。腕に覚えのある中学三年生が、甲子園へ行くチャンスのある高校を選ぶのは当然だ。鳥屋野の方も、有力選手には目をつけていたはずだし。

やっぱり、まともな練習ができなかったせいか。短い間だが、集中して練習を重ね、早くも技術と勘を取り戻しつつあるに違いない。最初のあれは何だったんだ、と里田は呆れていた。俺に見る目がなかっただけか……練習を放棄していた自分が、ただ間抜けに思える。

「練習隠し」は徹底していた。投球練習も屋内練習場のブルペンで行うことにしたのだが、バッティング練習をしている時は、打球が当たる可能性がある。そこでわざわざメッシュのフェンスを持ってきて、マウンドとホームプレートの横に置いた。これなら打球の心配をせずに投げこみに専念できる。

早速始めるか……と思ったら、尾沢がストレッチを始めた。股割りをしようと両足を大きく広げたが、とても股割りと言えるようなものではない。体を前に倒したが、ぎこちなさが目立つだけだった。

「本庄！」里田は、立ち投げする加茂につき合っていた本庄に声をかけた。

「はい？」

「尾沢を押してやれ。遠慮するな」

本庄は一瞬戸惑っていたが、すぐにニヤニヤしながら尾沢の背中を両手で思い切り押した。途端に尾沢が悲鳴を上げる。

「まだっすよ」本庄が遠慮なしに背中を押し続ける。

「ちょっと……いや、限界だから」

尾沢が苦し気に声を張り上げると、ようやく本庄が力を抜く。しかしそれも一瞬で、また力をこめて背中を押した。

「加茂」

「はい？」

「あんなに体が硬いと、マジで怪我する。俺がいない時も、あいつにはちゃんとストレッチをやらせておけよ」

「分かりました」加茂がニヤリと笑う。「普段から真面目にやってればいいんですよねえ」

どうやら尾沢のストレッチ嫌いは、鳥屋野では有名らしい。まあ……あいつもいろいろと策を弄《ろう》するので忙しいだろうけど、まず自分のことをしっかりやってくれないと。

尾沢のストレッチは五分ほど続いた。その間、里田は甲高い打球音に何度も首をすくめることになった。バッティングマシンに対峙《たいじ》した選手が、次々と力強い打球を飛ばす。鳥屋野の三人はまだ非力だが、成南の選手は確実にボールをミートして、外野——屋内練習場に外野はないが——まで打ち返していた。マシンのボールは素直だから、いくら綺麗に打てても、本番で通用するわけではないが。

それでも、マシン練習で苦労するよりは全然いい。

「よし、いいぞ」

尾沢が元気よく言った。嬉しそうな表情——顔は光り輝くようだった。そんなに自慢することじゃないのにと思いながら、里田はマウンドを均した。

今日もストレートから。俺にも課題があると考えながら、里田は一球一球フォームを確認し、投げ続けた。ふと気づくと、尾沢の後ろ、ネット裏に美優がいる。三脚にはビデオカメラをセットし、自らはスピードガンを持っている。

何だかやりにくいな……しかし球数が増えるごとに、彼女の存在は気にならなくなった。最初は「集中、集中」と自分に言い聞かせていたが、ほどなくそれも必要なくなる。尾沢の動きはまだぎこちない。必死でストレッチをやったからといって、急に動きが俊敏になるわけではないから、これはしょうがないだろう。ただ、最初に比べればずいぶんマシになった。変化球への対応も改善している。大きく滑り落ちる低目のスライダーには苦労していたが、手元で変化する小さなスライダーは確実にキャッチしていた。キャッチできればさすがに上手い。内外へ散らすとミットが流れてしまうキャッチャーもいるのだが、尾沢はぴたりと動かなかった。

「ラスト五！」キャッチングの調子がいいので、尾沢も元気がいい。「締めはストレートだ」

うなずき、フォームを意識しながら最後の五球を投げこんだ。悪くない……悪くないがよくもない。事故を挟んで、少しフォームが変わってしまったのは間違いない。何と言うか、体の動きが小さくなってしまった。無意識に右足を庇ってしまい、プレートを蹴る力が弱くなっているのだろう。

投げ終えると、美優がマウンドにやって来た。里田はトンボを持ってきてきちんと均そうとしたのだが、美優は「ちょっと待って！」と鋭く声をかけてくる。何だよ、と少しむっとしながら動きを止めた。

「これ、持って」美優が巻尺を取り出す。「プレートの前に合わせてね」

「何で」

「ステップ幅を測るのよ」

「七歩分だよ」以前はそうだった。

「そういう古代エジプトみたいな測り方じゃなくて、ちゃんとメートルで出したいの」

「古代エジプト?」

「昔は、足のサイズが単位じゃなかった?」

「知らないよ、世界史じゃなくて日本史だし」

美優が肩をすくめる。何なんだ、この子は?　どうもやりにくい……ピッチングコーチもやるつもりだろうか。

「百八十二センチね……里田君、足のサイズは?」

「二十九」

「じゃあ、七歩分だったら、本当は二メートルぐらいじゃない?」

そこまで正確に分からないけど……里田はプレートから一歩ずつ踏み出して、左足が抉《えぐ》った場所までの距離を測った。七歩目、右足の真ん中あたりまでしかない。

「短いでしょう?」

「確かに」自分の感覚は正しかったわけだ。

「ずいぶんステップが狭くなってると思ったのよ。ねえ、もうちょっと投げてくれない?」

「今投げ終わったばかりだぜ?」

「横からの映像も撮りたいのよ。尾沢、いい?」

美優が尾沢に声をかける。尾沢はミットを高く上げて、「ＯＫ」の合図をした。何なんだ……ちょっと仕切り過ぎじゃないかと思ったが、尾沢が何も言わないから、ここは黙って従うしかない。バッティング練習は一通り終わっていたので、横に置いておいたフェンスをどけて、撮影用のスペースを作った。

「五球でいいから。全部ストレート、ただし全力でね」

はいはい、仰《おお》せのとおりに。溜息をついてから、里田は全力の五球を投げこんだ。

「はい――ＯＫ」何だかプロカメラマンのような態度で美優が宣言する。

「何か分かった？」

「それは、分析してから」

美優がさっさと機材を片づけ始めた。ビデオカメラと三脚、タブレット端末を持ち、ホームプレートの後ろに向かう。そこには机が置いてあり、彼女は椅子を引いて座った。

「尾沢、この後の練習は？」机に置いてあったノートパソコンを開きながら、美優が訊ねる。

「俺たちのバッティング練習。その後、外で外野守備の練習をやって終わりにする」

「了解」顔も上げないまま美優が言った。「当てないでね」

里田は最初にバッターボックスに入ったが、美優が気になって集中できない。しかし彼女は、完全に自分の仕事に集中しているようだった。里田の打球がファウルになり、真横に置いてあるフェンスを直撃して大きな音を立てても、まったく動じない。

打つのを交代する時、思わず尾沢に訊ねた。

「あの子、何なんだ？」

「兄貴が佐川翔也《しょうや》」

「マジで？」

佐川翔也は鳥屋野高から大学を経て、去年のドラフトで三位指名を受け、スターズに入団していた。大型内野手として高い評価を受けており、まだ二軍で鍛えているが、今年中には一軍に昇格するだろう――と里田はスポーツ紙の記事で読んでいた。新潟出身のプロ野球選手は少ないから、どうしても気になって動きを追ってしまう。特に佐川翔也は、五年前に鳥屋野が甲子園に出た時の主力選手だから、ずっと注目していた。しかし、妹がいるとは……いてもおかしくないが、こんなに野球に詳しいというか、好きだとは思わなかった。

「本人も中学までは野球やってたんだけど、今は裏方志望なんだ」

「プロ野球でスコアラーとか？」

「いや、大リーグ」

「マジか」日本人大リーガーの活躍は、すっかり当たり前のものになった。しかしスタッフは……メジャーの組織は巨大である。英語ができて野球に詳しければ日本人がスタッフとして活躍できる機会もあるだろうが、そういう話はあまり聞かない。やはり壁は高いのだろうか。

「去年の騒動で、嫌になって辞めちゃったんだけど、俺が頭を下げて引っ張ってきたんだ」

「もしかして、お前のガールフレンドとか？」

「違う」尾沢が即座に否定した。しかも勢いよく。「冗談じゃない。あいつとつき合っても、野球の話しかできないじゃないか」

「そうなのか？」

「里美みたいな幼なじみが一番いいんじゃないか？　よく分かってくれるだろうし」

「今、関係ない話だろう」

「いいから、いいから。甲子園、連れて行ってやれよ」

「お前だって里美の幼なじみだろう」

「いや、お前の彼女じゃねえか」

「うるさい」

練習中にする会話じゃない。俺も気が抜けてるなと自分に活を入れながら、里田は美優のところへ向かった。彼女もちょうど作業を終えたところなのか、顔を上げた。目が合うと、うなずきかけてくる。

「ちょっと見て」

後ろへ回りこむと、美優がパソコンをずらして、里田から画面がよく見えるようにした。

「これは?」

「春の試合と、今のピッチング練習の比較」

いつの間にこんなビデオを撮影していた? 里田は屈みこみ、画面を覗きこんだ。左右で別の映像――左は試合用のユニフォームを着ていて、右は今日のものだ。

「いつの試合?」

「新津《にいつ》商業戦」

春の大会のベストピッチングだ。六回コールドで終わったのだが、許したヒットは一本だけで、相手打線に二塁を踏ませなかった。

美優が動画を再生する。どうやって合わせたのか、始動からリリースまでまったく同じタイミングで左右の動画が動いた。多少大きさの違いはあるが、綺麗に合っている。

「すげえな」里田は思わず感想を漏らした。

「スポーツニュースの映像みたいじゃん」

「そういうの、いいから」面倒臭そうに言って、美優がもう一度動画を再生した。「違い、分かる?」

「……ああ」それは認めざるを得ない。明らかに今日は重心が高く、立ち気味である。踏み出す歩幅は、足半分ほど短いだけだが、それでも明らかに違っていた。重心をぐっと落とせていない。

「里田君、事故の怪我、ひどかったの？」

「大丈夫なんだけど、まだ庇ってる」里田は素直に認めた。「右足だから、どうしても強く蹴れないんだ。いや、蹴ってもいいんだけど、体が動いてくれない」

「だよね」美優が同意する。「それで私、総合的に見て結論を出したから」

「結論？」

「里田君、普段から球数が多いよね」

「慎重なだけだよ」里田は強弁した。

「新津商業戦だって、六回しか投げてないのに百球を超えてる。これ、まずいでしょ。夏の予選は日程もきついから、意識して球数を抑えないと、投げられなくなるよ」

体力の限界が来る前に、そもそも規程でストップをかけられる。「一週間で五百球まで」という決まりは厳守だ。

今年の夏の予選は、七月八日から二十四日まで。まず、球数制限が一週間で五百球と考えると、どうしても継投策を取るか、加茂に完全に任せる試合も出てくるだろう。成南は春の大会でシード権を獲得していたが、連合チームになったことでその権利は失われた。組み合わせにもよるが、最低六回、一回戦からの登場になると、七回勝たないと甲子園には手が届かない。基本的に連戦はないのだが、「トータル五百球」の制限に引っかかったらアウトだ。

「里田君、ツーストライクを取ると、絶対三振を取りに行ってるよね。成南の守備、そんなにまずかった？」

「そんなことないけど、ピッチャー有利のカウントで三振を取りに行くのは、普通のやり方じゃない」

「それ、改めた方がいいわよ」美優が指摘した。「打たせて取って、球数を少なくするのが一番だよ。そうすれば、たくさんの試合で投げられるでしょう」

「分かってるけど、そんな簡単には……」里田は昔から、速球派を自認していた。だから三振を狙いに行くのは当然だ、とも。

「今時、そういうの流行らないから」美優があっさり言った。

「いや、ピッチャーの基本は速球で三振だから」

「それは、美学というか理想だけにしておいて。今は、できるだけ多くの試合に投げて、甲子園に行くのが目標でしょう？　そのためには、モデルチェンジしないと」

「今さら？」成南だったら、バックを信頼して打たせて取ることも考えた。しかし連合チームとなると……どうしても自分が踏ん張らないといけない。

「そう」

「今から変えられない」里田は首を横に振った。

「できるわよ」

「あのさ……」野球分かってるのか、と思わず詰め寄りそうになったが、言葉を呑みこんだ。口では勝てない気がする。

「一つだけ、球種を増やしてみない？」美優が提案した。

「新しいボールか……」簡単に言うが、新しい球種を完全にものにするには時間がかかる。プロでも「三年」という人がいるぐらいなのだ。手先が器用な方だと自認している里田も、去年の夏前にチェンジアップを試し始めて、ようやく試合でも投げられると確信できたのはこの春である。一年とは言わないが、何ヶ月もかかるのは間違いない。

「今の持ち球って、スライダーが二種類とチェンジアップ、それにカーブだよね？」

「カーブは無視していいよ」里田は言った。「落ちるボールだったら、カーブよりチェンジアップの方がずっといいから」

「そうか、あれ、カーブじゃなくてチェンジアップだったんだ」

「あれって？」

「この試合」美優がパソコンの画面を指さした。「新津商の四番の五十嵐《いがらし》を、初回と三回に三振させたよね？　あの時の決め球、カーブだと思ってたけど」

「チェンジアップだよ」

「じゃあ、ずいぶん落差が大きいんだ。あれは空振りが取れるボールよね」

里田は無言でうなずいた。何だかチームメートと話している気分になってくる。

「空振りじゃなくて引っかけさせるボール――シンカーとか、投げられない？」

「試したことがあるけど、俺には合わなかった」

「そうかあ……だったら、流行りのツーシームとか」

「ツーシームね――簡単に言うなよ」

「ツーシームの方が、シンカーよりもハードルが低いんじゃない？」美優が、机に置いてあったボールを取り上げ、ツーシームの握りを見せた。縫い目に沿うように、人差し指と中指を置く。手は小さいのだが、握りは合っている……やはり、野球の知識は豊富なようだ。

美優が放って寄越したボールで、ツーシームの握りを試す。実は練習では投げたことがあるのだが、思うようにコントロールできなかった。フォーシームの引っかかりに慣れていると、指先で滑るように感じる。

「まだ時間はあるんだし、やってみれば？　右打者の内角へ動くボールがあると、内野ゴロを打たせやすくなるわよ」

「まあな」

試してみるか……どうせ一度は死んだ身だ。とにかく試合には出られるのだから、勝つために何でもやってみよう。駄目なら駄目で、今持っている球種を磨いて勝負すればいい。美優が相談相手になりそうなのも大きい。

意外とこのチーム、上手くいくかもしれない。


猪狩が新潟の病院に転院したと聞いたので、里田はすぐに見舞いに行った。顔を見た瞬間、言葉を失ってしまう。まだまだ重傷——足と腕はギプスで固定され、顔にも傷が残っている。

「チームはどうだ？」里田が声をかける前に、猪狩が訊ねた。

「まあ、何とか……まだ少しぎくしゃくしてますけど」

「若林監督は？」

「いや、まあ」里田は苦笑してごまかすしかなかった。

「野球経験のない若い監督だから不満もあるだろうけど、我慢してくれ。でも、鳥屋野の練習環境はいいんだろう？」

「うちよりは全然いいですね。データも揃ってますし」

「さすが、名門は違うな」猪狩が寂しそうに笑ってうなずいた。

「そのデータの中心にいるのが、女の子——マネージャーなんですけどね」

「ああ、聞いたことがある。兄貴がプロだろう？」猪狩がうなずく。

「ええ」

「鳥屋野のデータ野球の中心がそのマネージャーだっていう話は、有名だよ。女の子で野球オタクってのは珍しいけど、観察と分析が確かなんだろうな」

「そんな感じです」

「お前は大丈夫なのか？　怪我は？」

「もちろん、大丈夫です」

「先もあるんだから、無理はするなよ。ここで無理して怪我が悪化したら、将来がヤバくなるぞ」

「分かってますけど、一度死んだ身ですから」

「無理はするな」猪狩が繰り返す。「やれる範囲でいいんだ。試合ができるだけでありがたく思えよ」

猪狩はすぐに復帰できる可能性がゼロに近いから、そんな風に考えるのかもしれない。しかし俺は……尾沢に乗せられただけかもしれないけど、何とかしたいし、何とかなるんじゃないかと思い始めている。

「早くチームを一つにするのが大事だぞ」

「ですね」

「こういう時は何か、スローガンというか、キャッチフレーズがあるといいんだけどな」

「監督、考えて下さいよ。俺、そういうの苦手なんで」

「少しは自分で頭を使え」猪狩が耳の上を人差し指で叩いた。

「We're the One じゃ駄目なんですか」

「あれはあくまで、成南のキャッチフレーズだろう。連合チームには連合チームに相応《ふさわ》しいやつをつけないと」

「はあ」

「お前がちゃんと決めろよ」

「無茶ですよ」

「それぐらい、何とかしろ」

結局、猪狩に押し切られてしまった。宿題が増える一方なんだよな……しかし病院を出る里田の足取りは軽かった。やることがあるのはいい。長い間追いかけてきた目標とはちょっと違うけど、だから何だ?

6

「君ね、図々しくないか」

「すみません」尾沢はさっと頭を下げた。図々しいはやめて欲しいよな、と内心思う。大胆と言って欲しい。

「うちは、鳥屋野高のOB会なんだよ」

「承知してます」

目の前の相手、黒木《くろき》はソファの上で足を組み、宙に浮いた右足を揺らしている。鳥屋野高OB会副会長。四十年も前に鳥屋野高の選手だったという。

鳥屋野高OB会の会長は、県会議員の人見《ひとみ》である。ただしこれは名誉職のようなもので、実質的にOB会の舵取《かじと》りをしているのが黒木だった。尾沢も何度も会ったことがある。新潟市で、江戸時代から続く料亭の七代目。その料亭で会っているのも、落ち着かない原因の一つだ。

料亭とはいっても、この部屋は洋間である。明治の洋館、という感じだろうか。分厚い絨毯《じゅうたん》が敷いてあり、丸テーブルに椅子が四つ。椅子にもテーブルにも凝った装飾が施されており、座り心地より見た目優先のようだった。何かのドラマでこんな部屋を見た記憶があるが、明治時代を舞台にしたNHKの大河ドラマか何かだっただろうか。

「鳥屋野高が夏の予選に出ないのは間違いない」黒木が渋い口調で言った。

「はい」

「連合チームは、想像もしていなかった。成南を上手く利用したな?」

「とんでもないです」尾沢は顔の前で大袈裟に手を振った。「特別な事情を持った二つのチームが、話し合って決めた結果です。このまま終わりたくなかったんです」

「それは分からないでもないが……鳥屋野単独チームじゃない」

どうしてもそこにこだわるわけか。まあ、分からないでもないが……黒木は四十年前、鳥屋野が甲子園に初出場した時のキャプテンなのだ。当時の部員はわずか十四人。そんな公立校のチームが甲子園に出場したということで、大騒ぎになったようだ。その時の新聞記事のいくつかは額に入って、部室の壁にかかっている。甲子園では一回戦で大敗したのだが、それでもその時の選手たちが、OB会の中心として大きな力を持つようになったのは当然だろう。というより、黒木たちがOB会を作り、現役選手のバックアップを始めたのだ。金も出すが口も出す。鳥屋野高のOBは県内の政財界で活躍する人が多い分、発言力も大きいのだ。

「無理に出る必要はなかったんじゃないか」

「出ないまま引退しろ、ということですか」

「監督が辞めた後、君が一人で部を守ってきたことは立派だと思うよ。あとは後輩たちに任せて、来年からきちんと活動できるように準備してあげるのが、君の役目じゃないか」

「このまま試合もしないで引退する気はありません」尾沢は反論した。

それにしても……若林を連れて来た意味がない。「OB会に臨時に金を出してもらう」という作戦は、事前に説明して了承してもらっている。一応監督なのだから、何か言ってくれてもいいのに、ただ緊張して、自分の隣の椅子で固まっている。

「連合チームだから駄目なんですか」

「勝手に動き回っていたら、成南の選手にも申し訳ないだろう」

「成南にはちゃんとしたOB会もないですから、気にすることはないじゃないですか。お金を出してくれれば、成南の選手たちも感謝しますよ。そして必ず、甲子園に行きます」

「それは……なんの保証もない話じゃないか」

「黒木さん、最近全然練習を見に来てくれませんね」

尾沢が指摘すると、黒木が居心地悪そうに身を揺らした。触れて欲しくないところなんだろうな、と尾沢は察した。黒木は料亭の主人だが、自分で料理をするわけではなく、大事な客に挨拶をしてあとは金勘定をするぐらいが仕事だ——自分でもそう言っていた——から、暇はあるはずだ。練習にもしょっちゅう顔を出して、あれこれ言うのが去年までは普通だった。

それが、例の不祥事以来、ほとんど顔を出さなくなった。他のOBも同様である。まともな練習もできないから見る価値がないと思っているのかもしれないが、自分たちは不祥事とは関係ないように印象づけるためではないか、と尾沢は想像していた。あのパワハラ監督を招致したのは

ＯＢ会である。当然、どういう人間か知っていたはずで、それこそ「任命責任」を問われてもおかしくないはずだ。ただし、選手の方ではそういう声を上げることもできない。ＯＢ会に逆らおうものなら、どうなるか分からないのだ。

「里田が投げる試合を観たこと、ありますか？」

「いや」黒木が否定する。

「連合チームのエースです。今、県内ナンバーワンピッチャーです。是非見て下さい。練習に来ていただければ、いつでもご案内します」

「しかし……」

「見れば、僕たちが甲子園に行けると確信できるはずです」

黒木はなおも渋ったが、結局明日の練習には顔を出す、と約束を取りつけた。見たら見たでまた文句を言い出すかもしれないが、作戦は考えている。

料亭を出ると、古町《ふるまち》のアーケード街だ。土曜日の午後早い時間、人出は少ない。昔はこの辺が新潟市で一番の繁華街で、昼は買い物、夜は酒を楽しむ人たちで賑わっていたというが、尾沢には信じられない。今は、新幹線の駅に近い万代《ばんだい》シティの方がずっと賑やかだ。というか、尾沢の感覚では、新潟の繁華街と言えば、古臭い古町ではなく万代シティである。子どもの頃から親に連れられて行ったたし、中学生になると友だちと遊びに行くのもだいたいあそこだった。高校生になってからは時間がなく、遊びに行くことも滅多になくなっていたが。

「練習に呼んで、大丈夫なのか？」若林が心配そうに訊ねる。

「去年までは、毎日のように誰かが見学に来てましたよ」それはそれで迷惑なのだが。偉そうなＯＢたちに練習を見られていると、動物園の檻《おり》の中にいる動物は窮屈な思いをしているのでは、と想像していたぐらいだ。「ＯＢなんて、現役の前ででかい顔をしたいだけですから」

「おいおい」

「俺は、金だけ出して口は出さないＯＢになりますよ」

近くの駐車場に停めておいた若林の車に乗りこむ。エンジンをかけた瞬間、若林が溜息をついた。「面倒ですか」「きついですか」と幾つもの質問が頭に浮かんでくる。しかしさすがに、監督に対してその質問は失礼だろう。監督になって数ヶ月、そもそもろくに話したこともないのだし……練習にあまり顔を出さないから、しょうがないけど。

「練習を見に来てもらうのはいいけど、何か作戦があるのか？」

「あります」尾沢は即座に言った。「オッサンを騙すのなんて、簡単ですよ」

「いくら何でも騙すっていうのは……」

「すごいと思わせれば、絶対ＯＫしますよ。誰だって、甲子園で応援したいんだから」

「しかしねえ……」

しっかりしてくれ、という言葉が喉元まで上がってきた。せめて堂々として、こっちの提案を「苦しゅうない」と受け入れてくれればいいのに。不安な顔を見せられると、こっちまで心配になってくる。


翌日も、屋内練習場での練習は続いた。里田と加茂がそれぞれ十球ほど投げたところで、外で見張っていた美優から連絡が入る。スマートフォンに届いたメッセージは一言「来た」。それから続いて「三人」。

黒木だけじゃないのか、と少し不安になる。実質的にＯＢ会を動かしている黒木を落とせれば何とかなると思っていたのだが、他のＯＢも来たら、話が厄介になるんじゃないか？

「じゃあ、打ち合わせ通りで」尾沢は里田に声をかけた。

「マジでやるのかよ」里田はいかにも嫌そうだった。しかしここは、自分のシナリオに従ってもらわないと。

「やるんだ――出るぞ！」他の選手にも声をかける。

選手たちが、屋内練習場を飛び出し、グラウンドへダッシュしていく。尾沢は最後に出て、他の選手たちの後を追った。

グラウンドに入った選手たちが、鳥屋野も成南も関係なく、黒木たちの姿を見て――美優が先導していた――一斉に「オス！」と声を張り上げる。いかにもチームが一体化した感じ。尾沢は黒木に近づき、「オス」ではなく「ありがとうございました」と丁寧に挨拶した。

「何で屋内練習場でやってるんだ？」黒木が高い青空を見上げてから、怪訝そうに尾沢に訊ねる。

「スパイがいるんです」尾沢は声をひそめて答えた。

「スパイ？」黒木が目を細める。

「海浜なんかが、偵察に来てるんですよ。わざわざ敵に練習を見せることはないでしょう」

「海浜がこのチームに注目してるのか？」黒木が疑わし気に訊ねる。

「そうじゃなければ、偵察に来ないと思います。ちょうどこれから、シートバッティングが始まるところですから、どうぞ」

さっと右手を上げる。美優がうなずき、黒木たちを一塁側のダグアウトに連れて行った。同行している二人は誰だろう？　二人ともスーツ姿。一人は三十代、一人は黒木と同年代――五十代後半に見えた。ＯＢ会の人間だろうが、尾沢が知らない人だ。

里田がマウンドに立ち、尾沢がキャッチャーを務める。他の選手は守備に散り、まず成南の本間が打席に入った。

「ノーアウト、ランナーなし」尾沢は声を張り上げた。

本間はフリーに打てる状況だ。右打席に入ると、ぐっと身を屈め、クラウチングスタイルを取る。いかにも際どいボールに食いついていきそうな感じ。

サインはまだ、簡単にしか決めていない。人差し指が小さく曲がるスライダー、チェンジアップと大きなスライダーはVサイン、ストレートは「パー」。「グー」がカーブだが、このサインを出すことはないだろう――出さないでくれ、と里田が弱気に言っていた。確かに里田のカーブは、キレがよくない。どろんと曲がってくるだけだから、見極められやすいだろう。それだったら、落差の大きいチェンジアップを使った方がいい。

初球、ストレート。いいぞ――やはりまだステップは狭いが、それでも唸《うな》りを上げるような速球が外角低目に決まる。本間は左足を踏み出したがタイミングが合わず、バットを振れなかった。本間が、汗もかいていないのに、顎《あご》を手の甲で擦る。いかにも、とんでもないボールを目の当たりにして冷や汗が滲み出てきた、という感じ。

ここは強気で押そう。尾沢は二球目、三球目と続けてストレートを要求した。ステップ幅が狭い分、少しボールに角度がついてくる。低目に決まる速球は、打者から見れば打ちにくい。無理にステップを元に戻さなくてもいいんじゃないか、と尾沢は思い始めた。

本間は二球目も見逃し、三球目は手を出したものの、完全に振り遅れで空振りした。三球三振。

「もう一回、ノーアウト、ランナーなし」尾沢は声を張り上げた。

鳥屋野の石神が打席に入る。こちらはまだ果敢だった。初球からバットを振ることは振る。しかし完全に、バットの軌道はボールの下だった。それだけ伸びてきているように見えるわけだ。里田の速球を見慣れている本間は、演技で三振したのかもしれないが、石神は本当に手も足も出なかった。三球とも空振りで、あっさり三振。

尾沢はちらりとダグアウトを見た。美優が、タブレット端末を左手に、右手にスピードガンを持って、黒木に熱心に説明している。スピードガンを示すと、黒木が真剣な表情でうなずいた。

続いて成南の本庄が打席に入る。尾沢は「ノーアウト、一塁」と叫んだ。外野から選手が一人走って来て、一塁ランナーになった。ファーストとサードが、ぐっと前傾姿勢を取ってダッシュの準備をする。初球、投球と同時に、バントを警戒して一気に前に出た。

尾沢は大きなスライダーを要求していた。外角低目、ストライクから大きく外れていくボールに、本庄は手を出した。しかしボールは、バントしようと出したバットの下を潜るように変化する。ファーストとサードは途中でダッシュを止めた。尾沢が立ち上がった瞬間、ファーストが身を屈める。上手くいってくれよ、と願いながら、尾沢はファーストへ低いボールを投げた。カバーに入っていたセカンドが送球をキャッチ。一塁ランナーは慌ててヘッドスライディングで戻ったが、セカンドは余裕を持ってタッチし、グラブを高く掲げた。

「ＯＫ、アウトな」尾沢は人差し指を上げて見せた。内野から「おう！」と声が上がる。

結局里田は、九人連続で凡退させた。ヒット性の当たりは一本もなし。外野へ飛んだ打球は一本だけで、センターが数歩前に出て危なげなく処理した。

ずっとキャッチャーをしていた尾沢は途中で本庄に交代し、十人目の打者、加茂が三振すると打席に向かう。

「ノーアウト、ランナーなし」尾沢が叫ぶと、マウンド上の里田が嫌そうな表情を浮かべる。演技だよ、演技と思いながら、尾沢は二度三度とバットを振った。

里田が振りかぶり、初球を投じる。外角低目の際どいコースにコントロールされた速球。尾沢はこれをファウルにした。二球目は小さいスライダー。こいつが曲者《くせもの》だよなと思いながら、尾沢はやはりカットした。あのスライダーは、右打者よりも左打者に有効だ。手元ですっと消えるように見える。

三球目。里田はストレートを投じてきた。内角低目。尾沢の好きなコースだ。ここを逆方向に弾《はじ》き返すのが得意技でもある。この一打も上手く打てた。尾沢は腕を折り畳み、コンパクトなスウィングを意識して、レフト線に狙い打った。サードの頭上をライナーで超えた打球が、ちょうどレフトのライン上に落ち、レフト線に狙い打った。ファウルグラウンドに転がっていく。尾沢は打球の行方《ゆくえ》を眺めた。球場にもよるが、あれはスタンディング・ダブルだな。

打席を出て、またダグアウトに視線を送る。黒木は今や、ひどく真剣な表情でグラウンドを見ていた。同行の二人と話しこむと、何度もうなずく。

引っかかったな、と尾沢はうつむいて笑いを押し隠した。今黒木たちは、県内ナンバーワンピッチャーの投球を目の当たりにし、さらに俺がそれを打ち返すのを見た。これで、連合チームの強さがしっかり分かっただろう。里田が投げて俺が打つ。それをベースにして、これからさらにチーム力をつけていくのだ。

ОB会が金さえ出してくれれば。

シートバッティングが終わると、尾沢は黒木たちに挨拶に行った。

「これからクールダウンで練習は終わります」

「お疲れ……」

黒木は妙に静かになっていた。そこへ、若林が近づいて来る。こちらは非常に緊張していて、上手く話せるかどうか分からない感じだった。しかしここは、監督らしいことをしてくれないと……美優がいるから、いざとなったらヘルプしてくれるだろう。彼女が数字をまくしたてたら、黒木は煙《けむ》に巻かれるかもしれない。

一礼して、尾沢はグラウンドに戻った。「ジョグ！」と指示して、自分は最後にチームを見守る形で走り始める。いつもは先頭を行きたがる里田が、今日は尾沢と並んで走った。

「気に食わねえな」里田が文句を言った。

「何が？」

「お前に打たれたのが」

「演技だよ、演技」尾沢は低い声で言った。「打ち合わせしただろう？　それに、お前がばたばた三振を取りまくったのだって、打ち合わせ通りだろうが」

「打ち合わせなんかしなくても、俺が打たれるわけがない」

「自分のチームの選手を打ち取っても、自慢にならないだろう」

「何なんだよ……」

里田がぶつぶつ文句を言ったので、尾沢は思わず吹き出しそうになった。こいつは常に真剣勝負で、冗談が通じない人間なんだよな。マジレスされると反応に困る。

クールダウンのランニングとストレッチを終え、選手たちは全員ダグアウト前に集まった。これも事前の打ち合わせ通り、今日は若林が締める。美優のタブレット端末を片手に話し始めた。

「シートバッティングの時、ショートのカバーが少し遅れ気味だった。守備位置がいつも深過ぎるせいだと思うけど、状況に応じて、守備位置を前後するように意識して欲しい。特に左バッターの時には、思い切った前進守備もありだから」

……と、美優が書いているわけか。シナリオを読んでいるようなもので、これが若林には精一杯だろう。彼自身が意味を理解しているかどうかは分からない。

「以上、お疲れ様。黒木さん、何か一言お願いします」若林が話を振った。

黒木が咳《せき》払いして前に出る。表情は、昨日とは打って変わって真剣だった。

「鳥屋野ＯＢ会副会長の黒木です。今日初めて連合チームの練習を見せてもらって、正直、感服しました。里田君、君はやっぱりすごいね」

「オス」里田が低い声で言ってキャップを取り、頭を下げる。

「このチームが特殊な事情で集まったことは、私たちも承知している。ＯＢ会の中には、成南の選手を援助するのは筋違いだ、という声が多くあったのも事実だ。しかし今日、練習を見て、私は考えを変えました。これだけの実力を持ったチームなら、本当に甲子園を狙えるかもしれない。厳しい事情を乗り越えて頑張る高校生を助けるのが、ＯＢの役目だとも思う。これから他の役員と相談して、尾沢君が希望している遠征のために費用を集めるよう、すぐに決めようと思う」

「オス！」尾沢は声を張り上げた。上手くいくかどうか、百パーセントの自信はなかったが、予想通りオッサンは騙しやすい。後輩が頑張っている姿を見れば、自然に心が動かされるはずだ、という読みは当たった。

「今後も、鳥屋野ＯＢ会は、連合チームを支援する……しかし君らは、いいバックアップを得たね」黒木が尾沢の顔を見て言った。

「はい？」

「今日、校長から連絡を受けたよ。あんな風に頼まれるとはね」

クソ、やられた。あの校長、裏で動いていたのか……しかし、OB会に支援を頼んだことをどうして知ったのだろう？

若林だな。尾沢は彼の顔を凝視したが、目を逸らされてしまう。やっぱりこの人か……難しい方向に話が転がり始めたので、校長に泣きついたのだろう。まあ、いい。彼は彼で、やれることをやってくれたのだ、と思うことにした。

大人は利用するものだ。このチームは俺たちのものだ、という意識に代わりはない。


練習が終わり、尾沢は里田と一緒に自転車で帰宅した。家より里田スポーツの方が近いので、ちょっと寄っていくことにする。スパイクがだいぶ傷《いた》んできたので、大会前に新調したかった。

スパイクの様子を確かめていると、里田がすっと近づいてきた。

「今日のあれ、イマイチ納得できないんだけど」

「スポンサー、上手くゲットできただろう？」

「お前のところのOB会の世話になるの、何だか微妙に抵抗あるんだよな」

「金は金だよ。使えるものは何でも使う」

「遠征も大変じゃないか」

尾沢は、壁一面を飾るスパイクから里田に視線を向けた。

「県内で試合をやりたくないんだよ」尾沢が声を潜める。「他校に見せたくない」

「そこまで慎重になる必要、あるか？」

「あるさ。実際、偵察が来てるんだし、手の内は明かしたくない。大会が始まるまで、謎の存在でいたいんだ」

「大会が始まったら、モロバレじゃないか」

「大会が始まると、俺たちはもっと強くなるんだよ」尾沢は薄い笑みを浮かべた。そう、高校生には必ずそういうタイミングがある。試合を積み重ねて、経験と体力・技術の向上が、一段高い場所に連れて行ってくれる瞬間が。

「だけど、そんなに簡単に試合を組めるのか？　俺ら、県外のチームと試合したことなんかないよ」

「俺たちはあるんだ」尾沢は言った。「毎年、春の大会が終わった後は、県外チームとの試合が多かったんだ。俺は、去年試合した連中とは連絡先を交換しておいた。それで、練習試合の相手を頼んだんだ」

「向こうは受けたのか？」

「調整してもらってるけど、大丈夫だと思う。こういう時のために向こうにも監督や部長がいるんだし」

「上手く使ってるわけか」感心したように里田がうなずく。彼のそんな表情を見るのは初めてだった。

「使えるものは何でも使う」尾沢は繰り返した。

「それ、キャッチフレーズとしては格好悪いよな」

「ああ？」

「ちょっといいか」

里田に誘われ、尾沢はレジへ向かった。店員の木村が真面目な表情で待っている。尾沢が来たのに気づくと、すぐに手元にあったアンダーシャツを取り上げた。

「何ですか?」

「見てみろよ」

少し締めつけの入った、一般的な黒いアンダーシャツだった。言われるまま、尾沢はアンダーシャツを広げてみた。すぐに、左胸にある白い刺繍が目に入る。

「何だ、これ。1+1は8?」

「違う。∞《むげんだい》」木村がむっとして言った。「1+1は無限大だよ。どうだ?」

「どうって……」尾沢は戸惑った。助けを求めて里田の顔を見る。

「あー、連合チームだから、せめてキャッチフレーズがあってもいいかもしれないと思って」里田が言い訳するように言った。

「お前のところの『We're the One』みたいな?」練習用のTシャツにも入っている。

「鳥屋野の『一打必勝』みたいな」里田がうなずく。

成南に比べると、鳥屋野のキャッチフレーズはずいぶん古臭い。三十年前のチームが甲子園に出た時に決まったキャッチフレーズなのだという。当時は完全にピッチャーのチームで、貧打を投手力がカバーして県大会を勝ち抜いたのだ。だからこその「一打必勝」。甲子園で唯一、三回戦まで行った記念すべきチームで、屋内練習場と、キャッチフレーズが記念に残ったのだった。応援団が、校旗と一緒に「一打必勝」と染め抜かれた応援旗を振り回すのは、夏のスタンドのお馴染みの光景になっている。

今年は見られないだろうが。

「これ、木村さんが考えたんですか?」尾沢は訊ねた。

「俺は刺繍しただけだよ」

「木村さんが？　マジすか？　その手で？」ラグビー選手だったせいか、木村の指は今でも極太のソーセージ並みだ。

「業務用のソーイングマシンってのがあるんだよ。コンピューター制御で、自動でやってくれるんだ。お前らみたいに刺繍を入れるのが大好きな選手がいるからな。てか、野球選手ってこういうの本当に好きだよな」

「じゃあ、この文句を考えたのは……」

「俺だよ」里田がボソリと言った。「ダサいか？」

「うーん……格好よくはないかな。これで１＋１が２にもならなかったら、超ダサい」

「三にするからって言ったのはお前だぜ」

確かにそんな風に言った記憶はあるが……無限大かよ。ちょっと大袈裟過ぎるんじゃないかと思ったが、尾沢は笑みを消せなかった。

「監督に言われたんだ」

「猪狩さん？」

「特別な連合チームなんだから、何かキャッチフレーズがあった方がいいってさ。結構必死に考えたんだぜ」

「お前のセンスじゃ、こんなもんだろうな。でも、いいよ。採用」

「マジか」里田が目を見開く。

「マジだよ。なあ、どうせならアンダーシャツだけ統一して、そこに縫いこもうか」

「いいのか？」

「ユニフォームは変えられないけど、アンダーシャツはどうせ半袖だし、今回は同じ黒にしてもいいんじゃないかな」

「ああ、そういうつもりなら、俺が特別にプレゼントしてやるよ」

声がした方を見ると、里田の父親が嬉しそうな表情を浮かべて立っていた。

「親父さん……いいんですか？」本気だろうか、と疑いながら尾沢は言った。

「何か、こういうの、楽しいじゃないか。単独チームで出るのが当たり前だけど、今は連合チームで出ざるを得ない時もある。結構ある。そういうチームが、単に試合ができたという想い出だけじゃなくて、勝ち進んでいけば、また気合いが入るんじゃないかな。これから子どもの数も減ってきて、野球をやる子も少なくなるだろうから、問題提起にもなるよ」

「そんなこと、考えてもいませんでした」

「俺みたいに商売をやってる人間は、先々のことまで考えていかないといけないのさ。さて、サイズはどうしようか？」


店の外へ出ると、里田がぼそりと漏らした。

「言いたくないけど、お前、すげえな」

「何が」

「ちゃんと大人をコントロールしてさ。使えるものは何でも使うっていうのも分かるけど、俺だったらそうはいかない」

「大人は、高校野球を勘違いしてるんだ」

「勘違い？」

「何か、スポーツの中でも特別なもので、高校のスポーツの代表といえば野球、みたいな。本当はそんなことないだろう？　サッカーだって陸上だってあるし」

「ああ。でも、野球が特別だと思う人が多いのは分かるよ」

「その特別な野球を守って欲しい……そうやって訴えれば、大人はぐっとくるんだよ。計算通りだ」

「お前、起業したら成功するかもな」里田が溜息をついた。

「そんなこと、考えてない」尾沢は首を横に振った。「俺は、試合したいだけなんだ。それに、去年の騒動で迷惑をかけた人に恩返ししたいし、俺たちをディスった人間を、逆にディスり返してやりたい。ただし、無言でね。ペチャペチャ喋るのはダサいだろう？」

「何だか怖くなってきたよ、俺は」

「俺は、お前の才能の方が怖い」尾沢はうなずいた。「だけどこれから、他のチームが見たら、もっと怖い存在にしてやるからな」

二人は無言で拳を合わせた。

第三部　勝ち上がる

1

福島《ふくしま》県会津若松《あいづわかまつ》市。里田は、この街に来るのは初めてだが、当然観光している暇などない。土日を使って、近隣の四校と試合を行うことになっているのだ。ただし、それぞれの試合は五回まで。そんなの試合じゃないと思ったが、尾沢は「あくまで練習だから」と押し切った。違う相手と試合することで、異なった状況でのデータが豊富に取れるというのが尾沢の言い分だった。よく意味が分からないので美優に聞いてみたが、「統計学の基礎、講義してあげようか」と挑むように言われ、引き下がるしかなかった。純粋な文系の里田は、数字の話を持ち出されると弱い。場所は、鶴ヶ城《つるじょう》に近い高校。乾いた土のグラウンドで、しかも今日は風が強いから、マウンドに立っているだけで埃が鬱陶しい。

土曜日の第一試合は、四回に入っていた。ワンアウト一、二塁のピンチ。さて、ここはきちんと抑えなくては。球数を少なく……里田は、今日の試合で五回を絶対に投げ切るようにと尾沢から厳命されている。さらに「球数を抑える」「新しいボールを試す」と二つの課題もある。

一塁ランナーを目線で制しておいてから、里田はセットポジションに入った。気になるのは、セカンドベース上に立っている喜多方《きたかた》中央高校の一番打者だ。ちょっと体を動かすのを見るだけで、足が速そうなのは分かる。三回まで両チームとも無得点、仕かけてくるにはいいタイミングだ。

尾沢のサインは、予想に反してチェンジアップだった。馬鹿か、お前？　一番走りそうなランナーがセカンドにいるのに、どうして一番遅いボールを要求するんだよ。ここはストレートだろう……しかし里田は首を横に振らなかった。尾沢はよく斜め上の発想をするから、これも何か考えがあってのことかもしれない。

里田のチェンジアップは、親指と人差し指で「ＯＫ」サインを作ってボールの内側に押しつけ、外側へ逃すように投げる、いわゆる「サークルチェンジ」だ。ほぼ真っ直ぐ、大きく落ち、ストレートとのスピード差は三十キロほどもある。

今日は特に、このチェンジアップの調子がいい。変化が大きく、ボールはワンバウンドしそうになった。尾沢が地面に這《は》いつくばるような低い姿勢でキャッチし、立ち上がりざま、サードへ矢のような送球を見せる。セカンドランナー、走ってきたのか！

しかしアウトだ。しかも楽々。

里田は次打者を三振に切って取り、小走りにダグアウトへ戻った。途中、尾沢と一緒になって、思わず訊ねる。

「何であそこでチェンジアップだった？」

「走る気満々だったから、取り敢えず走らせてみようかと思ってさ」

「ああ？」

「それで俺がどれぐらいちゃんと反応できるか、試してみたんだ。緩いチェンジアップで楽勝でアウトにできたから、俺も準備OKって感じだな」

「こんなところで実験するなよ」

「この四試合は全部実験だ。あくまで練習なんだから、ミスは次に修正すればいいし」

おいおい、えらく大胆だな……もっとも尾沢は、時にこちらが驚くようなリードを見せることもあった。それに気も短く勝負が早い。

しかし、暑い……里田は手の甲で額の汗を拭った。今年は空梅雨《からつゆ》で、真夏のように暑い日が続いている。福島は涼しいようなイメージがあったが、新潟よりも暑いようだ。

四回を終わって、両チームのスコアボードには綺麗にゼロが並んでいる。次が最終回。あくまで練習の延長のような試合だが、それでも里田はどうしても勝ちたかった。久しぶりの試合、本気で投げるマウンドで、負けなんて絶対にごめんだ。

とはいえ状況は不利……相手はここまでヒット二本、しかしそれに対して連合チームはヒット一本なのだ。やはり打線は、成南単独チームの方が威力があったと思う。

「1点、取りに行こうぜ」ダグアウトの中央に座った尾沢が檄《げき》を飛ばす。監督の若林は隅に座って大人しくしていた。制服姿の美優は、スコアブックと格闘中。

その美優が立ち上がり、尾沢の横に来た。

「向こうのピッチャー、替わらないのね」

「五回までだからな」

「じゃあ、外角は捨てて、内角狙いで行って」

「了解」

「おいおい、何なんだよ」二人の会話の意味が分からず、里田はつい割って入った。

「そういう癖だから」美優がさらりと言った。「向こうのピッチャー、外の方がボールに力があるのよ。内角なら打ち返せる。って言うか、打ち返して」

四回までじっくり観察して、傾向を見抜いたのか。尾沢が、この回先頭の本間と次打者の児島を呼んで指示を与える。二人とも右打者だ。

「外角は捨てて、内角狙いで」

「それと、変化球を投げる時は、グラブが下がるから」美優がさらりとつけ加える。

「そうなのか?」里田は確認した。

「里田君には、ストレートしか投げてないわよ。舐《な》められてるのね」

「いや、俺は……」確かにバッティングは苦手で、相手ピッチャーを観察することもあまりしないのだが。

「大丈夫、里田君には、打つ方は期待してないから。この裏を抑えることだけ考えて。今日も球数、多くなってるわよ」

「今、何球?」

「四回までで八十球。これはないわ」呆れたように美優が言った。

里田としては悪くないピッチングだと思っていた。慎重に、かつ大胆に四回まで投げて七奪三振。打たれたヒット二本は、完全に打ち取った当たりがセカンドの後ろに落ちたポテンヒットと、緩いショートゴロが内野安打になったものだ。まだ元のフォームに戻った感覚はないが、それでも十分抑えていける自信はある。ただし慎重にいき過ぎて微妙に制球が定まらず、何度もフルカウントまで行って、結果的に球数は増えてしまっている。

「まあ、佐川の言う通りだよ」尾沢が同調した。「これから調整していこう。とにかく球数を減らすように気をつけて……ツーシームはまだ使えないけどな」

むっとしたが、今は試合中だ。尾沢と言い合いしている暇はない。里田はこの試合、「新しいボールを試すこと」という課題を果たすために、初めてツーシームを試してみた。練習ではそこその変化をするようになっていたのだが、本番で使うとなると、やはり上手くいかない。

初球。本間が内角のボールにすかさず手を出す。悪くない速球だったが、綺麗に弾き返して三遊間を抜いた。監督の若林が出すのが普通だが、若林はそもそも野球がまったく分かっていない。尾沢がさっと立ち上がり、若林の傍に座った。尾沢のささやきがかすかに聞こえてくる。

「……適当に……はい、ダミーですからいいんです」

おいおい、監督をダミーに使うのか、と里田は呆れた。若林がサインを出す振りをして、実際には尾沢が指示を送るということか。これで怒らなければ若林もどうかしていると思ったが、若林はただ黙ってうなずくだけだった。二人の間では、試合の指揮に関して、既に話し合いがついているのかもしれない。

続いて児島が打席に入る。ダグアウトを何度も見てから、ピッチャーを睨みつけた。初球、外角へ逃げるスライダーをあっさり見切って見逃す。ボールはストライクゾーンを大きく外れ、ワンバウンドになりそうだった。変化球は大きく曲がるが、コントロールにも難のあるピッチャー……美優は、四回までに完全に癖を見抜いたということか。

ちらりと横を見ると、若林がサインを送る「ような」動きを見せている。キャップを触り、左手で右腕を撫で下ろし、両手を二回叩く。尾沢は動かない。児島がかすかにうなずいた――うなずいた振りをした。

尾沢が自分のバットを持って、ダグアウトを出る。素振りを二回。マウンド上のピッチャーは、一塁にいる本間を気にして、何度か牽制するそぶりを見せた。本間は通常のリード。同点で最終回だから、ランナーは迂闊《うかつ》に動かない方がいい。

二球目、児島が迷わずバットを振った。体を開き気味にして内角のボールに反応し、痛烈なゴロで三塁線を抜く。素早いスタートを切った本間が二塁を蹴り、三塁に達した。中継が乱れる間に、児島は二塁へ。

尾沢が「よし」と低く言って、打席に向かう。里田は、ダグアウト内に声がないのが気になった。先制のチャンスなのだから、ここは声を出していかないと。にわか作りのチームを一つにするには、皆で声援を送るのも大事じゃないか？　両手でメガフォンを作り、思い切り声を出す。

「尾沢！　ピッチャー、疲れてるぞ！」

しかし後が続かない。自分だけ声を出しているのが少し恥ずかしくなり、里田も口をつぐんでしまった。これは、成南ベンチとはだいぶ雰囲気が違う……成南の選手はとにかく賑やかで、野次も飛ばす。審判に注意を受けないように、監督の猪狩からたしなめられることもしばしばだった。全体に、鳥屋野の選手は大人しい感じだ。

左打席に入った尾沢は、じっくりいく腹を決めたようだった。初球、膝下に入ってくるストレートを見逃す。左打者の尾沢からすれば、このコースの力強いボールは「捨て」だ。ボール。二球目は同じコースにカーブがきたが、これも見逃した。ワンバウンドになったので、素早く後ろを振り向き、右手を上げて三塁にいる本間の動きを封じる。

ツーボールノーストライクとなって、尾沢は一度打席を外した。一度だけ素振りをしてすぐ打席に戻る。ぴたりと構えが決まり、里田はこれで点が入る、という予感を抱いた。

三球目は外角へ。迷わずバットを出した尾沢は、確実にミートした。長く試合をしていないのに、そのブランクを感じさせないバッティングだった。絵に描いたような流し打ちになり、ライナーで飛んだ打球がレフトの左側を襲う。レフトが必死に追いかけるが、間に合わない。ワンバウンドした打球は球足の速いゴロになり、そのままフェンスまで転がっていった。本間、児島が相次いでホームへ帰ってくる。足の遅い尾沢でさえ、滑りこまずに楽々セーフになるツーベースだった。

これでようやくダグアウトが盛り上がる。拍手と歓声。ホームインした本間と児島をハイタッチで出迎える。

里田は拍手しながら、自分の不明を恥じていた。不明というか、観察眼の甘さを。最初の頃、練習を見て「駄目だ」と思ったのだが、それは完全な読み違いだったのだ。成南も鳥屋野も、基礎はできている。鳥屋野の連中はトラブルで試合から離れて、勘が鈍っていただけなのだろう。そうでなければ、美優からデータの提供を受けてすぐ、実戦に生かせるはずがない。言われたことをすぐにできる——間違いなく、俺たちは強い。


自信は二試合目、会津中央戦で折れた。

マウンドに立った加茂が、初回にいきなり3点を献上したのである。ストレートが走らず、決め球のスライダーをコントロールできずに、ランナーを溜《た》めて四番打者に痛打を喰《く》らう。二回、三回にも1点ずつ失い、試合の主導権を完全に相手に渡してしまった。連合チームも、尾沢にまたタイムリーが出て1点は返したが、それ以上攻めきれずに、結局5対1で敗れた。対戦相手は、福島県の春の県大会でベスト8に入った強豪チームとはいえ、この結果は心配だ……。

この遠征は失敗だったかと、里田は心配でならなかった。金と時間をかけて福島まで来たのだが、自分たちのプレーを隠すことに何の意味があるのだろう。高校のチームは、短時間で一気に成長する。練習試合をしても、その経験が本番の予選で参考になるかどうかも分からないのだ。

試合が終わると、若林がワイシャツ姿の若い男二人に摑まっていた。記者だな、とすぐに分かる。二人とも、巨大な望遠レンズつきの一眼レフカメラをぶら下げているのだ。地元の記者のようだが、大丈夫なのか？　極秘で遠征してきたのに、新聞記事になったらバレてしまう。福島の新聞だったら、新潟の人間が読むわけではないだろうから大丈夫か——いや、ネットで拡散する可能性もある。見ていると、尾沢がすぐに若林の傍に立ち、代わりに質問に答え始めた。取材している方は、ずいぶん図々しいキャプテンだと思ってるだろうな、と里田は苦笑した。

ダグアウトに戻ると、加茂がぼんやりとグラブを撫でている。

「加茂」

声をかけると、びくりと身を震わせて顔を上げた。

「オス」

「元気ないな」

「いやあ……あれじゃ……」

五回5失点。確かに元気ではいられない。しかし、落ちこんでいるよりも、今はやるべきことがある。

「クールダウンしようぜ」

里田はボールを軽く投げた。右手でキャッチした加茂が、そこに何かピッチングの秘技が書いてあるのではと思っているように、ボールを凝視する。

　立ち上がった加茂に、里田は訊ねた。

「お前、逆方向——左側へのボール、ないのか？」

「ないっす」

「一緒に覚えないか？　俺も逆方向へのボールがないから、今、ツーシームを練習してるんだ」

「ツーシーム、難しくないですか？」

「投げたことない？」

「練習では試したことがありますけど、コントロール、全然駄目なんですよ」

「投げこんでたら、そのうちコントロールはつくさ」

　里田自身もまだまだだ。通常のストレート——フォーシームのつもりでスピードをつけると、えげつない変化になる。ほとんどフォーシームと同じスピードで、右打者の内角に食いこみながらわずかに落ちる。しかし、理想的なコースに行くのは、十球に一球もない。ストライクゾーンを大きく外れ、暴投になってしまうことも珍しくなかった。スピードを殺せばコントロールはつくのだが、そうすると変化が少ない棒球になる。とにかく投げこんで身につけていくしかないのだが、予選までに自分のものにできるかどうか、まったく分からなかった。

　加茂が、握りを何度も確認し、恐る恐るといった調子で投げる。思い切り高いボールになってしまい、里田は必死でジャンプして、何とかキャッチした。

「すんません！」加茂が必死で頭を下げる。

「ＯＫ」言って、自分もツーシームを投げ返す。満足できないボールだったが、加茂は目を見開いた。

「すごいっすね」

「これじゃ、打たれるよ」

加茂はコントロールに苦労していた。元々あまりコントロールがいい方ではないのだが、初めて投げるボールとなると、まともなコースに行かないのは仕方ないかもしれない。自分のものにするためには、相当練習しないと駄目だ。いや、県大会には間に合わない可能性が高い。

「まあ、帰ってからしっかり練習だな」

明日も、今日と同じ五回までの試合が二試合組まれている。実戦感覚を取り戻すにはいいが、これぐらいでは本番の試合に対応できないだろう。やはり九回までちゃんとやって、必要ならピッチャーの継投もして……他チームから「隠している」こと以外に効果があるかどうか、甚《はなは》だ疑問だった。

クールダウンを終えると、若林と尾沢は取材から解放されていた。何を聞かれたのだろう……確認したいと思ったが、すぐに尾沢に集合をかけられたので聞けない。若林がボソボソと喋り、最後に「門限は九時」と言い渡した。

九時って……今日は会津若松駅近くのホテルに泊まることになっている。夕飯もホテルが用意してくれるはずで、食べ終えたら八時ぐらいになってしまうだろう。それで門限九時と言われても。

せっかく初めての街に来たのだから、里美に土産でも買っていこうと思っていたのだが、そんな暇はないかもしれない。明日も十時、そして一時から二試合が組まれている。終わったら即、磐越西線と信越本線を乗り継いで新潟へ戻る予定だ。バスでないのでほっとする……県予選が始まったらバス移動もしなければならないが、今はまだバスに乗るのは気が重い。鉄道の方が、ずっと安心だ。

会津若松駅前まで二駅だけ列車に乗り、ホテルに落ち着く。その時点で午後五時。夕飯が七時からだから、それまで少し外を歩こう。尾沢と同部屋になったので、街を見物しないかと誘ってみたが、乗ってこなかった。

「何だよ、せっかくこんなところまで来たのに」

「忙しいんだよ、俺は」尾沢がタブレット端末をデスクに置いた。「佐川の分析を確認しないと」

「少し体を休めろよ」

「体は休めてる。これから使うのは頭だ」

相変わらずだ……これ以上誘ってもしょうがないだろう。

「じゃあ、俺は土産物でも探してくるから」

「変なご当地キャラとか買うなよ」

「ご当地キャラ？　何で？」

「里美、そういうの嫌いじゃないか」

「ああ……そうだった」

急にバツが悪くなった。中学の頃は県外へ遠征するとテンションが上がって、少ない小遣いを叩いてご当地キャラのグッズを里美への土産に買ってきたことがある。彼女は受け取ったものの、微妙な表情を浮かべた。尾沢は、里美の微妙な顔を覚えていたのだろう。実際、送ったキーホルダーなどを、彼女がバッグにつけているのを一度も見たことがない。たぶん彼女の机の引き出しの中で、永遠の眠りについている。

何か……そんなに賑やかな街じゃないな、と思った。先ほどまで試合をしていた高校の近くには鶴ヶ城があり、観光の中心はそちらのようだ。城にも観光にも興味がない里田から見れば、ここは地味な地方都市でしかなかった。街としては新潟の方がはるかに大きい。駅前にある高いビルといえば何軒かのホテルぐらいで、街は全体に古びた感じがする。探せば、渋い街並みがあるかもしれないが、それも里田の興味の範疇《はんちゅう》外だった。

街を歩き回っていると、あっという間に時間がなくなってしまうだろう。結局、駅の構内にある土産物店に入って土産を物色した。尾沢に忠告されたので、地元キャラ「若松っつん」のグッズは無視。お菓子なら家族も里美も喜ぶだろうと思って、急いでいくつか買いこんだ。

コンコースに出ると、「あれ」と馬鹿でかい声がした。そちらに顔を向けると、見覚えのある顔……つい先ほどまで試合していた会津中央高校の四番バッターだった。名前は確か――鶴川《つるかわ》。

「里田じゃね？」

「鶴川、だよね」

「この辺に泊まってるの？」

「明日も試合だから」

「何か、いろいろ大変だね」

鶴川はそれほど背は高くない――身長百七十五センチぐらいのようだが、横に大きく、いかにもパワーがありそうだ。加茂はこの男にヒットを二本打たれている。一本はホームランだった。

「暇？」

「暇……暇かな」何を言い出すんだと思いながら、里田は答えた。

「じゃあ、お茶飲んでけよ」

「お茶？」

「うち、喫茶店をやってるんだ。ここから歩いて五分ぐらいだからさ。奢るよ」

「いや、悪いから」

「せっかくここまで来てくれたんだから、お茶ぐらい、いいだろう」

まあ、別に外出を禁止されているわけじゃないからいいか……里田は思いもよらぬ誘いに乗ることにした。

巨大な駐車場を備えたスーパーの脇を通り抜け、鶴川に先導されて歩いていく。鶴川はやたらお喋りな男で、今日の試合のあれこれを振り返った。ほどなく、一階が喫茶店、二階が住居になっている店にたどり着く。店の前には、車が何台か停められる駐車場があった。店の名前は「クレイン」。どういう意味だろう？

窓が大きいことから予想していた通り、中は広々としていた。奥にカウンター。テーブル席が七つ。外光がよく入り、明るい雰囲気だった。昔ながらの喫茶店か……しかし店全体はまだ新しい感じだった。

「カウンター、座って」

言われるまま、里田はカウンターについた。明るい色のカウンターで、渋くコーヒーを飲むより、若い女の子が並んでパフェでも食べている方が似合いそうな雰囲気だ。

鶴川がカウンターの中に入り、エプロンをつける。

「まさか、君が淹《い》れるとか？」

「そうだよ」鶴川が平然と答える。

「大丈夫か」声をかけてきた中年の男は、鶴川の父親だろう。

「大丈夫だって。友だちだから」

先ほど初めて会話を交わした相手に友だちと言われても……まあ、急に距離を詰めてくる人間はいる。里田はそういうタイプではなかったが、鶴川はそんなに嫌な感じの男ではない。

鶴川は、カフェラテを淹れてくれた。しかもラテアートつき――そんなに上手いわけではなかったが、野球のボールだとは分かる。

「この店……継ぐとか？」

「いや、それはないね」鶴川があっさり否定した。隣にいる父親は、少し嫌そうな表情を浮かべている。

「この店の名前――クレインって？」

「英語で鶴。安直なネーミングだよなあ」

これですっかり機嫌を悪くしたのか、父親は奥にあるドアを開けて中に引っこんでしまった。

「今の、親父さんだろう？」里田は確認した。

「ああ」

「怒ってない？」

「大丈夫だよ。俺が店を継がないことなんか、分かってるし。だいたい、まだ四十過ぎたばかりなんだから、継ぐも継がないもないんじゃね？」

「この店、古いの？」

「元々爺《じい》さんがここでレストランをやってたんだ。それを親父が改築して喫茶店にしたんだよ」

「飲食一家か……じゃあ、やっぱり跡を継がないと」

「俺はまだ野球、やるよ。高校じゃ終わらないから」

鶴川が高校より上のレベルで通用する選手かどうかは分からなかったが……今日のホームラン

を見た限り、パワーはありそうではある。ただし、一度豪快な三振を喫していた。コンタクト能力には多少問題がありそうだ。

「連合チームの割には強いよな」鶴川が急に真面目な声で言った。「普通、弱いチーム同士が組んで出るじゃん。福島でもそういうチーム、幾つもあるけど」

「まあ……ちょっと状況が違うから」

里田はつい、その「状況」を話してしまった。初対面の人に話すようなことではないが、鶴川は、何となく話しやすい相手なのだ。

「そうか、鳥屋野ってパワハラ騒動があったんだよな」

「知ってたんだ」

「あれは全国ニュースだよ。最近、珍しいよね。いろいろうるさいから、手を上げるような監督なんてとっくに絶滅したかと思った」

「鳥屋野は違ったんだな」

「成南の事故もな……びっくりしたよ。あれも他人事じゃないよな。事故なんて、いつ起きるか分からないし」

言われると、あの時の恐怖がじわじわと蘇る。事故の直後、それに病院にいる時には何も感じなかった。バスがひっくり返りそうになる——という感覚はあったのだが、事故そのものがどんな感じで起きたのか、里田はまったく覚えていない。気を失っていたからだろうが、何故か時間が経つにつれ、事故の瞬間の恐怖をふと思い出すようになったのだ。反射的に両手両足を突っ張って体を支えたせいか、大怪我をせずに済んだのだが、他の選手は……。

「まあ、特殊な連合チームだね。強い連合チームってのもすごいな。目指すは甲子園ってか？」

「キャプテンはそう言うけどさ、俺にはそこまで言えないな」

「二番手のピッチャーがヤバそうだよな」加茂を打ちこんだ自信からか、鶴川があっさり言った。

「連投はできないし、君一人じゃきついだろう」

「加茂は……バッターから見たら駄目か」

「彼、二年生?」

「鳥屋野の二年生」

「じゃあ、去年からずっと試合してないわけだ」

「そうなんだよな」

「それはヤバイなあ」鶴川がエプロンを外した。自分用に淹れていたコーヒーを、ブラックのまま啜る。渋い表情だった。理想の味に仕上がらなかったのかもしれない。

「何か、アドバイスないか?」

「あっても言わないよ」鶴川は真顔だった。

「ええ?」

「甲子園で対戦するかもしれないし。敵に塩を送るの、馬鹿馬鹿しくないか?」

「いや、甲子園って……」

「うちは狙ってるから。狙えるポジションだから」

春の大会ベスト8——確かに「目標は甲子園」と堂々と言える成績だ。本来は、自分たち成南もそうだったのだが。

「でも、連合チームだとまとまるのが難しいよな。実力のある選手が揃っていても、同じチームじゃないから」鶴川が指摘する。

「まあね」

「チームワークが何かって、難しい問題だけど、普通の単独チームみたいなチームワークは無理だろうな。意味もないと思うし。何か、全然別のモチベがないときつくないか？」

「だからキャプテンは、甲子園って言ってるんだけどな」

「ただ勝つだけっていうのもな……悪い、よく分からないわ」

鶴川がやけに爽やかな笑みを見せたので、里田は苦笑してしまった。そんなに明るく笑われても、こっちは困るよ……。

「あの二年生のピッチャー、名前、何て言ったっけ？」

「加茂」

「何か、投げにくそうだよな」

「そうか？」

「左のサイドスローって珍しいから、はまればいいんだろうけど、何だか窮屈そうに見える」

これは、相手打者の見方として参考になる。里田はいつも、ブルペンで横で投げているだけだから、じっくり観察している余裕もなかったのだ。今度、しっかり見てみよう。今からフォーム改造している暇はないかもしれないが、何か参考になるかもしれない。

里田はカフェラテを飲み干した。だらだら喋っているだけだったのに、いつの間にか六時を過ぎている。夕飯まではまだ時間があるが、あまりうろうろしていてもまずいだろう。立ち上がると、尻ポケットから財布を抜いた。

「金はいいよ」

「いや、それじゃ悪いよ」

「いいって。趣味につき合ってもらったし」

「コーヒーを淹れるのが趣味？　店は継がないんだろう？」

「だから趣味で、商売にするつもりはないから」

そこまで言われると、あまり頑《かたく》なに断るのもまずい感じがする。里田は財布をポケットに戻した。

「うち、明日は練習休みなんだ。試合、観に行くよ」ドアのところまで送ってきた鶴川が告げる。

「何だか照れるな」

「いや、偵察しないと。君のピッチングは見てないし」

「五回までだよ」

「甲子園でぶつかった時、データなしじゃ困るからな。じっくり観察させてもらうよ」

マジで言ってるのか？　ニコニコ笑う鶴川の表情を見る限り、本心はまったく読めなかった。

2

会津遠征は、成果があったかどうか……企画した尾沢にも判断できなかった。五回までの練習試合を四試合行い、二勝二敗。里田が相手を圧倒したのは収穫だったが、打線のつながりがないこと、それに加茂を二番手ピッチャーとしてまだ当てにできないことがはっきりしてしまった。これから予選が始まるまでの短期間に、問題点を全て修正できるだろうか。

そして、もう一つの計画を進めていかないと。

新潟駅が近づいてきた頃、隣に座る美優がスマートフォンを差し出した。半分寝ていた尾沢は、画面にぼんやりとした視線を向けたが、一瞬で目が覚めた。

「結構書かれてるけど、これぐらいなら大丈夫だと思うわ」

「そうか……」

彼女のスマートフォンを受け取って画面をスクロールする。まあ、予想していた通り――予想より少しだけひどいが、許容範囲という感じだろうか。ツイッターでは、福島の地元紙の報道をリツイートする形でコメントを書きこんでいる人が多い。

「連合チームの基本的な考えに反してるんじゃないか」「元から決まってたとか？　事故までしこまれていた可能性？」「鳥屋野は去年の不祥事を一切反省してない模様」「学校に言っても効果ないから、新潟の高野連に抗議すべし」

おいおい、高野連に抗議してどうするんだよ？　こっちはちゃんとルールに則ってやってるんだから、文句を言われる筋合いは一切ない。ただし、高野連がこれからどんな反応を示すか、予想できないのが困った。あまりにも抗議の声が多くなると、「連合チームは出場させない」とでも言い出すのではないだろうか。仮にそう言われても、論理的に反論できる自信はあったが、「状況を鑑《かんが》みて」などと持ち出されたらどうしようもない。

そして大人は「状況」をすぐに持ち出すのだ。

去年の不祥事の時、学校側の反応もそうだった。「こういう『状況』なので当面活動禁止」「『状況』が落ち着いてから新監督を任命する」「この『状況』だから、新人の勧誘を積極的に行ってはいけない」

状況って何だよ、と尾沢は腹の底からむかついたが、実際には一言も文句を言わなかった。大人たちが「状況」を言い訳にして、あのトラブルを無難な場所に着地させようとしたことは分かっていたから。そこに無理に逆らうのではなく、自分たちでできることがあるのではないか……。

「リツイートが二千件って、どんなもんなんだ？」

「大したことないわ」美優が鼻を鳴らす。「これじゃバズってるとは言えないわね。せめて五桁《けた》にならないと」

「じゃあ、放っておいていいのか」

「そうね。ヤバくなったら弁護士を頼むし」

「その話は聞いたけど、その弁護士、何者なんだ？」

「私が小学校の時の、塾の先生。その頃新潟大にいたんだけど、卒業した後、東京で法科大学院に入って、弁護士になったばかり。ネットの名誉毀損《きそん》事件をやりたいって言ってたから、困った時は助けてもらうように頼んでおいたの。張り切ってたわよ。一応、今の状況は知らせておくわね」

「弁護士が乗り出してきたら、また叩かれるんじゃないかなあ」話がどんどん大袈裟になってしまう。

「すぐに何かしてもらうわけじゃないから。ただ、状況は把握しておいてもらいたいの。この分だと、声明を出す必要もないわね。弁護士が中傷に対するコメントを出すと、一定の効果があるっていう話だけどね」

「だけど金、どうするんだよ」

「ボランティアでやってくれるって」

「マジで？」

「名前が出れば宣伝になるから、それでいいって。大人は上手く利用しないと……あ、もう着くわよ」

美優がさっさと立ち上がる。彼女は、尾沢が知る中で一番せっかちな人間だった。野球選手としては、やはり大成しなかっただろうと思う。際どいボールを見切って、ピッチャーと神経戦を展開するようなタイプではない。手が届きそうなコースのボールだったら必ず手を出し、凡退してバットを地面に叩きつけるだろう。あんなにデータオタクなのに……。

「これから学校よね」

「そう。悪いな、つき合わせて」

「いいけど、尾沢は大丈夫なの？　疲れてない？」

「俺はボールを受けるだけだから。それに明日は、完全オフにするよ」

実際は、かなり疲れていた。二日で二十イニング。これまでも、それぐらい詰めて試合をしたことはあるが、昨日は夜中の二時まで起きて試合のデータを分析していた。そこまで起きていると、どんなに疲れていても眠れなくなってしまうもので、結局眠りについたのは四時過ぎだっただろうか。八時と決められていた朝食の席についた時には、まだ目が開いていなかった。同室だった里田は、尾沢が灯《あか》りをつけたまま作業をしていてもまったく平然と寝て、今日も二安打を許しただけで相手チームを完封していた。ああいう図々しさがないとエースは張れないんだな、と妙に感心したものである。

俺は神経質過ぎるのかもしれない。去年の不祥事発覚以降、満足に練習も試合もできない中、あれこれ考え過ぎたのだろうか。おかげで、連合チームを勝たせる作戦はたくさん思いついたが、それをきちんと実行できるかどうかはまた別の問題だ。考え過ぎて、がんじがらめになっている。

さて、まだまだ忙しい……何より、自分の調子を元に戻さないと。実戦で里田と加茂のボールを受けて、何とか試合は成立させたが、まだまだ不満だ。キャッチングも安定しないし、完全に試合をコントロールできたわけでもない。

俺が一番、危ないんじゃないか？


「投球練習を見た限りでは、使えるわね」美優があっさり結論を口にした。

「ああ。でもこれは試合じゃないから」とはいえ、尾沢の左の掌には快い痛みが残っている。

「試合は……全然投げてないんでしょう？　中学校の時が最後？」

「そうだな」

「それでいきなり本番でやらせるの？　チームメートにも隠したままで？」

「隠してるわけじゃない。エントリーはしてる」ただ、「何なんだ」と聞かれてもごまかしているが。

「ぎりぎりまで隠してたら駄目よ。尾沢がサプライズ好きなのは知ってるけど、他の選手は困るから」美優が畳みかける。「もう、説明したら？」

「抽選の時にしようかな」夏の予選の抽選会は、次の土曜日に開かれる。「さすがにその時には、言わないとまずいよな」

「それで早く、練習にも合流させないと。百五十キロ投げるピッチャーがもう一人出てきたら、皆張り切るわよ」

「そうかもな」

しかし尾沢としては、手放しで喜べなかった。これもまた、ネットで反発を食いそうな話である。ずっと隠していて、ぎりぎりで明かしたら、さらに非難の声が強くなりそうな気もするが、新戦力として披露すべき最高のタイミングをまだ決められない。まあ、試合ではぎりぎりまで投げさせないで、対戦相手には秘密兵器にしておけばいいだろう。密かに練習試合をしていたことは、福島の地元紙に出てしまったから、県内のマスコミも取材に来るかもしれないが、取材を断ればいい。生意気だと思われるかもしれないが、何か方便はあるだろう。それこそ、大人に防波堤になってもらえばいい。それぐらいはやってもらわないと。

「じゃあ、お疲れ……送ろうか？」外はすっかり暗くなっている。

「いいわよ、バスで帰るから。うち、結構遠いよ」

「自転車で二人乗りでもいいけど」

「エロい意味じゃなくて、尾沢のトレーニングだったらいいけど……やめた方がいいわよ」美優が、尾沢の顔をまじまじと見た。

「何で？」

「二人乗りを誰かに見つかったら叩かれそうだし、今の尾沢は疲れてるから。余計な負荷がかかると、怪我するよ。今まで、尾沢の筋肉は半分寝てたんだから、まだ目覚めていないと思う」

「そういうの、家政部の連中が得意な話じゃないのか？」

「家政部は栄養。私は筋肉」

その理屈が合っているのかどうか……しかし尾沢は、美優に逆らわないことにした。彼女は信頼できる。ついでに言えば、成績でも絶対に勝てない相手なので、頭が上がらない感じなのだ。

彼女が監督をやればいいのにな、とまた思った。女子が監督をやったら、さらに話題を呼ぶだろう。しかしその分、反発も食うはずだ。

穏便に、穏便に。「悪名は無名に勝《まさ》る」とよく言うけど、連合チームは深く静かに潜行して、本番でいきなり浮上する。

　翌日、月曜日の昼休みに尾沢は職員室に呼び出された。呼び出されるようなことはないはずだと思いながら、不安を抱えたまま足を運ぶ。若林は、事務的な用件から切り出した。

「取材が来てるんだ」

「断って下さい」尾沢は速攻で言った。

「そんなに急いで決断するなよ」若林が苦笑する。「福島で地元紙の取材を受けただろう？　あれがネットで出て、新潟のマスコミにも伝わったんだ。地元紙が取材させてくれって言ってきたんだよ」

「監督、コメントだけ出して逃げてくれませんか？　練習の様子なんか、絶対に見られたくない」予想通りの展開になった、と尾沢は思った。

「逃げてると、逆におかしいと思われるんじゃないかな」

「そこは、何とか言い訳して……故障者が出てるから満足に練習できないので、お見せするようなものはない、とか」

「誰も怪我してないじゃないか」若林が唇を尖らせる。

「嘘でも何でもいいんですよ。とにかく、上手く逃げて下さい」

「キャプテンの君には話を聞きたがると思うけど……拒否はできないと思うよ。なるべく最低限――君が必要だと思うことだけ、話せばいい」

　何だよ、結局俺に取材を押しつけるのかよ。冗談じゃない。生徒だけで一生懸命考えて、全て自主的にやっています、監督はお飾りです、と言ってしまおうか。それが事実でもあるのだし、そのニュースを読めば、他校の選手は油断するかもしれない。高校野球は、ちゃんとした指導者がいないと強くならないと、誰もが思っている。成南が強くなったのだって、猪狩の指導力があってこそだ――。

違う。そんなのはただの思いこみだ。

高校生にもなって、人の言うことだけ聞いてるようじゃ、先が思いやられる。ものすごい身体能力、野球の素質を持った選手も、ただ誰かの指示に従っているだけでは、「最高の選手」にはなれない。そういう選手ほど、プロに入るとコーチにいじられ、混乱して、自分のフォームを見失ったりするのではないか。

今俺たちは、最高の環境にいるんだ、と尾沢はずっと自分に言い聞かせていた。プレーすること以外まで自分たちで考えてやっていくのは大変だが、こんなことは大人になれば誰でも経験するだろう。

今から自分の頭で考え、それを実現していけば、自分たちを滅茶苦茶にしたクソみたいな大人のようにはならないと思う。

「それと、もう一つ……校長がお呼びだ」

「校長？　何ですか」

「僕も知らないんだよ」

言うなり、若林が落ち着きを失う。情けなくなってきたが、考えてみれば、若林もまだ教員になって二年目なのだ。

二人で校長室に入ると、校長だけではなく教頭――部長も顔を出していた。となると、相当ややこしい話なのは間違いない。尾沢は、校長の向かいのソファに、浅く腰を下ろした。下半身の力も抜かずにおく。ヤバイ話になったら、一気にダッシュして逃げよう。

「福島遠征は、成果はあった?」校長が切り出す。

「問題点はあぶり出せました。OB会の援助のおかげです」

「そう……ネットではだいぶ、批判の声があるみたいね」

「何でもかんでも叩きたがる人はいるんじゃないですか?」尾沢はできるだけ平静を装った。

「暇な人はいるんですよね。気にしてません」

「高野連から連絡があったわ」

どきりとした。まさか、高野連が問題視している? こちらには落ち度は一つもないはずだ。

「余計なことは言わないようにって」

「警告ですか?」

「うちにも成南にも、一切ルール違反がないことは分かってます」校長がうなずく。「それは高野連も認めていて、連合チームで予選に出るのはまったく問題ないと保証されたわ。でもやっぱり、ネットの声は気になるみたいね。だから、下手に刺激しないようにっていうお達しです」

「我々は、何もしてませんよ」ネットで暴れる気もない。鳥屋野高野球部もツイッターのアカウントを持っていたのだが、去年削除していた。不祥事の後に、中傷する内容のメッセージが殺到したからである。「こちらからは一切発信しません。成南にも頼んでおきます……高野連、どんな感じなんですか?」

「戸惑ってる感じかな」教頭兼部長の江上が口を開く。「こういうことは前代未聞だからね。具体的にどうしろと指示も出せないから、注意するように、としか言えないんだろう」

「分かりました。個人個人で気をつけるように徹底します」

「私たちからはそれだけ」校長がうなずく。「いい試合をして下さい。それが、他の人たちに対する恩返しでもあるんだから」

恩返しね……その言葉が、尾沢の胸に妙に染みこんだ。そんなことは考えてもいなかったが、確かにこの連合チームにはそういう側面があるかもしれない。この言葉、何かに使えないだろうかと考えているると、廊下で応援部の坂上に出会《でくわ》した。正確に言うと、坂上と、尾沢のかつてのチームメートだった大河原《おおかわら》が一緒にいるのを見た。二人は何かこそこそ話していたが、坂上が尾沢に気づき、慌てて大河原の肩を押しやる。大河原がはっとした表情を浮かべて踵《きびす》を返し、去って行った。坂上はこちらへ近づいて来る。

「福島に遠征に行ったんだって？　ずいぶん余裕あるな」坂上はいきなり喧嘩腰だった。

「OB会が頑張ってくれたから」

「OB会を上手く騙したわけだ」

「変なこと言うなよ」尾沢はつい真顔になってしまった。騙した、とは絶対に言えない。精一杯頼みこんだだけだ。

「お前、調子に乗ってるんじゃないか?」

「もっと乗りたいね。野球は、気持ちの問題が大事だから」

「気持ち？　お前、大河原たちの気持ちを考えたことなんかないだろう」

「ああ?」考えるどころか、ほとんど喋ってもいない。同級生の野球部員は十人いたのだが、尾沢以外は全員退部してしまっている。それからは、顔を合わせても、話すこともなくなった。向こうにすれば、尾沢は「一人で野球部に残った格好つけ野郎」かもしれないし、こちらに言わせれば向こうは、「逃げ出した弱虫」だ。特に大河原は、他の仲間に引っ張られるように辞めて行った、自主性のない男である。

「お前らが調子に乗って準備してるのを見て、大河原たちが悔しがってるのが分からないのか？」坂上が食ってかかった。

「分かるよ」尾沢はできるだけさらりと言った。「でも、どうしようもないじゃないか。連合チームを作る時に戻ってくれれば、チームには入れた。だけど選手のエントリーは終わってるから、今さらどうしようもないんだよ。そもそもあいつらが戻ってくれれば、連合チームじゃなくて単独チームで出られたかもしれない。今になってお前に泣きついたって、何にもならないんだよ」

「お前らが試合するだけで、大河原たちを傷つけてるんだ。それぐらい、分かってやれ」

「じゃあ、棄権しろって言うのか？」尾沢も食ってかかった。「ここまで来て、棄権なんかできない」

「俺らは黙殺するからな。たとえ決勝まで行っても、絶対に応援しない」

「いいよ。俺たちは応援なしで甲子園に乗りこむから。そんなの、前代未聞だろうな。その時に恥をかくのはお前らだ。応援部は何をしてるんだって叩かれる」

「勝手に言ってろ！　だいたい、お前らがだらしないから、あんな不祥事が起きたんじゃねえか。お前らのせいで、俺たちも甲子園に行けなくなったんだぞ！」

坂上が、尾沢の肩を手で押してぐらつかせた。手を出すなよ、絶対我慢だ……尾沢は一歩引いて、坂上を通した。むかつくが、こいつの考えも理解できないではない。坂上は単純で正義感の強い男なのだ。苦悩の末に野球部を辞めた大河原たちに同情し、俺たちが調子に乗って浮ついていると腹を立てているだけなのだ。

勝てば全てが変わる。勝利が全てを変える。
お、これは第二のキャッチフレーズに使えそうじゃないか？

抽選会は、土曜日、学校からもほど近い勤労者総合福祉センターで開かれた。この長ったらしい名前よりも、「新潟テルサ」の通称の方が定着しているのだが。茶色い壁と緑色の屋根が特徴的な建物の前には、一見して野球部だと分かる連中が集合していた。連合チームからは、尾沢と里田、それに若林だけが参加した。ここで選手を隠す必要もないが、大勢で出かければそれでいいというわけではない。それに今日は、抽選会の後に練習——極めて大事な練習があるから、他の選手はそれを待っている。

壇上には、巨大な勝ち上がり表が設置されている。各チームのキャプテンが順番に壇上に上がり、高野連のマーク入りの白い箱から、番号の書かれた札を引いていく。組み合わせによっては、シードでなくても二回戦からスタートできることもあるのだが……尾沢は「51」を引いてしまった。

「鳥屋野・成南連合、五十一番です」マイクに向かって報告し、二つの学校名が書かれた白い札を五十一番のところへ貼りつける。隣——対戦相手の名前はまだ空白だった。尾沢としては、第一シードの海浜と反対の山に入ったことで少しだけほっとする。強敵との対戦は、できるだけ後ろの方がいい。

初戦は七月八日午前十一時半、鳥屋野球場か……まさに地元、高校から歩いて行ける球場でスタートできるのはラッキーだ。遠い球場や、開幕直後の第一試合だと、どうしても緊張してしまう。十一時半試合開始だと、普通の時間に起き出して、第一試合を横目に見ながらゆっくり準備できる。心配なのは暑さぐらいだろう。空梅雨は依然として続いており、既に三十度を超える日もあった。七月に入って梅雨明けしたら、一気に気温も上がるだろう。

初戦の相手は燕《つばめ》中央高校と決まった。尾沢はタブレット端末を取り出し、美優がまとめてくれたデータを確認した。去年の秋季大会は準々決勝まで進んだが、春の大会は三回戦で敗れている。ただし、試合のスコアが気になった。一回戦、16対5で五回コールド。二回戦も11対4で七回コールド勝ちしている。三回戦は凄絶な打ち合いの末、12対11で逆転サヨナラ負け。これを見た限り、圧倒的に打撃のチームだ。打つのは打つが、点も取られる。逆に、里田レベルのピッチャーが出てきたら、手も足も出ない可能性がある。春の大会で大勝した相手は、どちらも強いとは言えないチーム——特に初戦の相手は連合チームだった。

「燕中央か……」里田がつぶやく。

「試合したこと、あるか？」尾沢は訊ねた。

「ない。よく知らない高校だ」

「佐川がデータを集めてくれるよ」

「あの子、マジですげえよな」里田が素直に認める。「コンピューターみたいだ」

「正確には、コンピューターを完璧に飼いならしてる、だな。佐川いわく、コンピューターは外部記憶に過ぎないんだってさ。主役はあくまで人間の脳」

「何だ、それ」

「詳しく聞かなかった。長くなりそうだったから。あいつ、理系で理屈っぽいんだよ」

「そうか……それよりお前、最近元気ないぞ」

「ああ」尾沢は顔を擦った。肉体的な疲れを見抜かれているのだろうか？　疲れているのは間違いない。チーム練習がない日には、秘密戦力の練習につき合っているのだから、他の選手の二倍は体を動かしている。しかし里田は、別のことを言い出した。

「時々、ぼうっとしてるだろう？　心配事でもあるのか？」

「実は、応援部と衝突したんだ」先日の出来事を、尾沢は素直に打ち明けた。「あそこは、うちの学校では威張ってるからさ。まさか試合を妨害するようなことはしないだろうけど、応援は一切期待できない。応援に来ようとする連中がいても、圧力をかけてやめさせるかもしれない」

「まあ、気にするなよ」里田が珍しく慰めてくれた。「里美たちは、準々決勝まで勝ち進めば応援に行くって言ってるから」

「鳥屋野と成南で、ずいぶん温度差があるなあ」

「そりゃあ、うちは拾ってもらったみたいなものだから」

「そういうの、やめろよ。連合チームは対等の立場だぜ」

「分かってるよ……じゃあ、行こうか。早く皆に教えてやらないと」

「もう、佐川にメールした」

「何だ」里田が両手を広げる。「こういうの、直接言って教えるのが筋なんじゃないか」

「連絡が遅れると、佐川が何を言い出すか分からないからさ」

「こんなこと言うと何だけど、彼女、鳥屋野の前の監督よりもパワハラ体質じゃないか？」

「スコアラーがパワハラするって言っても、誰も信じてくれないだろうな」

里田が笑いを嚙み殺す。二人は揃って立ち上がり、ロビーに出た。ここはコンサートや演劇にも使われるせいか、ロビーも広くて明るい。今は、抽選を終えて出てきた各校の選手たちでごった返していた。

「ヤバイな」尾沢は素早く、テレビのクルーを見つけた。

「何が」

「取材、たくさん来てるだろう？　摑まらないうちに、さっさと逃げようぜ」

「そうだな」

二人は足早に歩き出したが、すぐに目の前に大きな男が立ち塞《ふさ》がった。

海浜の清水。身長は百九十センチ近くあり、尾沢や里田よりも一回り大きい。そのせいもあって、異様なオーラを発している。さすが、プロも注目の逸材だ。

「よう」

尾沢は無言でうなずいた。顔見知りではあるのだが——何度も対戦はしている——まともに話したことは一度もない。

「お前らとは、当たりそうにないな」

嫌味か？　しかし顔を見た限り、清水は極めて真面目に言っている様子だった。

「決勝までは、な」尾沢は静かに言った。

「いやいや、決勝って……」清水が呆れたように首を横に振る。「お前ら、人数、足りてんだよな？」

「足りてないと試合に出られない」

「まあ、頑張って想い出作りしてくれよ」

「誰が想い出作りだよ！」里田がいきなり突っかかった。尾沢は慌てて二人の間に割って入り、里田の胸を押し返した。お前、こんなところでトラブルを起こしたらアウトだぞ。テレビカメラがいる場所で……。

「お前も言い過ぎだ」尾沢は向き直って清水に警告した。

「ああ、悪い、悪い」清水がさほど悪びれた様子も見せずに謝った。「お前ら、苦労してるもんな。まあ、新潟の代表は俺らに任せておいてくれよ」

その言い方がむかつくんだよ……しかし尾沢は何とか反論を呑みこみ、静かに言った。

「決勝で会おうぜ」

「夢を見るのは勝手だよ。だけど俺たちは、ずっとマジでやってるんだ。お前らとは違う。お前らはせいぜい、怪我しないようにな」

善意で言っているのか馬鹿にしているのか、まったく分からない。天然かもしれないが、もしかしたら、事あらばマウンティングしようとするタイプかもしれない。

振り返ると、里田の顔は真っ赤になっていた。怒っている……小学生の頃からのつき合いだが、これほど本気で怒った顔を見たことはない。尾沢は両の掌を下に向けて、二度、三度と上下させた。

「お前、清水に打たれてたよな」

それに合わせて里田がゆっくり呼吸する。

「秋と春、二試合でヒット四本打たれた」

尾沢は無言でうなずいた。去年の秋、成南と海浜の試合は生で観戦している。清水は里田のピッチングに完全に合わせ、パワーに物を言わせてフェンス直撃のツーベースを二本放っている。あれで里田のプライドは砕けただろう。

「ああいう奴の鼻を折るのが楽しいんだよな」尾沢は言った。

「あいつを抑えないと、決勝では絶対に勝てない」

「勝つさ」尾沢は静かに言った。「勝つための方法はもう考えてある」

3

連合チーム鳥成　県予選ラインアップ

1（三）児島（成南）
2（右）本間（成南）
3（中）辻（成南）
4（捕）尾沢（鳥屋野）
5（一）関川（成南）
6（左）久保田（鳥屋野）
7（遊）東（成南）
8（二）本庄（成南）
9（投）里田（成南）
（控え）加茂（鳥屋野）、成瀬《なるせ》（鳥屋野）、三宅（鳥屋野）、石川（成南）

違うユニフォームの選手同士が円陣を組む。里田はまだこれに慣れなかった。慣れていないのは若林も同じ。緊張した面持ちで、何とか短く指示を飛ばすだけだった。

「大事な初戦です。確実に拾っていきましょう」

その後に、尾沢が一気にまくしたてた。

「燕中央は打線は強力だけど、投手力が弱い。まず先制点を取って、確実に試合をリードしよう。先制されれば、向こうの気持ちは折れる。とにかく序盤で全力だ！」

おう、と声が揃ったが、イマイチ力がない。何だか、まだ照れがあるようだ。県外での練習試合はこなしてきたが、それでもまだ実戦経験は不十分である。試合の感覚が戻らないと、実力はこちらが上とはいっても、決して有利にはならないだろう。それに、一週間前に石神が怪我――アキレス腱の断裂で復帰の見こみはない――して離脱したのも大きなマイナスポイントだ。ようやくレフトの守備にも慣れてきたのに。

それにしても尾沢は、いくつ隠し球を持っているのだろう。

組み合わせ抽選の後の練習で初めて、「エントリーしていただけの選手」が紹介された。中学時代から注目され、私立の強豪校も勧誘していた成瀬友《とも》。今年の受験シーズンには、野球部は実質的に活動停止していたことが分かっていたはずなのに、どうして鳥屋野を選んだのだろう。そして何故今、野球部にいるのか。何度も聞いたのだが、尾沢は「隠し球だ」としか言わなかった。

成瀬は、話しかけにくい雰囲気を発している。里田よりも少し背が高く、体格は堂々としているのに、何故か妙におどおどしていて、目が合ってもすぐに視線を逸らしてしまう。声をかけても、「はあ」「まあ」ぐらいしか返事がない。こいつ、本当に「超中学級」と言われた成瀬なのか？

里田はダグアウト前に出て、尾沢とキャッチボールを始めた。今日はクソ暑い……昼前なのに、既に気温は三十度を超えていた。これで梅雨が明けたら、一気に三十五度か。しかし、体全体から水分が絞り取られるような感覚すら、今は懐かしい。

鳥屋野球場は、公式戦で一番多く投げた場所だ。慣れているのに、妙に胸が高なる。ようやくホームグラウンドに戻って来た感じと言おうか。これから全てが始まる、という興奮をはっきりと感じる。

　内野は土、外野は芝と、地方球場では一般的な構成だ。内野席は、ダグアウトの上付近が白、外野寄りは赤なのだが、どちらもすっかり色褪せている。スコアボードは深い緑色で、外の緑と馴染んで見えた。

　ダグアウトは内野と段差がない作りで、青いベンチが二列に並んでいる。ファウルグラウンドは広く、コーチスボックスの背後には、二人が並んで投げられるブルペンがあった。すべての光景が、記憶に刻まれている通り。三塁側、燕中央のダグアウト上方のスタンドには、ベンチに入れない控え選手、それに制服姿の学生が何十人も陣取っている。応援団もブラスバンドもいないが、それでもわざわざ燕から新潟まで応援に来る生徒がいるわけだ。もちろん、家族も。声援が飛ぶだけで選手は気合いが入るだろうな、と羨ましく思う。対して連合チーム――高野連が決めた正式な名前は「鳥成」だった――のスタンドには、保護者の姿がちらほら。学校関係者の姿はほぼ見当たらない。鳥屋野も成南も、ここから歩いて十分ほどなのに。里美は「準々決勝まで行けばブラバンが応援に出る」と言ってくれているから、それまでは何とか頑張らないと。いや、目標はさらにその先だけど。

　ダグアウトの中がざわつき始める。視線を向けた瞬間、里田はボールを取り落としそうになった。

「石川？」

　助けを求めて尾沢に視線を向けると、涼しい表情をしている。ダグアウトに向けて顎をしゃくると、自分はさっさと中に入ってしまった。

石川は松葉杖をついていた。どうやら、当初の見こみよりも治りは早いようで、松葉杖はあくまで補助という感じである。里田はダグアウトに駆けこみ、「石川……」と言ったきり言葉を失ってしまった。

「よう。遅れて悪い」成南のユニフォーム姿の石川が、軽く右手を上げた。脇に挟んだ松葉杖が痛々しいが、本人は元気そうだった。

「どういうことなんだ、尾沢」里田はつい詰め寄った。

「いや、石川もエントリーしてたじゃないか。ベンチにいてもおかしくないだろう。試合には出なくても仕事はあるし」尾沢が涼しい口調で言った。

「石川、大丈夫なのかよ」里田は思わず訊ねた。

「動いた方がリハビリになるよ。医者もそう言ってる」石川が平然と言った。

「マジかよ……」

「おら、しっかりしろよ！」石川が突然声を張り上げた。狭いダグアウトの中で、声が増幅されてうるさいぐらいだった。何を「しっかりしろ」なのか分からないが、この声のでかさは、石川の美点の一つだ。グラウンドのどこにいても聞こえる。

「とにかく、あいつがベンチにいれば、戦力倍増だ」尾沢が自信ありげに言った。

石川が登録選手にエントリーされていたことは、もちろん里田も知っている。以前尾沢に聞いた時には「キャプテンは入れておかないと」とさらりと言っていた。象徴的なものか……これも尾沢流の気遣いかと感動したのだが、どうもこの男は、別のことを考えているようだ。膝と手首の骨折が癒《い》えない男が「仕事」？　美優のサポートで、スコアブックでもつけさせるつもりだろうか。確かに石川は、データ大好き人間でもあるが。

「ほら、整列だ」石川がまたでかい声で指示を飛ばす。

里田は慌ててダグアウトを飛び出した。審判四人が出てきたのを見て、尾沢が「行くぞ！」と声をかけた。「おう！」と声が揃う。松葉杖をついた石川が、一人だけ遅れて整列に向かう。

里田は、瞬時に鼓動が跳ね上がるのを感じた。いよいよ始まった。長い夏——七月では終わらない。八月まで続けるんだ、と自分に気合いを入れる。


自分はまだ成長途中だ、と里田は自覚していた。試合しながら練習——新しいボールを自分のものにしなければならない。

尾沢とは、事前に綿密に打ち合わせしていた。まだ完成には程遠いツーシームだが、安全なカウントの時は試していくことにしている。ランナーを背負った状態では避ける。今のところ変化は十分だが、やはりコントロールが危ない。

投球練習を終えて、ボールが内野を回るのを見守る。さらに、スコアボードに目をやった。先発メンバーを決めるまでが一苦労……人数が少ないのにポジションのダブりがあり、公式戦では初めての守備位置についている選手も何人もいる。最後まで決まらなかったセカンドには、結局本庄が入った。ユーティリティプレーヤーとして、内野はどこでもこなせる選手なのだが、この大会では守備の要になるセカンドで通すことになるだろう。成南の児島と鳥屋野の久保田はサードでポジションがダブっていたのだが、結局久保田が石神の代役でレフトに回った。

ボールが戻ってきて、尾沢とサインを交換する。初球、無難にストレートを要求してきたので、首を横に振る。マスクの奥で尾沢が目を細めた。いきなり拒否か、と戸惑っているのは分かった。そう、拒否。とにかく実戦で一球でも多くツーシームを投げて試したいのだ。その意図を察したのか、尾沢はツーシームのサインを出してきた。

よし。これが俺の夏の始まりだ。

初球は先頭打者の内角へ大きく食いこむ変化を見せ、肘にぶつかった。


初回、無死一、二塁のピンチを何とかしのいで無得点に抑えた後、ダグアウトに戻って来るなり、尾沢が「今日はツーシームはなしな」と冷たく宣言した。

「いや、あのデッドボールは……」里田は声を上げかけたが、尾沢の鋭い視線を受けて黙りこんでしまう。尾沢は何より無駄を嫌う人間で、遊び球を要求することも滅多にないし、連続してフォアボールを出したりすると本気で怒る。一球でも球数を少なく抑え、こちらのペースで戦うのが理想の展開だと思っているのだ。

「投げないと練習にならないぜ」里田はようやく反論した。

「やっぱり練習は練習の時にしよう。とにかく今日は、ツーシームはなし」尾沢は譲らない。

「石川――」里田は石川に助けを求めた。

「試合中のことはバッテリーで決めてくれ」石川があっさり言った。

「いや、お前の仕事は……」

「声出し係」

「そんな係、あるかよ」

「鳥成のベンチは静か過ぎるらしいじゃないか。俺がちゃんと声を出して、盛り上げてやるよ」

石川がにやりと笑う。本気で言っているのか、何か秘密の仕事があるのか、里田には判断できなかった。

結局尾沢の指示に従ってツーシームを封印し、二回から四回まで、燕中央打線を無難にノーヒットに抑える。ただし、鳥成もヒットはわずか一本。まだ二塁を踏んでいない。

だらしないぞ。いい加減、点を取ってくれないと、気持ちが落ち着かない。投手戦は緊張感が途切れないから、願ったり叶ったりなのだが、それはあくまでこちらがリードしていてこそである。

五回、里田は尾沢から禁止されたツーシームを再び試すことにした。ここまで完全に抑えているから、そろそろいいだろう。サインを二度拒否すると、尾沢がこの試合最初のタイムをかける。マウンドにやって来ると、背中を押してスコアボードの方を向かせ、「どういうつもりだ」と脅しつけるように言った。

「ツーシーム、試すぞ。それで失敗しても、別のボールで抑えられるから」

「無駄なボールは投げさせたくないんだよ」

「俺は元気だぜ」里田は右腕を大きく回してみせた。

「球数制限を考えろよ。もう、六十球も投げてるんだぜ」

そんなに？　体調がいいせいか、まったく疲れていない。ピッチングはまさに全身運動で、負荷がかかるのは肩や腕だけではない。下半身の踏ん張りが大事だから、一試合投げ抜くと、両足が痙攣《けいれん》するぐらい疲れてしまうこともあるが、今日は全く平気だった。

「とにかく、この一人だけだ。失敗したらもう投げない」

主審が「ハリーアップ！」と声をかけた。おっと……こういう時に主審の心証を悪くすると、不利になる。審判が一番に心がけているのは正確なジャッジ、その次がスピーディーな試合進行である。特に高校野球では、同じ球場で一日に何試合も行うから、後ろの試合に迷惑をかけてはいけない、という意識は強いのだ。実際今日も、この後にもう一試合が残っている。

「取り敢えず一人だけだぞ」尾沢がようやく譲った。よしよし、とスコアボードを向いたまま表情を崩す。尾沢は強権的——試合を全て自分でコントロールしたがるタイプのキャッチャーだが、ピッチャーの性格に「合わせる」こともある。

里田は、初球からツーシームで入った。よし、これはいい……上手くボールをリリースできた感触が確かにあった。ボールはぎりぎりで、ぐっと右に食いこむ変化を見せる。初回は曲がり過ぎてデッドボールになってしまったのだが、今度は理想の変化だ。右打席に入った打者は、少しスピードが落ちた速球だと判断したのか、手を出す。しかし直前で曲がり落ちたボールに当てるのが精一杯だった。根っこで詰まって、鈍い音が響く。ぼてぼてのサードゴロ——緩過ぎる。サードの児島が鋭いダッシュを見せ、グラブではなく右手でボールを掴み、体を捻って一塁へ送球する。

右へ逸れた。

ファーストの関川が慌てて体を伸ばすが、ぎりぎり届かない。ボールは広いファウルグラウンドを転々とし、ブルペンのマウンドでバウンドが変わって、フェンスにまで達した。非常に深い位置……ライトの本間もバックアップに走ったが、結局関川が追いついてボールを掴み、打者走者が既に一塁を回っていたのを見てセカンドに送球する。矢のような送球だったが、二塁は楽々セーフ。

尾沢、今のは打ち取ってたからな。里田は尾沢に視線を送ったが、尾沢の目には戸惑いの色しか見えなかった。マスクを被り直すと、大きく右手を上げて「ランナー、セカンド！」と確認の声を飛ばす。

ランナーを釘づけにして、三振が欲しいところだ。となると、勝負球は一番信頼できる大きなスライダー……その前に、見せ球としてツーシームを投げたい。次も右打者で、内角を意識させておけば外角には手が出にくくなる。

サインに二度首を振り、ツーシームに決めた。セカンドランナーを目で牽制しながら初球——まずい、これはこの試合の第一球と同じだ。変化が大き過ぎる。最初から内角のボールになるコースに入ってきたので、右打席に入っていた打者が身を捩《よじ》って避ける。しかしそれを追いかけるようにボールは変化し、背中に当たった。

クソ、ノーアウトで一、二塁か。

尾沢は一度立ち上がり、内野全体を見回してからミットを外し、両の人差し指を交差させてバツ印を作った。ツーシーム禁止……まあ、しょうがない。

里田はグラブの中でボールを回し、セットポジションに入った。走ってくる心配はなさそうだから、ここはバッターに集中だ。しかし、どこかで集中力が薄れていたのかもしれない。ストレートが真ん中低目、甘いコースに入ってしまう。燕中央の四番が迷わずバットを振った。会心の当たりではなく、音が鈍い。ボテボテのゴロが、一、二塁間の真ん中に飛んでいた。セカンドランナーを牽制するためにベース近くにいた本庄の動きが遅れる。思い切り飛びこんでボールを押さえようとしたが、打球はグラブの先をかすめるように抜けていく……それを見届けてスタートを切った二塁ランナーが、一気に三塁を蹴る。思い切りダッシュして打球をキャッチしたライトの本間がバックホームしたが、返球はわずかに左に逸れる。一塁側でボールをキャッチした尾沢が、思い切り身を翻《ひるがえ》して走者にタッチに行ったが、それより一瞬早く、走者は足からスライディングしてホームインしていた。

燕中央、1点先制。

「お前ら、締めてけよ！」

石川がダグアウトから大声を飛ばす。その横に座る若林は顔面蒼白《そうはく》で、腕組みをしたままピクリとも動かない。ワイシャツ姿の部長、江上は突っ立って固まっている。

そんなにびっくりするなよ、と里田は一つ息を吐いた。燕中央が打撃のチームだということは、分かってるじゃないか。それにどんなピッチャーだって、常に相手打線を完璧に抑えられるわけじゃない。

これからだぜ。1点ビハインドぐらいが試合は締まっていいんだ、と自分を鼓舞する。

燕打線は、里田のボールに慣れてきたようだ。五回は1点で終わったものの、六回、七回とランナーを溜めてじりじりと攻め続ける。里田はリードを完全に尾沢に任せ、何とか追加点を許さなかった。とはいえさすがに、七回を終えると疲れてくる。球数は既に百球を超えていた。

ピッチャーは実質的に二人だけだし、加茂は次の試合で投げなければならないから、この後を任せるわけにはいかない。燕中央が押せ押せの状態で試合が進んでいる厳しい状況で、二年生で実戦経験も少ない加茂にマウンドを渡すのは不安でもある。でもこの試合で球数が増えれば、今度は自分が球数制限に引っかかってしまう……いきなりジレンマだ。

ダグアウトに戻ると、里田は声を張り上げた。石川だけに任せておくわけにはいかない。

「おい！　そろそろ目を覚ませよ！　打てないピッチャーじゃないだろ！」

里田は大袈裟な動きでベンチに腰を下ろし、腕を組んだ。

「怒るのもいいけど、お前からだぞ」

石川に冷静に指摘され、慌てて立ち上がる。さすがに少し疲れていた。公式戦は久しぶりだし、序盤から飛ばし過ぎたのは間違いない。自分用のバットを持ち、ダグアウトを出る。投球練習を続ける燕のピッチャーを観察しながら、里田は二度、三度とバットを振った。打席に向かおうとした瞬間、美優から声をかけられる。

「ストレート狙いね」

「カーブは捨てるのか？」キレがよく、大きな変化を見せるカーブに翻弄《ほんろう》され、鳥成打線はここまで二安打に抑えられていた。投手力に難あり、という事前の分析は外れたと言っていい。

「三振した時の決め球は、全部カーブでしょう」

「分かってるよ」

「でもあれ、全部ボールだから。カーブは見逃して、ストレート狙いでいって」

「何でそれを早く言わないんだよ」思わず文句を言った。

「データをちゃんと取るには、これぐらいかかるわよ」

「ストレートオンリーな？」里田は念押しした。

「カーブを振ったら殺すからね」

おいおい――彼女は相当口が悪いのは分かっていたが、「殺す」はないんじゃないか？

しかし美優は、平然としていた。ダグアウトの中で振り返り、スコアブック片手に説明を始める。全員、真顔で美優の話に聞き入っていた。

彼女の観察眼が正しいかどうか、確認してやる。

里田はバッティングは得意ではない。取り敢えず相手ピッチャーに球数を稼がせようと、粘ることを目標にした。しかし速球が内角ぎりぎりに続けて決まって、あっという間にツーストライクと追いこまれる。しかし三球目はカーブ……ストライクのコースから外角低目に流れ落ちる。

変化が大きく、キレもいいから、思わず手を出しそうになるが、ぎりぎりで踏み止《とど》まった。

いや、これ、ストライクじゃないか？　しかし主審は、一瞬間を置いてボールを宣告した。そう言えば今日の主審は、外角に厳しい。内角のジャッジは少し甘い感じがするが、美優はそこまで見抜いているのだろうか。

マジで、プロ野球チームでスコアラーができるんじゃないか？

燕中央のピッチャーが一瞬マウンドを降りかけたが、気を取り直して、キャッチャーからの返球を受け取る。

意地になったのか、四球目もカーブを投げてきた。先ほどよりも厳しいコース――しかし里田は我慢して見送った。やはりボール。そろそろ焦ってくるな……しかし燕中央のピッチャーは、カーブに絶対の自信を持っているようだった。五球目もカーブを投げこんできたが、力が入ってしまったのか、今度は完全にボール、ワンバウンドになってしまう。

これでフルカウントになった。さすがにもう、カーブは投げられないだろう。予想通り、燕中央のピッチャーはストレートを投げてきた。コースが甘い！　里田は迷わずバットを振り出した。確実な手応えを残し、打球は三塁線を抜く。行ける。間違いなく長打コースだ。

里田は一塁ベースを蹴り、二塁へ向かった。外野に目をやって自分で打球の行方を確認したくなるが、気持ちを抑えて、三塁ベースコーチに入っている本庄を見る。本庄は思い切り腕を回していた。サードだ！　里田は二塁ベースを蹴って、一気に三塁へ向かった。本庄が両手を広げ、身を屈める。顔をホームの方向へわずかに振った。里田は少しだけ走る方向を変え、足から三塁ベースに滑りこんだ。グラブが足首に触る感触――しかし直後、塁審が「セーフ」を宣告する。

立ち上がり、本庄と視線を交わす。本庄は両手を拳に握り、ニヤリと笑った。

「一気に行け！」石川がダグアウトから声を飛ばす。

一気に行った。

打順は一番に戻り、児島。初球のカーブをあっさり見逃した後、二球目のストレートを叩く。大きい——広い鳥屋野球場のセンターに打球が飛ぶ。里田はハーフウェイを保ったが、センターの動きを見て、すぐにホームへ向かった。打球はワンバウンドでフェンスに当たり、里田は最後は歩いて同点のホームを踏んだ。児島はセカンドベース上に立ち、両手を高く突き上げている。

打線の勢いは止まらなかった。本間はセカンドゴロに倒れたものの、三番の辻がライト前に運び、二塁から児島がホームインして勝ち越し。さらに尾沢が思い切り引っ張って、ライトフェンスまで達するツーベースを放ち、一塁から辻が長駆ホームインした。

攻撃はさらに続き、最後はまた里田に打席が回ってきた。既に4点を奪っていたが、何点あってもいい。しかし里田は、内角のストレートを打ち上げてしまい、サードへのファウルフライに終わった。

「よし、里田、あと二回しっかり抑えろよ！」石川の気合いに送り出され、マウンドに向かう。疲れはあったが、ここまできたら、絶対に試合を落とすわけにはいかない。この先は一本のヒットも許さないで終わらせよう。

狙い通り、4対1で完勝。しかし、挨拶を終えてダグアウトに戻ると、尾沢と美優が真剣な表情で話し始めた。松葉杖をついた石川もそれに加わる。

「学校へ帰ってすぐミーティングだ」尾沢が宣言する。

「少し休まないか」脱水症状というわけではないが、かなりへばっている。公式戦は二ヶ月ぶり、しかも途中には事故による練習中断もあった。

「駄目だ。すぐ帰る。着替えは向こうでやろう」

尾沢の指示には、有無を言わさぬ強さがあった。こうなったら絶対に反論できない。仕方なく、里田は荷物をまとめた。

鳥屋野高校へ帰ると、シャワーを浴びる間もなく、部室でミーティングが始まった。

「今日の試合は、六十点だ」尾沢が冷酷に言い渡す。

六十点ということは、赤点ではないわけだ。だったら問題ない――百点の試合なんかないんだから。しかし尾沢の表情は厳しかった。隣に控える美優が、タブレット端末を示す。それを見た尾沢が厳しい表情でうなずき、「里田、今日の球数、百二十八球だぞ」と告げる。

「ああ……そんなものかな」里田は人差し指で頬を掻いた。

「そんなもの、じゃない！」尾沢が声を張り上げる。「投げ過ぎなんだよ。球数を抑えないと、話にならない。球数制限に引っかかったら、マウンドにも上がれないぞ」

「分かってるよ」

「だったら、少し考えて投げろ。お前がツーシームにこだわったから――佐川の分析だと、お前が投げたツーシームのせいで、十球は余計に投げてることになる」

「どういう計算だよ」

「デッドボール二つ。あれで、余計な球が増えたんだ」

「ああ、そうですか」細かい奴らだ……せっかく勝ったのに、これじゃ喜び半分、次への気合いも入らない。

「とにかく、もう少し頭を使って試合をしようぜ。シャワーを浴びたら、今日は徹底して反省会をやる」

「おい、まだ飯も食ってないんだぜ」里田は抗議した。

「シャワーと飯で二十分。それ以上の時間はない」

「石川……」里田はつい助けを求めた。

「尾沢の言う通り」

偉そうに腕組みをした石川は、真顔で大きくうなずくだけだった。そうか、こいつも反省会大好き人間だった……。

4

ひでえ試合だよ。これじゃ、美優のデータも何の参考にもならない。二回戦、阿賀野《あがの》中央高校七回表の攻撃が終わり、尾沢はダグアウトでレガースとプロテクターをしたまま、スポーツドリンクを一気に飲んだ。

今の回は長かった……六回までに5点を失っていた加茂は、先頭打者にヒットを許すと、三連打でさらに1点を失った。何とかツーアウトまでは漕ぎ着けたものの、満塁からさらにヒットを打たれ、この回合計3失点。10対8と2点差に迫られる。

打線は好調だが、まだまだ安心できない。里田がグラブを左手にはめたまま、近づいてきた。

「次の回から俺が行く」

「駄目だ！」尾沢は即座に拒否した。「今日は絶対投げるな」

「中二日も開いてるぞ」

「中二日しか開いてない」

絶対に譲る気はなかった。二人のピッチャーの球数を抑えないと、この先の試合で投げる選手がいなくなってしまう。成瀬はまだ未知数で計算できないのだ。

確かにそれが一番いい。

「おい、この回でコールドにしろ！」石川が苛ついた口調で叫ぶ。

確かにそれが一番いい。7点差をつければそれで試合は終わり。ここは俺が一発決めてくるか……しかしどの選手にも疲れと気負いがあるせいか、尾沢の前にランナーが溜まらない。ツーアウト、ランナーなしで迎えた打席で、尾沢は相手ピッチャーに七球投げさせたが、最後はキャッチャーのファウルフライに倒れてしまった。バットを叩きつけたくなるのを、何とか我慢する。

八回は両チームとも無得点。2点リードのままで最終回か……加茂は疲労困憊《こんぱい》で、マウンドへ向かうだけでもきつそうだ。里田が移動して加茂の横に座る。

「里田、黙ってろよ」尾沢は警告した。余計なことはして欲しくない。

「分かってるよ」里田が面倒臭そうに言ってから、加茂に話しかける。「お前さ、オーバースローで投げろ」

「ああ？」尾沢は声を張り上げた。「何言ってるんだ」

「加茂の投げ方は、絶対にオーバースローだよ。無理にサイド気味に投げてるから、体に余計な負担がかかるんだ。疲れないか？」

それはそうかもしれない……加茂をサイドスローに転向させたのは、前監督の堤だ。左のサイドスローがいると、ピッチャーのバリエーションができていいと考えたのだろう。器用な加茂はさほど苦労せずにサイドスローにフォームを変えたが、言われてみれば確かに、無理している感じはする。

ピッチャーの投げ方は、「生まれつき」だとよく言われる。投げる時の体の動かし方が「縦回転」になるか「横回転」になるかの違いで、それはなかなか修正できない。そしてそれは、腕の振りにも現れる。中学時代の加茂は、綺麗なオーバースローから、スピードの乗ったボールを投げていた。

「オーバースロー、やってみていいですか」加茂が遠慮がちに申し出る。

「そっちの方が楽なら、やってみるか」尾沢はうなずいた。「駄目なら戻せばいい」

「じゃあ、俺も準備を……」里田が腰を上げかけた。

「いいから座ってろ！」

尾沢はぴしりと言った。里田が、嫌そうな表情を浮かべてベンチに腰を下ろす。加茂に声をかけ、尾沢は先にダグアウトから送り出した。急いで準備をしている間は、控え——野手では唯一の控えだ——の三宅がボールを受けてくれる。ただしキャッチャーが本職ではないから、長くは任せられない。それが分かっているようで、加茂はマウンドでゆっくりと投球練習をして、尾沢が出てくる時間を作ってくれた。

加茂がサイドスローで二球、投げたところで尾沢は準備完了。ダッシュでダグアウトから飛び出し、ホームプレートの背後に座る。右手を上から振るジェスチャーを見せると、加茂がうなずいた。

加茂が投げるとすぐに、ああ、これが本来の加茂のフォームだ、と尾沢は納得した。始動はコンパクトで、ボールの出が遅い。バッターからは非常に見にくいタイプだ。サイドスローで投げているると、何故かずっと早く——遠くでボールをリリースする感じになる。

加茂は、予想以上のピッチングを見せた。投球練習の時よりもスピードの乗ったストレートを主体に、大きなカーブを交ぜる。変化が大きく、それが打者のタイミングを上手く外した。

二者連続三振で、あっさりツーアウト。最後の打者も、ストレート二球ですぐに追いこんだ。一球カーブで遊ぶか……いや、俺は遊びは嫌いだ。球数を抑えるためにも、調子のいいストレートで勝負しよう。加茂がうなずいて始動する。ミットは、左打者の外角低目。クロスファイヤー気味に投げこんでくれれば、バットが届きにくくなるはずだ。

ストレート――打者がバットを振り出した。まずい、と一瞬焦る。外角へは行っているのだが、少しだけコースが甘い。これではバットが届いてしまう。しかもスピードが乗っていない。しかしぎりぎりで、ボールがわずかに変化した。外角から真ん中へ、わずかに滑り落ちる。尾沢は何とか反応してミットの位置をアジャストできたが、打者はそうはいかなかった。空振り。

この試合、たった一度の三者凡退だった。

終わった……喜ぶよりも、安堵《あんど》感が先に立つ。ホームプレートの背後でへたりこみたかったが、試合終了の挨拶はしなければ。

何とか立ち上がり、一礼して、相手チームの選手と握手を交わしてダグアウトに戻る。里田が一人で盛り上がっていた。一方美優は、怪訝な表情を浮かべている。加茂がオーバースローで投げて最終回を締めたので、データに「揺らぎ」が生じたとでも思っているのだろう。結局、野球は全てをデータで語れるわけでもないんだけどな……予想外のことが起きるから面白いとも言えるし。

しかし美優は何も言わず、さっさと荷物を片づけ始めた。今日は、みどりと森の運動公園野球場の第二試合に海浜が登場するので、偵察に行く予定なのだ。

いつの間にか、加茂と里田が並んでベンチに腰かけ、何事か話しこんでいる。里田はボールを手に、盛んに指のかけかたを変えていた。

「どうした。さっさと行くぞ」思わず二人に声をかける。野球オタク同士が夢中になって話している感じで、いつまで経っても終わりそうにない。

「最後の球、どんな感じだった？」里田が訊ねる。

「それは……」尾沢は頭の中でイメージを再現した。「ちょっと曲がり……いや、滑り落ちる感じだった」

「左バッターの方へ向かっていく感じ？」

「そうだよ」

「ワンシームじゃないかな……こんな握りじゃなかったか？」

里田が、人差し指と中指で縫い目一本を挟むように握った。

「たぶん、そうだったと思います。シンカーのつもりでいたんですけど、失敗したのかな」

「投げやすかったか？　いいコースに行ったよな」

「シンカーよりは全然いいっすね」

「お前ら」尾沢はむっとしてまた声をかけた。「いい加減にしろよ。加茂、最後のサインはストレートだろう」

「いや、でも、ストレートが走ってなかったので」加茂が顔を真っ赤にして言い訳した。

「だからって、サインを無視するなよ。嫌なら首を横に振ればよかったんだ」

「……すみません」加茂が頭を下げた。

怒ってはみたものの、あのボールは使えるかもしれないと思い直した。トーナメントの途中で組み立てを大きく変えるのは勇気がいるものだが、よさそうならやってみよう、と尾沢は決めた。どうせ一度は捨てた身である。何でも試して、駄目なら駄目でやり直せばいい。

本当は、一度も失敗できないのだが。

結局、海浜の試合には間に合いそうにないので――着替え終えたタイミングで確認すると、既に試合は三回に入っていた――学校に戻ることにした。加茂のワンシームをよく調べてみないと。今日は百十五球も投げているから、後はクールダウンだけで体を休めさせないといけないのだが、どうしても確認しておきたい。使えるボールが増えるかどうかは、極めて重要なことだ。

歩いて鳥屋野高へ戻る道すがら、尾沢は里田に訊ねた。

「何でオーバースローで投げろって言ったんだ？　ずっと考えてたのか？」

「会津で試合しただろう？　あの時、会津中央高校の四番……鶴川とちょっと話したんだ」

「いつの間に？」

「夕飯前に散歩してたら、帰って来るところにぶつかったんだよ。家が、会津若松の駅の近くで喫茶店をやってて、カフェラテを奢ってもらった」

「お前、そんなに簡単に友だちができるタイプだったか？」

尾沢は皮肉をぶつけたが、里田は真顔だった。

「その時に、加茂が窮屈そうに投げてるって言ってたんだよ。無理にサイドスローに改造されたのが、合ってなかったんだろうな。俺もずっと観察して、その通りだと思った」

「だったら早く言えよ。何も試合中に言わなくても」尾沢はつい、責める口調で言ってしまった。

「情報共有しないと。自分だけの秘密にしておいたら、どんな大事な情報でも役に立たない」

「忘れてたんだよ」

「大事なこと、忘れるなよ」

「わざとじゃない」

「しっかりしてくれ！」

尾沢が声を張り上げると、里田が黙りこむ。途端に険悪な空気が流れ始めた。これじゃ駄目だ……チームが一つになれていない。

尾沢は、チームワークというものをあまり信用していない。野球というスポーツでは、実際には個人個人の能力こそが重要なのだと思っている。基本であるピッチャーとバッターの対決は、一対一の勝負だ。打球を処理するのも一人。もちろん、サインプレーはチーム全員が意識を共有しないといけないが、それは主に技術的な問題であり、気持ちは関係ないと思う。

このチームは特別だ。練習を重ね、技術的には他チームに遜色《そんしょく》ない感じになってきている。しかしあくまで、ここだけのチーム——県予選から、上手くいけば甲子園まで、わずか数ヶ月しか存続しない特別なチームなのだ。こういう特殊な状況では、やはり気持ちの問題が大きい。

自分がやるには限界がある。技術的な面、そして試合をどうコントロールしていくかで精一杯で、選手の気持ちを一つにするための方法まで考えている余裕がない。

でも、手は打ってある。抜かりはない、という確信があった。


何となくぎくしゃくした雰囲気のまま、三回戦・柏崎陵南《かしわざきりょうなん》戦を迎える。鳥屋野球場を離れ、柏崎の佐藤池《さとうがいけ》球場での試合だ。

ぎくしゃくした原因の一つは、里田の異様な緊張ぶりだった。ＯＢ会がチャーターしてくれたバスで柏崎まで向かうことになったのだが、乗りこんだバスが走り出した途端、里田の顔面が蒼白になったのだ。

「酔ったか？」酔うほどバスは動いていないのだが……尾沢はすぐに原因に気づいた。そして、気遣いができなかった自分を恨む。

「大丈夫だ」里田は言ったが、強がりにしか聞こえない。

里田はあの事故以来、バスに乗っていないはずだ。福島への遠征も鉄道。久しぶりにバスに乗って、事故の記憶が蘇ったに違いない。尾沢は一番前の席に陣取っていたので、振り返って他の選手の様子を確認したが、里田以外の成南の選手は平然としている。怪我は軽傷だったのに、精神的なダメージは大きかったわけだ……。

「マジで大丈夫か？」通路を挟んで隣に座る里田に確認する。

「寝てるから……」返事にも元気がない。

「後ろに行ったらどうだ？　一番後ろなら横になれるぜ」

「後ろは駄目だ！」突然、里田が鋭い声で反発する。

尾沢は黙りこむしかなかった。そうか……事故に遭った時、里田は最後部に座っていたんだ。

佐藤池球場は、柏崎インターチェンジのすぐ近くにある。試合開始予定の十一時半の一時間前に、予定通りにバスは球場に着いた。バスが駐車場に停まると、それまでずっと目を閉じていた里田が、ようやくもぞもぞと体を動かし始める。ほっとした表情を浮かべ、スポーツドリンクを握りしめていたペットボトルから一口飲んだ。

「どうだ？」尾沢はすかさず声をかけた。

「車酔いじゃないから、大丈夫だ」口調は強気だったが顔色はよくない。

「アップはできるだけ軽くしよう。それで様子を見る」

「やれるに決まってる」

しかし里田の動きは鈍かった。精神的なダメージは、人にこんなにも影響を与えるのかと驚く。

キャッチボールを始めてみてすぐ、いつもの里田ではないと気づいた。回転にばらつきがあり、ボールに勢いがない。加茂を先発させて、途中から里田にスウィッチしようかと考え始めた。しかし里田に提案すると、即座に拒否された。今日は投げる。投げられないわけがない、と。

強気なのはいつも通りだが、こういう時は打線が援護しないと。

初回、尾沢はランナー二人を置いてライトスタンドにホームランを叩きこんだ。これで打線は活気づき、鳥成は三回に2点、四回にも3点を追加した。六回までに計10点を挙げ、コールド勝ちした。尾沢としては、里田の球数が八十球に届かなかったことが嬉しい。もしかしたら力が入らない方が、いいピッチングができるんじゃないか？

「いえ、まだ甲子園というわけでは……次の試合を頑張るだけです」

「今日の試合に点数をつけると？」記者の取材はしつこかった。どうでもいいような話を……鳥屋野も成南も進学校だから、「点数」で試合を総括したいのだろう。

「点数は、自分じゃなくて、先生がつけてくれるものですから」尾沢は逃げた。

大会が始まってから取材を受けるのは、これが初めてだった。外から見れば、楽に三回勝っているように思えるだろう。実際には、どの試合も何とか勝ちを拾ってきた感じなのだが……高校野球の県予選を取材する記者は素人だ、と聞いたことがある。地方支局の記者はどの社でも「何でも屋」で、普段から野球の試合ばかりを追いかけているわけではない。野球をほとんど知らない記者もいて、時々頓珍漢《とんちんかん》な質問をしてくることは、これまでの経験で尾沢も知っていた。まあ、相手の機嫌を損ねず、分かりやすく答えればいいだろう。見出しになるような、気の利《き》いた台詞を吐くつもりもなかった。どうやって記事にするかは、向こうの問題だし。

「じゃあ、次も頑張って」

「はい。ありがとうございました」

近くでは、里田が別の記者に摑まっていた。相変わらず元気がない。ピッチングにはまったく問題はなかったのだが、それでもまだ本調子ではないのだろう。この精神的なダメージが、後々悪い影響を及ぼさないといいのだが……里田への取材はしつこかった。いい加減にしてくれないかな、とそちらへ向かいかけた瞬間、石川が声を張り上げる。

「里田！　ミーティングだ！」

里田がさっと頭を下げ、いいタイミングとばかりに取材を打ち切る。石川、ナイスアシストだと思ったが、石川は実際、ミーティングをやるつもりのようだった。

「着替えたら、速攻でバスに集合！」

石川が大声で告げると、松葉杖をついてさっさと球場を出て行った。あいつ、何怒ってるんだ？　怒るような理由はないはずなのに。無事に勝って、里田の球数も抑えた。敢えて点数をつければ、九十点でもいい試合だ。

全員が乗りこんだのを確認し、石川がバスの一番前に立つ。

「飯は後回し！　とにかく聞け！」選手たちの顔を見回して、怒りの表情を浮かべる。「今日の試合は三十点だ。赤点だ！」

「何で？」近くに座った児島がやんわりと反論した。「六回コールド勝ち、最高じゃん」

「馬鹿言うな！　五回コールドで勝てたんだ。児島、お前のせいだ！」石川の顔は真っ赤になっていた。

「俺？」児島が色をなした。「何で俺なんだよ。今日、五の三だぜ」

「三回！」石川が指を三本立てて見せた。「ワンアウト一、二塁で、送りバントを失敗しただろう」

「いや、そうだけど……でもヒットで2点入ったじゃないか」

「何でバントを失敗した？　自分で打って目立ちたかったからじゃないか？　気持ちがバントに向いてなかったんだろう」

「そんなんじゃねえよ」児島が反論したが、耳が真っ赤になっていた。嘘。児島は、よほど難しいボールでない限りバントを失敗するようなタイプではないのだが、気持ちが入っていなければ、失敗してもおかしくない。

「それと関川！　五回のワンアウト一、二塁で、何であんなに引っ張った？　ライト狙いなら、アウトになってもランナーを進められたんだぞ。お前ら、自分のことしか考えてないのか？　うちは一つのチームなんだぞ！」

バスの中が静まり返る。尾沢も考えこんだ。このチームには、基本的な力はある。長い間試合ができなかった鳥屋野の選手も勘を取り戻し、しっかり自分の役目を果たしている。しかしどうしても、寄せ集めの選手が何とか試合をしている感じは消えない。

自分もそうだ。勝っても嬉しくない。「何とか無事に終わった」とほっとするだけなのだ。こういうのが野球なのか？　勝ったら嬉しい、負けたら悔しい、そういうことじゃないのか？

まるで仕事だ。

しかし、「喜べ」と言われて喜ぶのは筋が違う。そうだ、結局これが連合チームの最大の弱点なのかもしれない。数ヶ月一緒にいるだけで、チームの一体感が出るはずもないのだ。

「お前ら、言いたいことがあるならここで言え」石川が訴えた。「不満でも不安でも、何でもいい。本音を吐かないと、チームは一つになれないぞ！」

声もなし。石川は自分なりに、役割を果たそうとしているのだろう。ゲームキャプテンは尾沢。石川は精神的な支柱。しかしその組み合わせは、必ずしも上手くいっていない。ここまで、打った手は何とかプラスに出ているが、そろそろ限界かもしれない。


鳥屋野高に戻り、尾沢は石川と美優と一緒に試合の分析を行った。石川は終始、むっとした表情。

「本当は、イチャモンをつけるような試合じゃないよな？」尾沢は石川に指摘した。

「うん……ああいうやり方は失敗だったかなあ。もっと優しくとか、明るく楽しくとか、チームを一つにする方法はあるのかもしれない」石川は明らかに自信喪失していた。

「考え過ぎ」美優があっさり言った。「だいたい、気を遣い過ぎなのよ。ここまで勝ってるんだから、何とかなるでしょう」

「数字だけ見れば、な」尾沢は指摘した。「でも野球には、数字に出ない部分が結構あるから」

「まあ、やってる人がそう言うなら」美優がむっとした口調で言う。

「お開きにしようぜ」尾沢は鉛筆を転がした。美優がつけたスコアブックは、細かい書きこみで黒くなっている。球種や打球の様子まで書きこんであるので、これを見ればビデオを見返すように試合を振り返れる。

「どこかでお茶でも飲んでいくか？」

「いや、俺、親が迎えに来るんだ」申し訳なさそうに石川が言った。

「ああ、そうだよな」まだ松葉杖が手放せない石川は、自転車にも乗れないし、バスや電車に乗るだけでも大変だ。移動は、母親に車を出してもらっているという。

「そろそろ来るな」石川がスマートフォンを取り出した。「いや、もう来てるわ。正門前で待ってる」

「じゃ、行こうか」

三人は揃って部室を出た。最後に尾沢が鍵《かぎ》をかける。歩き出した途端、松葉杖をついた石川が立ち止まった。杖で体を支えたまま振り返り、訊ねる。

「皆、もう帰ったんじゃなかったっけ」

「そのはずだけど」

「誰か、屋内練習場にいる」

耳を澄ませると、石川の言う通りだった。部室の近くにある屋内練習場から、打球音が漏れてくる。相当古くなって、あちこちに隙間ができているから、中で誰かが練習していると聞こえてしまうのだが……打球音に交じって、「クソ！」と罵《ののし》る声も聞こえてきた。

石川が、屋内練習場に向けて顎をしゃくる。三人はゆっくりと屋内練習場に近づき、引き戸のところまで来ると、尾沢の誘導で壁沿いに少し歩いた。顔の高さにある窓が開いている。石川が松葉杖を壁に立てかけ、窓を覗きこんだ。尾沢も横で中を確認する。

「ああ」石川が漏らした。

「奴らか」

打席に立っているのは児島。投げているのは里田。里田の後ろでは関川が守っていた。児島の打球が詰まる。

「おい、もう一球！」

児島が怒鳴る。しかし同じように打球はボテボテのピッチャーゴロになってしまった。児島が文句をぶつける。

「お前、今のはストレートじゃねえな」

「悪い」里田がボールを握ったまま、右手を突き出して見せた。「ツーシームだ」

「自分の練習は後にして、ストレートで頼むよ」

「ＯＫ」

児島はその後、十球ほど打って関川と交代した。これは、要するに……石川がぽつりと漏らす。

「俺の説教も、少しは効いたかな」

「個人レベルでは」尾沢は応じた。

「まだまだ、チームとしての意識はないわね」美優が肩をすくめる。

「まだ時間はあるよ」尾沢は窓から離れた。

「そうだな。もう一発、何か雷を落とすか」石川が応じる。

「悪いな、悪役を任せて」

「最後は皆、涙を流して俺に感謝するさ」石川がニヤリと笑う。

そうであって欲しい、と尾沢は心の底から願った。

5

里田は毎朝起きるとすぐ、二階にある自宅から一階の店に降りる。新聞を取りに行くのが仕事なのだが、今日は二階へ戻らず、そのまま店のカウンターで新聞をまとめて確認した。スポーツ用品店という商売柄、一般紙の他にスポーツ紙も取っているのだ。各紙の地方版を広げてみると、昨日の試合が大きく取り上げられている。

地元紙の扱いが一番大きく、「鳥成、ベスト16」の記事は、高校野球の特集の中でトップで扱われていた。

鳥成10－0柏崎陵南（6回コールド）

鳥成は打線が爆発、快勝した。鳥成は初回、尾沢の3点本塁打で先制。その後も確実に加点し、陵南を引き離した。エース里田は陵南打線を散発2安打に抑え、二塁を踏ませない完璧なピッチング。


囲み記事では、ホームランを放った尾沢が取り上げられている。バットを肩に担いだ写真が載っているが、非常に厳しい表情だった。自分が話を聞かれている時、横で取材を受けていた尾沢が「笑って」と注文を受けていたのを覚えているのだが、必死で抵抗したのだろう。まあ、あいつが笑っても写真映《ば》えしないけど。

記事を読むと、いよいよベスト16まできたのだと実感する。あと四勝で甲子園に手が届くが、まだまだ先は長い。

そして、絶対に負けられない相手、新潟海浜は、昨日も13対1で大勝していた。二回戦、三回戦と連続で五回コールド勝ちである。清水を中心にした打線は好調で、打ち合いになったら、やはり鳥成の方が分《ぶ》が悪いだろう。何としても自分が抑えて、ロースコアの試合を組み立てないと。

二階へ戻ろうと階段に足をかけた瞬間、右足首に嫌な痛みが走る。まさに、事故で怪我したところだ。おいおい、治ったはず——今まで何でもなかったんだぜ？　不安になり、階段に座りこんでゆっくり足首を回してみた。痛い。足首の外側に小さいが鋭い痛みがあった。店の中を歩き回ってみる。ただ歩く分には痛みは感じなかったが、階段を上がろうとすると痛みが戻ってきた。耐え切れないほどではないが、さすがに心配になる。念のため、医者へ行こうか？　しかし本当に怪我だったら……ここで戦線離脱なんてことになったら、悔んでも悔み切れない。

結局、里田は普通に練習に参加した。一番心配なのはランニングだったが、痛みを感じないまま何とかこなせた。もしかしたら朝は、何かの拍子で痛みが出ただけかもしれない。原因が分からない痛みというのも、よくあるものだし。

「里田、今日はノースローだ」尾沢が何故か、きつい表情で言い渡す。「キャッチボールもなし」

「お前、何で怒ってるの？」

「投げ過ぎだから」

「昨日？　八十球も投げてないぜ」

「その後、マジのバッティングピッチャーをやってただろう。あれじゃ試合と一緒だよ」

尾沢がふいに表情を崩す。見られてたのか……しかし、石川にきつく吊るし上げられた選手二人を放っておけなかったのだ。にわかじこみの練習にどれだけ効果があるか分からないが、やらないよりはやった方がいい。

「今日は、加茂の様子を見ておくよ。それより、成瀬ってどうなんだ？　何で試合で投げさせない？」

「秘密兵器だから」尾沢がさらりと言った。

「だけど、練習試合でも投げてないじゃないか。それでいきなり本番になっても、上手くいかないぜ」

「できるだけ大差がついた試合でデビューさせたいんだよ」

「だったら昨日がチャンスだったじゃないか」

「タイミングが合わなかった」

「マジで大丈夫かよ……それにあいつ、まともに話もしないんだぜ？　あんな陰キャ、珍しいよ」

「俺は、最低限の意思の疎通はできるけど」

「お前、何か特殊能力でも持ってるのか？」

「まさか」尾沢が肩をすくめる。「とにかくあいつは、びびってるだけだから」

「何で？」里田は呆れた。「こんな優しい先輩ばかりなのに」

「あいつは一回、野球を諦めてるんだ」尾沢の表情がにわかに引き締まる。「もともと、うちで野球をやるつもりだったんだ。でも、去年の不祥事があって……」

「野球をやるなら、他の高校でもよかったじゃないか。それこそうちとか、海浜とか」成瀬のピッチングは、まだ練習でしか見ていないが、「物が違う」のは分かっていた。里田と同じ右の本格派で、里田よりも球離れが遅く、その分バッターからは速く見えるはずだ。ストレートの球筋がいい。初速と終速の違いが少なく、ぐっと伸びてくる印象だ。あれなら、ストレート一本でもある程度は抑えられるだろう。ただやはり、できるだけ早くマウンドに上げて、経験を積ませるべきだった。トーナメントが進めば強敵にぶつかる可能性が高くなり、本領を発揮できないまま、打ちこまれてしまうかもしれない。それに尾沢も、もう少しチームに溶けこませる努力をすべきだ。ちょっと馬鹿をやらせるとか、からかうとか。それで落ちこんでしまうようなメンタルでは、とてもピッチャーはできないのだし。

その日、里田は尾沢の指示に従って投球練習を回避した。代わりに、屋内練習場で加茂につきっきりで練習を見守る。

今更ながら、鶴川の慧眼《けいがん》には驚くばかりだ。サイドスローからオーバースローに戻した加茂は、楽々とした感じでいいボールを投げている。サイドスローに変更か……前監督の思いつきで、一年を無駄にしたようなものだ。いずれにせよ試合はできなかったわけだが。

「肩、重くないか?」

「今のところ、大丈夫っす」加茂の表情は明るい。

「サイドスローにしろって言われた時に、逆らえばよかったんだよ。俺は絶対オーバースローですからって」

「去年は、言える雰囲気じゃなかったっす」急に加茂が暗い表情になった。「監督が……」

「ああ……そうだよな」嫌なことを思い出させてしまった。それにしても、今時パワハラなんて流行らないのに、鳥屋野の前監督は、いったいどういうつもりだったのだろう。毎年きちんと結果を出していたから、増長してしまったのだろうか。

「とにかく、こっちの方が全然いいっすよ」

里田から見ても、明らかにいい。球速がアップしたわけではないが、コントロールが落ち着いている。それに、決め球のスライダーの曲がりが大きくなった。カーブのスピード二割増という感じで、左バッターには厄介なボールだろう。しかも加茂は、ほぼ偶然にワンシームを手に入れつつある。まだコントロールが定まらないが、それでも加茂から見て左へ変化する速いボールは、右バッターに対する決め球になるはずだ。途中でボールが消えるような感じだろう。

気になるのは成瀬。加茂の横で投げているのだが、まったく無言なのだ。受けている尾沢は、コースなどについて一々指示を飛ばすのだが、うなずくだけで返事をしない。大声で返事をするのは、少年野球の頃から叩きこまれて誰でも習慣になっているはずなのに。

投球練習が終わったところで、さすがに気になって声をかけてみた。

「成瀬、試合で行けるか?」

「いやあ……」成瀬が短く言って首を捻る。

「まだ自信ないか」

「分かんないっす。投げてみないと」

依然として、会話拒否みたいなものではないか。一刻も早く里田の追及から解放されたいようで、顔を上げようともしない。

「何か分からないことがあったら、俺に聞けよ。知ってることは全部教えるから」

「オス」

うつむいたまま、さらに深く頭を下げる。まったく、何なんだよ……呆れて、尾沢に文句の一つも言ってやろうと思ったのだが、尾沢はいつの間にか石川、それに美優と話をしている。三者会談——まるで、この三人で全てを決めているようだ。まあ、自分で余計なことを考えない分、里田は気楽でいられるのだが。

尾沢が真剣な表情を浮かべたまま、近づいて来た。

「次の試合、行けるか?」

「ああ?」

「中二日、開くだろう」

「いいけど……球数は?」

「ここまで二試合で二百球も投げてない。一週間で五百球までは、まだ余裕がある」

「問題ないなら投げてもいいけど、どうして加茂じゃないんだ? あいつを信用してないのか?」

「次、長岡総合高校だぜ? ここまでチーム打率三割四分」

「加茂には荷が重いって言うのか?」

「あのね」美優が割って入る。「長岡総合は、レギュラーのうち八人が右なの。そして加茂君は、練習試合から今まで、右打者の被打率が三割七分なのよ。左は二割に抑えてるけど」

「試合数が少な過ぎて、ちゃんとしたデータにならないんじゃないか?」里田は反論した。それに何でもかんでもデータ、データじゃ……。

「左のサイドスローは、右からは見やすいでしょう。それに右バッターに対して、これはといったボールはないし」

「でも、今オーバースローに変更中だ。まだ次もあるし、練習の時間は十分だよ」

「お前が試合を作ってくれ」石川が指示する。「それで上手くリードできたら、途中から加茂を投入する。これからは、継投でいく必要も出てくるだろうから、慣れておかないと。監督で一番難しいのは、ピッチャーを替えるタイミングなんだよ」

「お前、声出し係じゃなくて監督になったのか?」里田はついからかったが、石川の表情は真剣だった。まあ……そうだよな。監督も部長もいるけど、実質的に試合を動かしているのは尾沢と石川だ。両チームのキャプテン同士が頭を絞って考えているんだから、野球素人の若林に任せるよりはずっといいだろう。

「目処は？」

「試合展開にもよるけど、五回」尾沢はぱっと右手を広げた。「なるべく引っ張らない」

「……分かった」里田は逆らわなかった。ここで何を言っても無駄だろう。「ダブルキャプテン」――しかも理論では二人以上の美優がバックアップしているのだから、反論できるわけもない。

「でも、一ついいか？」

「何だ」尾沢が警戒して一歩引いた。

「次の試合、朝の九時プレーボールだよな？」

「ああ。現地入りは八時だから、七時前には学校集合で出発しないと」

「それ、俺だけ電車で行ったら駄目か？」

「いや、それは……」尾沢が石川と目線を合わせる。石川も明らかに困っていた。「一人だけ別移動は、まずいんじゃないかな」

「でも、そうしちゃいけないっていうルールはないだろう？　調べたんだけど、新潟を六時三十三分の新幹線で出て、長岡で信越本線に乗り換えたら、茨目《いばらめ》には七時四十四分に着くんだ。それなら間に合うだろう」

「一人で移動させるのはまずいんだよ」尾沢が言った。「何かあった時に、お前一人で身動きが取れなくなったら困る」

　他の選手と一緒か、マネージャーでもいればいいんだけど……本来は全員が同じバスで移動する方が無駄がない。だがバス移動は、意外なダメージを与えた。まさかあんな形で、精神的なショックが残っていたとは。前の試合では上手い具合に力が抜けた感じだが、気分の悪さは耐え難かった。

「じゃあ親にでも頼むよ。試合、観たがってたし」

「それなら……いいか」尾沢が石川と顔を見合わせる。石川が一瞬固まった後、うなずいた。尾沢は「一応、監督と部長には報告しておこうか」と言った。

「相談じゃなくて?」

「相談してもしょうがないだろう」尾沢があっさり言った。「何でも事後報告でいいんだよ」

そこまで監督と部長を馬鹿にしなくてもいいんじゃないか……里田から見れば、若林は野球を知らないだけで悪い人ではない。年齢も近いし、腹を割って話せば、いい味方になってくれるのではないだろうか。しかし尾沢は、基本的に「大人」を信用していないようだった。あんな不祥事があったから当たり前かもしれないが、あまり人間不信が続くと、きつくないだろうか。

結局、ベスト8を賭けた四回戦、里田は母親と里美に同行してもらって柏崎に向かった。里美は「ブラバン部は準々決勝から参加することにした」と言っていたので、その下見の意味もあるらしい。ただし、準々決勝以降は新潟市のハードオフエコスタジアムで行われるから、四回戦が行われる佐藤池とはまったく様子が違うのだが。

電車の中で少し居眠りしていこうと思ったのだが、乗っている時間がそれほど長くないので、のんびりもできなかった。最寄りの茨目駅は小さな無人駅だが、人が多い。見ると、周りは長岡総合の生徒ばかりである。ベスト16まで勝ち上がったので応援に来たのだ、とすぐに分かった。対戦相手の生徒に囲まれながら球場まで歩く十分間は、妙に居心地が悪かった。母親とガールフレンドに同行されて球場入り……周りからはどう見えるだろう。里美は盛んに話しかけてくるが、適当な返事しかできない。

それにしても、すごい道だよな。茨目駅から球場までは、北陸道脇の細い道をだらだら歩いていけばいいのだが、どうにも不思議な感じだ。高速脇には遮音壁も設置されているのだが、それでも猛スピードで走る車の音は聞こえてくる。それが、高速での事故を思いおこさせて、落ち着かなくなった。まったく、自分がこんなに弱い人間だとは思わなかった……無事に、ほとんど無傷で生還したんだから、どうでもいいじゃないか。

途中、長い登り坂、それに続く下り坂を過ぎると、その先に球場が見えてくる。今まさに、遠征用のバスが駐車場に入ってきたところだった。それだけでほっとしてしまう。今日が終わったら、もうバス移動はない。

バスから降りて来た尾沢が里田に気づいて右手を上げる。こちらに駆け寄って来ると、里田の母親と里美に挨拶する。

「悪いな、フミの子守りをしてもらって」里美に声をかける。

「私は下見だから」里美がさらりと言った。

「ブラバンの応援、楽しみにしてるよ」尾沢が顔を綻《ほころ》ばせる。「学ラン応援しか経験してないから」

「鳥屋野の応援部は来ないの?」

「喧嘩してるんだ」尾沢が寂しそうに言った。

「あらら」里美が肩をすくめた。「よくないわね」

「しょうがないさ。成南のブラバンに来てもらうだけで助かる」

まだまだ一つのチームにはなっていないんだ、と里田は実感した。チームワークの点でも今一つだし、鳥屋野、成南それぞれの学校内にも、未だに「何か変じゃないか」と疑問の目で見る人間がいる。ネットでの「鳥成叩き」もまだ盛り上がっている。美優は「気にすることない」とまったく問題視していなかったが。

一気に、素直に盛り上がれないんだよな……ここから先は、技術的な問題もそうだが、気持ちが結果を大きく左右する。上手く波に乗れるだろうかと、里田は次第に心配になってきた。

6

5対1で完勝。

ほっとしたが、着替えてバスに戻る途中、尾沢は異変に気づいて改めて不安になった。里田がかすかに足を引きずっている。

「フミ、帰りも電車のつもりか?」尾沢は訊ねた。

「そうだけど」

「バスで帰れ」

「何で?」里田が不審げな表情を浮かべる。

「もう今日は試合はないんだから、いいだろう? 歩くな。怪我してるんじゃないか?」

里田が表情を曇らせる。立ち止まると、「何で分かった?」と低い声で訊ねる。

「ボールを受けてれば分かるさ。それに今、足を引きずってた。いつからだ?」

「この前の試合の後」

「あの試合で何かあったのか？」

「分からない」里田が力なく首を横に振る。

「まさか、事故の後遺症とか？」

「確かにあの時怪我した場所だけど、今までずっと平気だったんだぜ？」

「何で医者に行かなかったんだよ」尾沢は思わず責めた。

「大丈夫だと思ったんだ」

「帰ったらすぐ医者へ行け」

「……分かった」

さすがに里田も逆らえない様子だった。怪我は心配だが、尾沢としては、まずこの後の試合について考えねばならない。もしも里田が投げられないとしたら……加茂はある程度計算できる。しかし、ここまで隠しておいた成瀬はどうだ？


バスに乗りこむ直前、尾沢は目を見開き、ステップに足をかけたまま立ち止まった。坂上？いや、坂上がこんなところにいるわけがない。バスでの定位置——一番前に座ると、もう一度外を確認した。

やっぱり坂上だ。いつもの制服ではなくTシャツ姿だったので——坂上と言えばスタンドに陣取った学ラン姿の印象が強過ぎる——さっきは見間違えたのだ。

あいつ、何しに来た？　しかも里美と喋っている——相談しているみたいじゃないか。確かに中学は同じだから顔見知りではあるはずだが……里田が何か知っているかもしれないと思って確認しようとしたが、先に乗りこんだ里田は、最後部の座席にだらしなく腰かけ、目を閉じている。

バスはまだ走り出してもいないのに、息も絶え絶えという感じで、とても話しかけられるような雰囲気ではなかった。

何だか、自分の知らないところで陰謀が進行しているようで気に食わない。しかし、野球以外のことに気を遣っている余裕は一切なかった。


この日は、試合が終わってからの方が忙しかった。美優をつき添いにして、里田を病院へ送り出す。鳥屋野の選手行きつけの整形外科だが、ＭＲＩなどの設備はなく、確定診断は出そうにない。

尾沢は部室に籠って、石川と次の試合の予定について話し合った。

「加茂は、球数制限には引っかからないよな」石川は安定路線を狙っている。「加茂をできるだけ引っ張って、危なくなったら里田を投入――今日の逆パターンがいいんじゃないか」

次の試合の対戦相手は決まったばかり――自分たちの後に佐藤池球場で勝った、村上東だ。ノーシードから勝ち上がってきたダークホースで、確かベスト8に入るのは初めてである。

この大会は、既に「波乱の大会」と言われている。ベスト16までに、シード校が三チーム脱落。組み合わせを見ると、他のシード校もベスト8に残れる保証はまったくない。安定しているのは海浜だけだ。今日は鳥屋野球場で四回戦を戦い、またも五回コールド勝ちを収めている。清水も絶好調で、ここまでの打率は六割を超えていた。しかし、まず考えなくちゃいけないのは次の試合のことだ。中二日で加茂は休養を取れるだろうが……。

「成瀬でいこう」尾沢は結論を出した。

「いやいや」石川が反論する。「いきなりは無理だぜ。うんとリードしている時ならともかく」

「だったら打たせればいい」

「おい――」

「お試しの余裕なんかないんだ」

二人はしばらく言い合いを続けたが、結局石川が折れた。

「俺はあくまで精神的キャプテンだから。試合のことはお前が決めろよ」

「ああ」

「それで……俺からもちょっと相談があるんだけど」

その「相談」は尾沢を驚愕《きょうがく》させた。「駄目だ」と何度も言ったが、今度は石川が引かない。しかしあくまで仮定の話であり、本当にそうなるかどうか、今のところはまったく分からなかった。


準々決勝まで中二日。MRIなどの検査を受けられないので、里田の怪我の具合は確定できなかったが、医師によると「骨折などはないが取り敢えず動かさない方がいい」という診断だった。里田は「気になるほどの痛みじゃない」と強気に言い張ったが、とてもそうは思えない。前回の試合、途中からストレートを投げたがらなくなったのは、軸足の右足首に負担がかかるのを恐れたからではないか。変化球でかわしていく分には何とかなると思って、実際そうしたのだろう。

とにかく、準々決勝では里田の登板はなし。それだけは決めたが、誰を先発にするか、尾沢は試合当日まで言わなかった。加茂は当然、自分が投げるものだと思っているようだったが……試合を経験して自信をつけてくれるのは嬉しい限りだが、加茂もできるだけ温存しなければならない。

準々決勝は、ハードオフエコスタジアムで、一日に一気に四試合行われる。鳥成は第一試合で村上東と激突する。

何となく、今日は雰囲気が違う。

初めてメーン会場のハードオフエコスタジアムに来たせいもある。ここは県内で一番大きな球場で、スタンドは三万人収容の大きさだ。内野スタンドは二階席まであるし、外野も県内の多くの球場が芝生席なのに対して、きちんとシートがしつらえられている。グラウンドは内外野とも人工芝張りで、濃い緑と茶色のコントラストは目に痛いほどだ。両翼百メートル、センター百二十二メートル。二〇〇九年開場の新しい球場にもかかわらず、県内の高校球児にとっては早くも「聖地」になりつつあった。

そして、内野一階席には両校の応援団が入っている。ブラスバンドを中心に、村上東にはチアリーダーも入っていた。里美は寂しいだろうな、と少し同情する。せっかく里田を応援しにきたのに、今日はあいつは投げない。

俺が投げさせない。

里田はむっとしていた。怪我が心配なのは本人も同じで、投げないで大事を取ることは納得しているようだが、それでも「どうしてここまできて」という無念の気持ちはあるだろう。加茂は戸惑っている。てっきり自分が先発すると思っていたら、今まで一度も試合で投げていない成瀬の名前が発表されたのだから。加茂の性格から言って文句を言うようなことはないだろうが、どうにも心配そうで落ち着かない様子だった。

肝心の成瀬はというと……何を考えているか分からない。尾沢たちと目を合わせようとせず、話しかけても「はあ」ぐらいしか返事がないのだ。まあ、これがいつもの成瀬なのだが。

今日は、後攻。先攻の方がよかったな、と尾沢は思った。取り敢えず攻撃を経験して、試合の雰囲気に慣れてからマウンドに上がった方がよかったんじゃないか。

投球練習をする成瀬は、やはり冴えなかった。スピードは出ているのだが、ボールに伸びがない。試合前から妙に疲れているようでもあった。

主審がプレーボールを宣する。途端に、成瀬が豹変《ひょうへん》した。ロジンバッグを取り上げてゆっくり叩くと、両の手首を使ってキャップの位置を直した。全体に、やけにゆったりした仕草――それから尾沢のサインを覗きこむ。サインと言っても、ストレートとカーブしかないのに……初球はストレートだ。

成瀬が振りかぶる。無理のない、スムーズな始動。ステップは広く、しかも球持ちがいいので、バッターに近いところからボールが飛び出してくる感じになる。

速い。

待つ間もなく、ボールがミットに飛びこむ。尾沢は、摩擦熱でキャッチャーミットから煙が上がったのでは、と一瞬想像した。掌に伝わる痛みは、里田よりも上だ。反射的にスコアボードを見ると「150キロ」の表示が出ている。成瀬はマウンド上で仁王《におう》立ちになり、バッターを睨みつけていた。そうしながら、さっさとボールを寄越せとグラブを前に突き出す。

あいつ……試合で豹変するタイプなのか？

打席に立った村上東の先頭打者は、振り返って尾沢の顔を見た。尾沢は無視して立ち上がり、成瀬にボールを投げ返す。よし、しばらくは――もしかしたら今日は、変化球は一球もいらないかもしれない。

里田が「刀」だとすれば、成瀬は「鉈《なた》」だ。重さでずしりと切り裂くタイプ。

ここまで、俺の作戦はほぼ百パーセント当たった。ダークホースの村上東には悪いが、ここで消えてもらう。尾沢は、「甲子園」の目標をはっきり口にしていいと思った。

成瀬はコントロールに苦しむタイプのピッチャーだった。「行き先はボールに聞いてくれ」というほどノーコンではないが、急に乱れることがある。初回は三者連続三振で堂々の立ち上がりだったが、二回、そして四回にはフォアボールを連発して、満塁のピンチを招いた。それでもまったく臆《おく》することなく、真っ向から投げこんで、バッターを圧倒してしまう。もしかしたら、試合を盛り上げるためにわざとランナーを出しているのでは、と尾沢は訝《いぶか》った。

成瀬のピッチングは、完全に試合を支配した。鳥成打線は今日も活発で、特に三番の辻は二本の二塁打を放って4打点を挙げていた。五回裏終了時点で、6対0のリード。成瀬が大崩れしそうな感じもないので、予定を変更して六回まで投げさせることにする。「五回まで投げてくれれば」と思ったが、嬉しい誤算だった。今日もいける……ブルペンで調整する加茂の調子を見た限り、残り三回なら無難に抑えてくれそうだし。

成瀬は、六回の先頭打者に、この試合二本目のヒットを許した。村上東は6点差にもかかわらず確実に送ってきたが、成瀬がこのバント処理を誤り、一塁へ悪送球してしまう。一塁はセーフ、ランナーも隙をついて一気に三塁へ走った。村上東の応援団が一気に盛り上がり、スタンドを声援の波が走る。一方里美たちは、やることなし。攻撃の時は曲を演奏しても、守っている時は静かにするのが応援のルールである。

尾沢はタイムを取り、この試合初めてマウンドに向かった。内野手全員が集まる。「落ち着け」と言って成瀬に深呼吸させるつもりだったが、顔を見た瞬間、そんなことは必要ないと分かった。凄《すさ》まじい形相《ぎょうそう》——今まさに、獲物に襲いかかろうと口を開ける肉食獣のようだった。

失笑が広がる。そこで尾沢は表情を引き締めた。

「ここを乗り切ろう。まだ負けるわけにはいかない」それから、内野手に守備位置を指示した。

「バント処理、慌てるなよ」と指示した。成瀬は先ほどのミスなどなかったかのように、冷たい目で見返してくるだけだったが。

来る——予想通り、村上東のバッターは初球からスクイズを試みた。サードとファーストがダッシュしたが、バッターは急に構え直し、ヒッティングに出る。三塁側へ高く上がるファウルフライ。スタンドを抉るような格好で作られたブルペンか、その先のスタンドに入りそうだ。ところがサードの児島は諦めない。ダッシュで一気にボールに迫っていく。あれは無理しちゃ駄目だ——次の瞬間、尾沢は「取るな!」と叫んだ。しかし村上東応援団の声援が激しく、声はかき消されてしまう。

児島はフェンスの下部に腰を預けるようにして、金網ぎりぎりのところでグラブを差し出した。尾沢の視界の隅で、三塁走者がベースに戻るのが分かる。ベースコーチは尾沢の動きを追っているが、走者はただ前を——ホームプレートの方を向いている。

児島がファウルフライをキャッチすると同時に、ベースコーチが「ゴー!」と叫んだ。その声は児島には聞こえなかったようで、グラブを高く掲げて捕球をアピールする。

「バックホーム!」尾沢とショートの東が同時に叫ぶ。はっと気づいた児島が慌ててボールを投げ返したが、一塁方向へ大きく逸れてしまい、尾沢は後逸しないように押さえるのが精一杯だった。

クソ、このデータが頭から抜けていた。村上東は、投手力も打力も平凡だが、走塁に対する意識が異常に高い。盗塁数が多いだけでなく、隙あらば一つ先の塁を陥《おとしい》れようと狙ってくる。今のがまさにそうで、普通ならタッチアップしようとは思わないものだ。しかもこの間、一塁走者も同じようにタッチアップで二塁へ進んでいた。

成瀬はかっかしているのではないか？　あるいは何が何だか分からないうちに1点取られ、パニックになっている？　何しろこれが、高校で初めての試合なのだ。

そんな柔《やわ》な選手ではなかった。成瀬はその後、一段ギアを上げ、二連続三振で追加点の芽を摘み取った。胸を張ってダグアウトへダッシュで戻って行く姿を見ながら、尾沢は、この選手を育てていく時間がもう自分にはないのだと考え、侘《わび》しくなった。

七回から加茂を投入。豪球の成瀬の後に、変化球を軸に攻める加茂が出てきて、村上東打線は目先が狂ったのか、打ちあぐんだ。九回、加茂は二本のヒットを許してピンチを招いたが、最後はセカンドの本庄が、長年守ってきたように手慣れた感じでゴロをさばいてダブルプレーを成立させ、6対1で村上東を振り切った。

今日の取材は成瀬に殺到するな、と尾沢は予想した。マウンド上の堂々とした立ち居振る舞いを見た限り、取材でもとんでもない暴言を吐きそうだが、試合が終わった瞬間、風船から空気が漏れるように萎んでしまっている。それならそれで、逆に心配だ。ダグアウト裏の通路で取材を受けるのが通例なのだが、尾沢は石川に、成瀬をサポートしてくれるように頼んだ。準々決勝の初戦なので、取材の時間があまりないのが救いだった。報道陣もすぐに、次の試合の取材準備をしなければならない。

今日はまだ学校へ戻らない。この後、三試合目に海浜が登場するので、全員で観戦する予定なのだ。急いでシャワーを使い、着替えてスタンドに陣取る。その間、第二試合は三回まで進んでいた。鳥成は、この試合の勝者と二日後に対決することになる。

スタンドに里美がいたので、すぐに摑まえて礼を言った。

「助かった。応援、バッチリだったよ。よく聞こえた」

「お客さんがいないんだから、聞こえて当たり前でしょう」里美が苦笑する。しかしすぐに、顔に大きな笑みが広がった。「でも、こういうところで演奏するの、楽しいわね。音がスタンドに吸いこまれちゃうかと思ってたけど、結構ちゃんと聞こえるし」

「球場はすり鉢《ばち》みたいなものだから」尾沢はぐるりと周囲を見回してから、声を潜めて訊ねた。「フミと話したか？」

「話してないけど、何で？　トモさんの方が長く一緒にいるでしょう」

「いや」里田の症状はまだはっきりしない。これから別の病院へ行って、ＭＲＩ検査を受けることになっている。それで症状が確定したら、今後のことを考えねばならない。成瀬の目処が立ったから、それは安心できる材料なのだが。

だが、それじゃ駄目だ。このチームは、俺と里田で作ったのだから。

「暑くなかったか？」尾沢は話を変えた。

「これぐらい平気だけど、これからずっと暑いのよね。決勝の日なんか、最高気温三十四度の予想でしょう」里美が額にハンカチを押し当てる。

「死人が出ないように気をつけるよ。それより丸山、うちの坂上と何か話してたよな」

「え？」里美が首を傾げる。

「いや、だから、うちの応援部の坂上。この前の試合で、柏崎まで見に来てたんだけど……君、話してたじゃないか」

「そんなこと、したかな」

「とぼけるなよ」

「とぼけてないわよ」

間違いなくとぼけている。しかし里美は絶対、本当のことを言わないだろう。昔から頑固なのだ。里田も絶対に自分を曲げない。頑固者同士で上手くいくのだろうか。

第三試合、尾沢の頬は引き攣った。海浜は一回表、ノーアウト一、二塁で三番清水。初球を叩くと、打球は一気に深いセンターのフェンスを超え、スコアボードを支える支柱を直撃した。たぶん、百三十メートル弾……コンタクト能力もすごいし、パワーは桁外れだ。

そう言えば——この前読んだ記事で、清水が「自分で志願して三番に入れてもらっている」とコメントしていたのを思い出した。一年の時からレギュラーだった清水は、二年生になってすぐに四番を張るようになったのだが、今年は三番……四番から三番になると、何となく「打順が繰り上がった」感じがする。最近は「二番打者最強論」が流行っていて、プロ野球でも長打力のある選手を二番に入れたりするのだが、高校野球ではやはり中軸打者と言えば四番だ。しかし清水は「一打席でも多く回ってきた方がいい」「自分のバットで試合を決めたい」と堂々と言っていた。

こんなことを言えるのもすごいが、それを許している海浜の監督も豪胆だ。それだけ清水を信用しているのだろうが……細かくデータを取っていた美優が、次第に険しい表情になるのを、尾沢は見守るしかなかった。この試合でも四打数三安打。準々決勝まで四試合で打率七割、ホームラン2本、打点12。手がつけられないとはこのことだ。よく「三割打者でも十回に七回は失敗する」と言われるが、清水は「五回に二回も失敗しない」。間違いなく、新潟県の高校野球史の中で五本の指に入る好打者だ。

ＭＲＩの予約の関係で、里田は海浜の試合を観ていない。それは幸いだったのでは、と尾沢は思った。里田も、去年の秋、今年の春と海浜に――清水に打たれて敗れている。スタンドであのバッティングを見ることで、マイナスの気持ちを持ってしまうかもしれなかった。

こいつを抑えないと、勝ち目はない。しかし尾沢は、試合が終わった瞬間、絶望を味わった。美優が「お手上げ」とでも言いたげに両手を上げたのだ。

右アキレス腱の炎症。

尾沢はその報告を部室で聞いて、顔をしかめた。里田は足を引きずっているわけではないが、いかにも元気がなさそうだった。

「投げられるのか？」思わず最初にそれを聞いてしまった。

「分からない」里田が珍しく自信なげに答える。「医者は、休ませるのが一番だってさ」

「投げてると、いきなりアキレス腱がプッツンしたりするのか？」

「それは分からない」

「うーん……」尾沢は思わず腕組みした。「テーピングでどうかな。固めたら、ある程度は投げられるんじゃないか」

「やってみないと分からない」里田の声は小さい。

「やってみるか？」

「そうだな……」それを試すのさえ心配なようだった。「でも、成瀬は大収穫じゃないか。あそこまで投げられるとは思わなかった」

「でも、お前の代わりにはならない」尾沢は身を乗り出した。「あいつは、急に乱れるんだ。それはすぐには修正できない。今日は何とかなったけど、いつも上手くいくとは限らないよ。フォアボール連発で、押し出しで自滅なんて、たまったもんじゃない」

「加茂もいるじゃないか」里田は依然として弱気だった。

「エースはお前なんだ」尾沢は断じた。「お前が投げないと、甲子園には行けない」

「行けるさ。チームのレベルは確実に上がってる」

「選手のレベルは上がっても、まだチームになってないんだ。軸がしっかりしてないと、チームワークはよくならない。そしてうちの軸は、俺でも石川でもなくて、お前なんだぜ」

「まあ……迷惑かけないように頑張るよ」

尾沢はがっくりした。こんな弱気な里田は、小学校の頃から一度も見たことがない。いつも強気で、マウンド上では王様のように振る舞うのに。

「とにかく、まずしっかりテーピングして、それで投げられるかどうか確認しようよ。テーピングに慣れていかないと」

尾沢は立ち上がった。強豪校なら、専属のトレーナーこそいなくても、テーピングの名人のような選手がいるものだ。しかし今は、自分たちで何とかするしかない。ただし俺は役に立たない……手先が不器用で、自分でテーピングをやっていると、いつの間にかテープがこんがらがってしまうのだ。

小さなノックの音が聞こえた。顔を上げると、尾沢は予想もしていなかった人間を見つけた。

谷山《たにやま》。同級生で、一緒に野球部で頑張った仲だ。元々レギュラーになるまでの実力はなく、三年間一度も試合に出られそうにないと覚悟していた男である。新チームになったら、マネージャーとして裏方に回るよ、と言っていたのだが、それも叶わぬまま、他の選手と一緒にチームを去ってしまった。

「あのさ……悪い。ちょっと聞こえた」谷山が申し訳なさそうに言った。

「ええと……」知らない顔が入ってきたせいか、里田は戸惑っていた。

「ああ、昔——去年までうちにいた谷山だ。同期だよ」

「どうも」

里田が、戸惑いながら頭を下げる。谷山もひょこりと一礼した。

「聞こえたって、何が」

「怪我の話」

「ああ……極秘で頼むぜ」尾沢は口の前で人差し指を立てた。谷山から誰かに漏れるとは思えなかったが。「それよりお前、何でここへ来たんだ?」

「誰かいるかなと思ってさ」

「何か用なのか?」

「いや……ちょっと挨拶というか、謝りたいと思って」

「謝る? 何で」退部してから、谷山とはほとんど口を利いていなかった。クラスも違うし、向こうは特に上位の国立大を狙う理系選抜コース、こちらは私立文系だから、授業でも顔は合わせない。

「いや、俺らがいなくなって、お前一人で踏ん張ってきたから」

「全員辞めたら、それこそ廃部じゃないか」

「俺がいても戦力にはならなかったと思うけど、それでもずっと悪いと思ってたんだ」

「じゃあ、戻ってくればよかったじゃないか」こういうことは早く言って欲しかった。

「それは難しかった……でも、お前らが試合をやるって聞いて、驚いたよ。試合、全部観てたんだ」

「マジか」平日の試合の方が多いのに……。「サボって観に来た？」

「まあ……病気で休んだということで」

気づかなかった。今日、成南のブラバンが入るまでは、観客席に目をやる余裕さえなかったのだ。

「受験の準備、大丈夫なのかよ」

「それはまた別の話で」

「試合を観に来てたなら、言ってくれればよかったのに」

「いや、俺は陰で観てるだけでよかったんだ」谷山が力なく首を横に振る。

「もうやめようよ」尾沢は言った。「今さら昔のことを話しても何にもならないし、今のことを考えるだけで手一杯だから。応援してくれるだけでありがたいよ」

応援部に無視されている中、一人でも応援してくれる人がいるだけでありがたい。しかもそれが、かつての仲間なのだ。

「あのさ、怪我の話だけど……」谷山が里田に視線を向ける。「ヤバそう？」

「いや、何ともないよ」里田が言葉を濁す。連合チームを組んでいるとはいっても、自分の学校の生徒でもない人間に情報を漏らすのには抵抗があるのだろう。

「俺、テーピング、得意だよ」

「あ、そうか」尾沢は思わず声を張り上げた。裏方に回ろうとしていた谷山は、治療の役に立てばと、治療院に通ってテーピングの基本などを教えてもらっていたのだ。その時は、「将来はスポーツ医学をやってもいいな」と言っていた……実際、医学部を狙えそうな成績を取っていたはずだ。野球部を辞めてからは、目標はより確実になってきたのではないだろうか。

「里田、やってもらえよ」

「いや、だけど……」里田が渋る。

「こいつ、テーピングの名人なんだ。ゴッドハンドなんだぜ」

「そんなんじゃないけど、一通りはできるよ」

ようやく里田が了解して、すぐに処置が始まる。痛む場所を確認し、幅の違うテープを二種類使って、素早くテーピングしていく。

「テーピングには二種類あってさ」作業しながら谷山が説明した。「患部を固定して悪化しないようにするためと、筋肉の動きをサポートするため。今回は、ハイブリッド型でやってみた。痛みを抑えて筋力もカバーする感じ……立ってみて」

里田が怖々《こわごわ》と立ち上がる。しばらく、狭い部室の中を歩き回り、右のアキレス腱を伸ばしてみる。さらにシャドーピッチングを始めた。

「どうだ?」尾沢は訊ねた。

「マジ天才だ。いや、名人だ」里田がうなずく。

「いやあ……」谷山が照れたように鼻を掻く。「お役に立てて」

「谷山、準決勝と決勝、つき合ってもらえないか? ベンチには入れないけど、控室までは行けてないんだから」
「余計なことは言わせないよ」尾沢はうなずいた。「だいたい、うちはまだ一つのチームになっ
「俺はいいけど……他の人たち、大丈夫かな」谷山は弱気だった。「俺、部外者だし」
るから、処置を頼めないかな」

尾沢と里田は屋内練習場に向かい、軽くピッチング練習をした。里田は最初、恐る恐るといった感じで投げていたが、すぐに九十パーセントまでペースを上げる。

「行けそうか？」

「これぐらいなら問題ないよ」ようやく里田の顔に明るさが戻った。

「お前なら、八割でも勝てるけど」

「八割じゃ、海浜には勝てない」

それは確かに……美優は今日、さっさと引き上げた。データ分析に集中したいから家に帰る、と言っていたが、表情が冴えなかったのが気になる。今のところ打つ手なし、という感じなのだろう。「最悪、打ち合いで何とかすればいいよ」と尾沢は言ったのだが、何の慰めにもならず、むしろ逆効果で睨まれてしまった。彼女としては、何としても清水の弱点を摑まないと納得できないらしい。

練習を見守っていた谷山が、里田に近づく。マウンドのところで一言二言交わす。里田はさらに十球ほど、さらにペースを上げて投げ続け、テストを終わりにした。

「何とかなりそうだ。助かった」里田が谷山に頭を下げる。

「でも、百パーにはならないから」谷山はまだ心配そうだった。「俺は医者じゃないから、本当

の怪我の具合は分からない。それに、試合が進んでいくと、テーピングは絶対ずれてくる」

「どこかで待機していてもらえればいいんじゃないかな」尾沢は話に割って入った。「マネージャーとして登録していなくても、球場の中には入れると思うんだ。そこで上手くやれれば」

「そうねえ」谷山は乗り気にならなかった。「ただ、テーピングをやり直すには時間がかかるんだ。イニングの合間に始めて、攻撃があっという間に終わったら間に合わない」

「何とか長引かせるよ」尾沢は言った。

「テーピングのためにファウルで粘るのって、筋違いだな」里田が苦笑する。「いいよ。行けるところまで飛ばして、駄目になったら交代する。それでいいじゃないか」

「そこはもう少し考える。お前が中心なのは間違いないけど、無理は禁物だから。俺らが、ベストのパフォーマンスを発揮できるように何とかするよ」

「あのさ……」谷山がおずおずと割って入った。里田の顔を見て続ける。「お礼を言いたいと思ってたんだ」

「俺に？」里田が自分の鼻を指さした。「何で？」

「去年のあの騒動で、俺の野球は終わったんだ。鳥屋野の野球部にいれば、試合には出られなくても甲子園に行けるかもしれないと思ってたけど、それも無理になって……でも、里田がいれば連合チームで甲子園に行けるかもしれない」

「行けるかな」

「俺は、行けると信じてる」谷山が、低いが自信に溢れた声で言った。「ずっと試合を観てて、思った。一試合ずつ強くなってる」

「それは自分では分からないけど」里田が首を傾げる。「まだ終われないよ」

当たり前だ。必ず勝つ。しかし……そのための最後の切り札がどうしても見つからない。海浜を打ち負かすのに必要なのは、やはりチームの一体感ではないか。石川はそれを分かっていて、チームバッティングに徹しなかった二人を吊るし上げた。あれで少しは雰囲気が変わったのか、二人は必死で個人練習をしていた。

しかし、俺も含めて他の選手はどうだろう。自分を殺しても試合に勝とうという意識があるかどうか。全員がホームランを打つ力があるわけではない。だからこそ、誰かのために——そうしないと、１＋１は無限大にならない。

第四部　死闘

1

七月二十二日午前八時半。鳥成ナインは鳥屋野高校に集まった。ここからハードオフエコスタジアムまでは四キロほどあるので、準々決勝の時と同じようにバスが用意されている。里田は渋い表情を浮かべていたが、ここは我慢してもらうしかない。どうせ乗っているのは十分ほどだから、と尾沢は必死で慰めた。

バスの周りには鳥屋野の生徒たちが集まっていた。「頑張れよ！」「応援行くぞ！」と声が飛ぶ中、尾沢は生徒たちをかき分けながらバスに向かう。力強い限りだが、一番頼りになる応援部は、相変わらず参戦拒否の姿勢を貫いている。学校側は「せっかくだから」と応援を要請したというが、坂上が「できません」と頑固に断ったのだという。「応援の練習をしていないから」という理由を持ち出されれば、学校側も無理強《じ》いはできないだろう。応援だって、ぶっつけ本番でできるはずがない。

それでも、声援を送ってくれる仲間がいるのはありがたい。連合チームも、だんだん普通のチームのようになってきた。そう、去年までと同じように。

バスに乗りこむ時、自然に拍手が沸き起こる。「里田君！」という黄色い声と、明るい笑い声。エースはやっぱり人気者だよな、と考えて、尾沢は苦笑してしまった。里田は断じてイケメンではないのだが……その里田は、一切表情を変えない。試合中と同じだ。

成瀬にも「頑張って！」と声が飛ぶ。成瀬は顔を引き攣らせた。こんな風に黄色い声で呼びかけられたことなどないのだろう。尾沢はいつも通り最後に乗りこんだが、自分に対する声援は「頼むぞ、尾沢！」という野太い男の声ばかり。女の子の声援の方が嬉しいんだけど、まあ……しょうがない。

生徒たちに見送られてバスが出発する——はずが、なかなか出ないので、尾沢は不審に思って外を見回した。

全校生徒ではないだろうが、多くの生徒がバスを取り囲んでしまったのだ。これではバスは動けない。運転手が立て続けにクラクションを鳴らすと、ようやく人の塊《かたまり》が割れ、ゆっくりと動き出した。

バスは学校を出ると、住宅地の中を走る狭い道路に入っていく。ほどなく、左側に鳥屋野潟が見えてきた。この光景もすっかりお馴染みというか、少し飽きている。父親が以前、「この辺は三十年前からあまり変わっていない」とボソリと言っていたのを思い出す。「ビッグスワンとハードオフエコスタジアムができたぐらいだな」と。

しかし鳥屋野潟は、新潟市の象徴の一つでもあり、文化・スポーツの中心地とも言える。周辺には三つの公園があり、他にも県立自然科学館や県立図書館、こども創造センターなど様々な施設がある。あと一ヶ月も経つと、鳥屋野球場もハードオフエコスタジアムも、学校のグラウンドさえ過去のものになり、県立図書館にお世話になるだろう。野球を続けていくかどうかは分からないが、取り敢えずは大学受験を無事に乗り越えないと。

鳥屋野潟の南側には、広々とした道路が通っている。すぐに見えてくるのは、左側にあるビッグスワンの独特のデザインの屋根だ。その少し先の右側に、決戦の地、ハードオフエコスタジアムがある。

ここで試合をするのもあと二回か……尾沢は無意識のうちに、腿の上で拳を握り締めていた。

球場はまだ静かだった。準決勝ともなると、両校の応援団や保護者だけではなく、地元の野球ファンがたくさん集まってくるものだが、それはもう少し後だ。その前の静かな時間で、いつもと同じように淡々と準備を進めていかなくては。

尾沢が最初にバスから降りて、他の選手が出てくるのを確認した。子どもじゃないんだから、こんなことをする必要はないのだが、つい人数を数えてしまう。欠員、なし。さて、いよいよだと後ろを振り向いた時、ざわついた空気が流れているのに気づいた。

「監督！」里田が叫ぶ。

監督？　監督って誰だ？　成南の選手が輪を作り、その中心に猪狩がいるのが分かった。両足の骨折はまだ完治しておらず、車椅子に乗っている。押している女性は奥さんだろうか。何というタイミングで来てくれたのだろう。尾沢も輪に加わり、すかさず「ありがとうございます」と礼を言った。

「尾沢君……こっちこそありがとうな」猪狩の目は早くも潤んでいた。「正直、ここまで勝ち上がるとは思わなかった。いいチームになったよ。でもな、まだ完全にいいチームにはなり切っていない」

なり切っていない？　どういう意味かと聞こうとしたが、里田たちが次々に猪狩に言葉をぶつけていくので、入っていく余地がない。成南を一気に強豪校に育て上げ、慕われる監督——いい光景だが、いつまでもここで猪狩と話しこんでいるわけにはいかない。

「行くぞ！」

尾沢が声を上げるると、自然に全選手が猪狩の前に整列した。猪狩がぐっと右手を突き出し、「勝つぞ！」と気合いの入った声を発すると、

「おう！」と声が揃った。さすがにこの監督は違う。

これで一つのチームになったのか？

いや、まだだ。確かにまだ何かが足りない。この試合でも俺は、ずっとそれを探していくだろう。もしかしたら決勝戦でも、あるいはその先でも。負ければ消えてしまうチームなのに。


散々悩んだ末、尾沢は成瀬ではなく加茂を先発させることにした。成瀬は準々決勝で快投を見せたものの、あれは「出来過ぎ」という見方で美優も石川も一致していた。美優の評価は厳しく、「あのストライク率は危ない」。実際準々決勝で投げた八十五球のストライク率は五割ぎりぎりだった。相手打線が気圧《けお》され、ボール球に手を出してくれたおかげで勝てたが、フォアボールでランナーを溜めて一発喰らったら、大量失点につながりかねない。

何しろ準決勝の相手、高嶺《たかみね》高校は、ここまでチーム打率三割八分と当たっている。本塁打は一本と長打力こそないものの、一人打つと勢いづいて次々にヒットが生まれる。こういう打線には、安定した加茂の方が対処できるはずだ。

しかし、その加茂があっという間に炎上した。

初回、高嶺の先頭バッターが、初球を叩いてレフトスタンドぎりぎりに飛びこむホームランを放つ。応援団が一気に盛り上がり、その圧力に、尾沢は押し潰されそうになった。マウンド上の加茂も動揺したのか、そこから三連打を浴び、さらに2点を失ってしまう。

二回になっても加茂は落ち着かず、珍しく二者連続でフォアボールを出し、さらにツーベースを打たれて2点を失った。二回で早くも5点のビハインド。

ダグアウトは、さすがにしんと静まり返ってしまう。声を上げる選手は一人もおらず、何だか動きが緩慢《かんまん》だった。いきなり5点差はきついし、今日は試合開始の午前十一時で、既に気温は三十度を超えている。人工芝だからというわけではないだろうが、グラウンドの中はさらに暑い感じがした。これではバテるのも当然だが、元気を失うにはまだ早い。

「ここからだ！　とにかく1点返していこう！」尾沢は無理に声を張り上げたが、反応はない。こういう時は、精神的キャプテンである石川の一言が欲しいのだが、彼は厳しい表情で腕組みをしたまま、ベンチの隅で動かない。

三回から、尾沢は何とか加茂を立ち直らせた。それまで変化球主体だったピッチングをがらりと変え、ストレートを中心にした。それに時々、ワンシームを交ぜさせる。ワンシームはまだ完成したとは言えず、変化が微妙だったが、それが逆に奏功した。手元でわずかに変化するボールに、高嶺打線が内野ゴロの山を築き始める。本庄が無難にゴロをさばいているので、ほっとする。何だったら、全部セカンドに打たせてもいい、と思えるぐらいの安定感だった。

立ち直った加茂は、三回、四回と高嶺打線を0点に抑えた。しかし五回、ツーアウトを取ってからまた捕まる。どうやら高嶺打線はワンシームの変化を見抜いたようで、無理に振り回さず、コンパクトなバッティングに徹し始めた。二遊間、そして三遊間を渋く抜くゴロで、ツーアウト

一、二塁と攻める。ここで尾沢は初めてタイムを取り、マウンドへ向かった。「勝負球はスライダーだ」次のバッターは左だ。対左打者なら、加茂の大きなスライダーが効果を発揮するだろう。「まだ大丈夫だな？」

うなずく加茂を見ながら、尾沢は不安になってきた。集まった内野手は全員、汗だく。加茂に至っては、頭から水を浴びたようだった。まだ六十球を超えたぐらいだが、既に疲労困憊の感じである。加茂に活を入れ、守備位置を確認して、尾沢は定位置に戻った。ここは徹底して外角攻めだ。左打席に入った高嶺の三番打者は、前の二打席でいずれも外角のボールを引っかけて浅い外野フライに倒れている。しかし外角に大きく流れるスライダーで仕留める前に、内角を見せておかないと。尾沢は初球、内角へのワンシームを要求した。

バッターがすかさずバットを振り出す。しかしボールになると判断したようで、途中で辛うじてバットを止めた。ところがボールはバットの根本に当たり、小フライになってしまう。青息吐息だった加茂が、生き返ったようにダッシュしてボールに飛びついた。まずい。尾沢は「行くな！」と叫ぼうとしたが、一瞬声が出なくなった。加茂は、一塁のファウルライン上に上がったボールに向かって思い切り頭から飛びこんでいく。グラブの先にかろうじて引っかけ、そのままヘッドスライディング……人工芝だから滑りはいいのだが、どこかに引っかかったのか、不自然な格好で一回転してしまう。しかしグラブを高く掲げると、ボールはしっかりポケットに入っていた。

チェンジになってほっとしたのも束《つか》の間《ま》、加茂が右手首をがっしりと握っている。苦悶の表情が浮かんでいた。まさか、今のキャッチでどこか痛めたのか？　だから行くなって言おうとしたんだ……言っても加茂のダッシュは止められなかっただろうが、尾沢は自分のミスだと悔いた。

尾沢はすぐに加茂に駆け寄り、具合を確認した。

「どこか、痛めたか?」

「突き指です、たぶん」加茂が苦しそうな表情を浮かべる。

まずいな……利き手でないとはいえ、突き指していると守備に差し障る。ダグアウトに戻ると、加茂は苦労しながらゆっくりとグラブを外した。既に、右手の人差し指が腫《は》れ上がり始めている。不安がどっと膨らんできたが、尾沢はやるべきことをやった。成瀬に、大急ぎで肩を仕上げるように命じ、加茂には医務室行きを指示した。石川がついていったが、そこで尾沢は小さな異変に気づいた。石川が松葉杖を使っていない。かすかに足を引きずってはいるが、それでも自分の足だけで歩いていた。

尾沢は若林に、次の回から成瀬を投入すると告げた。それしかないのだが、言ってしまってから急に不安になる。怪我での途中交代は初めてなのだ。こうなると急に、先行きが怪しくなってくる。ベンチに残っているのは二人のピッチャーと、ここまで一度も試合に出ていない三宅だけ。実力ではワンランク劣る三宅を途中で試合に投入するのは不安ではあった。大差で勝っているか負けていれば別だが……金属バットの高校野球で、5点差はまだ十分逆転できる範囲だから、諦めるわけにはいかない。

加茂の怪我が影響したわけでもないだろうが、打線はこの回も不調だった。高嶺のピッチャーが乱れて先頭の児島をフォアボールで歩かせたが、二番の本間が送りバントを失敗。辻はファウルで粘ったものの、最後はショートゴロでダブルプレーに終わり、尾沢まで打順が回らなかった。ネクストバッターズサークルからダグアウトに戻り、里田に手伝ってもらって急いでプロテクターをつけている間に、控えの三宅がキャッチャーミットを持って飛び出して行く。ブルペンからは、成瀬がダッシュでマウンドへ向かっていた。加茂と石川が医務室から戻って来る。

「どうだった？」尾沢は食い気味に訊ねた。

「やっぱり突き指です」加茂の表情はそれほど暗くなかった。大袈裟にテーピングはしてあるが……。

「折れてないんだな？」

「それは大丈夫みたいっす」

折れていなければいい、と安心はしたが、ここで勝っても次の試合で投げられるかどうかは分からない。ピッチャーはデリケートな人種で、体のどこかに少しでも痛みがあると、ピッチングに必ず影響が出る。そもそも、右手にグラブをはめられるのか？

「俺も準備するよ」里田が告げる。

「行けるか？」尾沢は思わず訊ねた。

「テーピングは完璧だ」

「頼む」怪我している里田に頼るのは心苦しいのだが、使える手は何でも使わないと。

成瀬は、マウンドに上がるとやはり豹変した。相手を完全に見下し、「打てるものなら打ってみろ」と言わんばかりの態度。尾沢からの返球をもぎ取るようにキャッチし、一々打者を睨みつける。その迫力に気圧されたのか、強打の高嶺打線は、あっさり三者凡退した。

これで流れが変わるかと思ったが、鳥成打線は湿ったままだった。高嶺は、先発完投能力のあるピッチャーを二人揃えた「ダブルエース」体制でここまで勝ち上がってきたが、今日マウンドに上がっているのは、コントロール抜群の変化球投手である。ストライクゾーンに投げる時には、必ず四隅に散らして甘い球は絶対に投げない。ボール球は、明らかに意図してストライクゾーンちあぐねている。ここは自分が突破口を開かないと……この回先頭の尾沢は、とにかく慎重に行こうと決めていたが、フルカウントまで持ちこんだ後、自信たっぷりに見逃したボールをストライクと判定されてしまう。クソ、今のはカットしておくべきだった。今日の主審は、左打者の内角への判定が少し甘い。結局この回も、無得点に終わってしまう。

七回表、成瀬は相変わらず好調で、フォアボールを一つ出しただけで高嶺打線を無得点に抑えた。

七回裏……5点ビハインドで絶体絶命のピンチである。そこで突然、石川がダグアウト前で円陣を組むよう命じた。疲れた表情の選手たちを見回し、突然ユニフォームのボタンを外して前を開ける。アンダーシャツの左胸を指さした。

「成瀬、これは何だ」

「それは……1＋1は無限大」マウンドを降りると急に大人しくなる成瀬が、戸惑いながら答える。

「声が小さい！　児島！」

「1＋1は、無限大！」自棄になったように、児島が怒鳴る。

「これは、里田が考えたキャッチフレーズだ。ダサいけど、俺は最高だと思う。でも今のお前らは、1＋1が2にもなってない。いいか、俺たちはたくさんの人間の思いを背負ってるんじゃないのか？　怪我した仲間、辞めた仲間。成南も鳥屋野も、きつい思いをしてきたじゃないか。だからこそ勝たないと駄目なんだよ。どんなにマイナスを背負っていても勝てる。それを証明するんだ。だからこの回――」

突然、妙に緊張感のあるブラバンの演奏がスタンドから聞こえてきた。バスドラムの重たい音がダグアウト前の空気を揺らす。尾沢は目を細めてスタンドを見上げた。

里美が、小柄な体を一杯に使って指揮を執っている。後ろ向きなので顔は見えないが、それでも演奏に気合いが入っているので、里美が必死になっているのは分かった。

「『ザ・フェニックス』だ」里田がぽつりと言った。

「何だ?」尾沢は知らない曲だった。

「フォール・アウト・ボーイ。俺の好きな曲なんだ」

野球の応援では聴いたことがないタイプの曲だ。そもそも尾沢は音楽に疎《うと》いので、よく分からないのだが……しかし「フェニックス」の意味は「不死鳥」だ。一度死んだ二つのチームも蘇るということか。見ると、うつむいた里田が肩を震わせていた。

「里美、覚えてたんだ」震える声でぼそりと言う。

「何を」

「大事な時には、この曲で応援してくれって頼んだんだよ」

尾沢もぐっときて涙腺が緩むのを感じたが、敢えて「惚気《のろけ》はいいよ」と茶化す。

スタンドに陣取ったブラスバンドの左側で、鳥屋野の応援用の校旗が振られている。去年までは見慣れた光景……しかしあれは、応援部のものだ。大事な試合の応援でしか登場しない、特別なもの。しかもそれだけではない。ブラスバンドを挟んだ反対側では、もう一つの——成南の校旗が振られている。振っているのは、どちらも鳥屋野の応援部員だ。

そして、いつの間にかスタンドに姿を現した坂上が、ブラスバンドの前に陣取り、ピンと背筋を伸ばし、後ろ手に組んでグラウンドを睥睨《へいげい》している。いつもの応援だ。味方の攻撃中も、応援部部長は最前列に陣取り、絶対に動かない――それが鳥屋野応援部の決まりである。

尾沢はダグアウトから少し離れ、坂上に密かに手を振った。坂上が気づいてちらりとこちらを向いたが、反応はそれだけ。何があっても絶対に、応援部部長としての役割――微動だにせず全てを見守る――を果たすつもりのようだった。

「行くぞ！」

尾沢は本能のまま叫んだ。選手たちの声が、それまでとは全然違う。張りのある大声がダグアウト前に響き渡った。

きたぞ。これでチームは本当に一つになる。


先頭打者の本庄が粘って、最後は必死でボールをバットに当て、サードの後ろにぽとりと落ちるヒットを放つ。これがこの試合、三本目のヒットだ。九番の成瀬が、危なっかしいながらも何とか送りバントを決めて、得点圏にランナーを進める。

一番に戻って、打席には児島。気合い十分の様子で、初球から振って出た。痛烈な打球――しかしショート正面だ。尾沢は一瞬「ああ」と声を上げたが、そこで奇跡が起きる。イレギュラーがないはずの人工芝なのに、突然打球が大きくはねたのだ。ショートが慌てて手を伸ばすが、届かない。サードベースコーチに入っていた加茂が、痛めていない左手を大きく回した。本庄が必死に走り、頭からスライディングしてホームイン。これでようやく1点を返した。

打線は、高嶺のお株を奪うように連続して打ち続けた。本間、辻が連続ヒットでさらに1点追加。尾沢は相手ピッチャーに八球投げさせた後、最後はフォアボールを選んだ。これでワンアウト満塁。ここで高嶺はピッチャーを替えてきたが、勢いを殺すことはできず、五番の関川がライト前に渋く運んで、二人のランナーが生還した。

1点差。スタンドの応援がさらに盛り上がる。多くの生徒が足を運んでくれ、三塁側ダグアウトの上は白一色に染まっていた。その中、学ラン姿の坂上は、やはりずっと同じ姿勢を保ち続けている。

俺が帰れば同点だ。しかしそこで、打線は途切れてしまった。六番の久保田、七番の東が連続で三振。明らかに「自分が決めてやる」と気負い過ぎて大振りになっていた。それでも、1点差まできた。必ず追いつける。

八回の表、マウンド上の成瀬はさらにギアを上げた。変化球はなし。ストレートのみのピッチングで高嶺打線を三者凡退に退ける。フォアボールは出しているが、ここまでまだヒットは打たれていない。

残す攻撃は二回。八番の本庄から始まる下位打線だが、八回裏も、本庄のヒットから猛攻が始まったのだ。本庄は小さく構え、的を小さくしている。大柄なピッチャーは、ひどく投げにくそうにしていた。そのせいか、ストレートのフォアボールで歩かせてしまう。さて、ここからどう攻めるか。

気づくと、バットを持った石川がダグアウトを出るところだった。

「何してるんだ、お前」尾沢は慌てて石川の背中に声をかける。

「代打、俺だ」

「この前の話、本気だったのか?」尾沢はダグアウトを飛び出した。「膝、治ってないだろうが」

「一球なら打てる。それに、俺にはゴッドハンドがついてるんだ」

「谷山か?」

石川が嬉しそうにうなずき、「新しい膝に交換したみたいだぜ」と言う。それから成瀬を呼びつけ「ご苦労さん。後は任せろ」と声をかけた。それからダグアウトを振り向いて、若林に「監督、代打です」と叫び、さらに里田に「最後、締めてくれ」と指示した。里田は戸惑った表情を浮かべていたが、すぐにグラブを持ってブルペンへ走って行く。

「石川……」

「俺がこのチームを本当に一つにしてやる」

石川がゆっくりと打席に向かう。膝の骨折は重傷で、今朝まではまだ松葉杖に頼っていたのだ。いくら谷山がテーピングの名人でも、所詮《しょせん》は素人がやっていることだし、テーピングは膝の代わりにはならない。

石川は主審に頭を下げ、二度素振りをしてから左打席に入った。素振りの様子を見た限り、力は衰えていない。走れない分、密かに上半身の筋トレを徹底していたのだろうか。しかしバッティングは全身運動だから、上半身だけをいくら鍛えても何にもならない。

打席に入った石川は、ピタリと静止した。バットが全く動かない。一塁にいる本庄を気にしたピッチャーが、二度続けて牽制したが、その間もまったく動かなかった。まるで石像になってしまったように……。

「出るわよ」美優がぽつりと言った。ずっと野球を観ている人は、打席に立った選手が打つか打たないか、いつの間にか雰囲気で分かるようになるものだ……尾沢も同じ感覚を抱いた。

ピッチャーが初球を投じる。石川が始動した。怪我しているのは踏み出す右足の膝で、痛みで崩れ落ちてしまうかもしれない。しかし石川はしっかり踏ん張り、バットを振り出した。内角だ

――キン、と鋭い音が響いた次の瞬間、尾沢はダグアウトの手すりをつかんで身を乗り出してい

た。

石川はフォロースルーのまま、その場で動かなかった。芸術家が、彫刻から離れて最後の仕上げを確認するような態度。綺麗に弾き返した打球は、高々とライトに上がっている。高嶺のライトが必死にバックして上を見上げた。小さな「ガツン」という音がしたと同時に、ボールがグラウンドに戻ってきた。ライトがボールを拾い上げたが、返球しようとはしない。黄色いポールに当たって跳ね返ってきたのだと分かった。

「よし！」尾沢は思わず両手を突き上げ、隣にいる美優とハイタッチを交わした。ダグアウト内は騒然とし——今まで一度もなかったことだ——選手たちは大声を上げて石川に声援を送っている。本庄は、万歳するように両手を何度も突き上げ、全力疾走で塁を回っていく。

石川が走り出す。しかし、二歩進んだところで止まって崩れ落ちた。尻餅をつくようにへたりこむと、三塁側ダグアウトに向かって両手でバツ印を作ってみせる。今の一打で、また膝をやってしまったのか……尾沢は慌てて、若林に「臨時代走です」と告げる。ルールをよく理解していない若林が戸惑いの表情を見せたが、尾沢はすぐに「東！」と声をかけた。既に状況を把握していた東が、ヘルメットを被って飛び出していく。若林がダグアウトを出て臨時代走を告げると、東が全力疾走でダイヤモンドを一周した。

尾沢と次打者の児島は、石川を助けに行った。石川は、一人では立ち上がることもできない。二人が石川の両腕を引っ張って立たせ、両脇を支えてダグアウトに向かった。石川が苦しそうな表情を浮かべているのが気になったが、すぐに低く笑い始めた。

「一打数一安打一ホームラン、打点2。打率十割。でも得点は0。すげえ最後だよな。こんな感じで高校野球が終わる選手はいないだろう」

尾沢も、気づかぬうちに笑い出していた。石川、お前、最高だよ。

里田は九回表をあっさり三者凡退に切って取り——怪我の影響はないようだった——連合チームは決勝進出を決めた。取材は過熱し、逆転のホームランを打った石川は、十人近くの記者に囲まれた。テレビカメラも回っている。しかしずっと痛そうな表情を浮かべていて辛《つら》そうだったので、尾沢は「治療がありますから、すみません」と謝って取材を終えさせた。

ようやく解放されると、尾沢は駐車場に走った。試合の後、鳥屋野応援部には定番の儀式がある。次の試合の邪魔をしないようにスタンドから駐車場に出て、反省会をするのだ。あれが反省会と言えるかどうかは分からないが……下級生の部員が一人選ばれ、その試合のいいところ、悪いところを馬鹿でかい声で報告させられるのだ。

尾沢が駐車場に駆け出した時には、ちょうど反省会が終わったところだった。坂上が「以上、解散！」と一際大きく声を張り上げ、学ラン姿の部員たちが「オス」と一斉に答える。尾沢には見慣れた光景だった。

尾沢は坂上に近づいたが、坂上が厳しい表情を浮かべているのが気になった。ずっと喧嘩していたから、まだ何かひっかかっているのかもしれない。

「坂上」

呼びかけると、坂上がゆっくりと振り向く。相変わらず厳しい顔だ。ここは、こっちが下手《したて》に出るべきだろう。

「あの……ありがとうな」

「お前に礼を言われる筋合いはない」口調も素《そ》っ気《け》なかった。

「いや、ちゃんと応援してくれたじゃないか。お陰で……」

「応援で勝った負けたを言ってるようじゃ、本物の強さじゃないぜ」

「いや、それは——」

「次、勝たなかったら、殺す」坂上が真顔で言った。「三年連続、決勝で負けなんてみっともないこと、絶対に許さないからな」

尾沢はうなずくことしかできなかった。しかしふと気を取り直し、右手を差し出す。

「握手」

坂上はしばらく尾沢の手を見ていたが、やがて低い声で「断る」と言って、部員たちに再度「解散！」と叫んだ。途端に緊張が解けたように笑いが弾ける。応援していたチームが逆転勝ちして、嬉しくない応援団はいないだろう。一人坂上だけが難しい顔で、大股で歩み去って行った。

「あーあ、ツンデレだね」近づいてきた里美が呆れたように言った。里田も一緒だった。「デレてはいないけど」

「もしかしたらさ、丸山が応援してくれるように頼んでくれたのか？」佐藤池球場で二人が話して——相談しているように見えたのを思い出し、尾沢は訊ねた。

「ブラバンだけの応援じゃ、心配だったから。そもそも応援したことなんかないんだから、やり方も分からないし」

「引き受けたんなら、この試合の最初からやればよかったのに」

「成南の校旗を借り出してくるのに時間がかかったみたいよ。他校の校旗を借りるなんて、普通は無理でしょう？　最後は土下座したみたいだけど」

「マジか」あの男が……いや、坂上ならやりかねない。それにあいつが土下座したら、大抵の相手は言うことを聞くだろう。

「決勝では、最初から一緒にやってくれるよな」

「たぶんね。だから、勝たないと殺すわよ」

坂上と一緒かよ……殺すなんて言葉、簡単に使わないで欲しいんだけど。しかし尾沢が文句を言う前に、里美は笑いながら去って行った。

「足は？」尾沢は取り残された里田に訊ねた。

「大丈夫だ」

短いイニングなら何とかなるか……決勝は、成瀬から里田につないでいくしかない。加茂には無理はさせられない——甲子園を睨めば当然だ。

「ラストだぜ」里田がしみじみと言った。

「ああ」

「まさかここまで来られるとは思わなかったけど」

「自分を信じるな」

「何だって？」里田が目を見開く。

「自分を信じるっていうのはさ、自分の限界はここまでだって思いこむことでもあるだろう？そうしたら、それ以上努力しなくなる。大事な場面になれば、絶対に自分の実力以上の力が出るから」

「お前……こんなところで名言を吐いてどうするんだよ」

里田が声を上げて笑う。つられて尾沢も笑いそうになったが、何とかこらえた。まだだ。笑うのは、明後日勝って、連合チーム初の甲子園行きを決めてからだ。

2

決勝を翌日に控えた二十三日、軽い練習を終えた後、連合チームの選手全員が屋内練習場に集まった。冷房など入っていないから、外より暑いぐらいなのだが、ミーティングには狭い部室よりここの方がいい。

全員が、練習場の中央で車座になって座った。若林が、一人一本ずつのスポーツドリンクを配って歩く。ああいうのは監督の仕事じゃないんだけど……と里田はぼんやり考えた。まあ、今まで監督らしい仕事はほとんどしていない——選手の交代を告げたぐらいだ——から、少しはチームの役に立つことをしようと思っているのかもしれない。この監督も気の毒だよな、と少しだけ同情した。今日は成南の猪狩監督もミーティングに同席している。一人だけ車椅子なのだが、気にもならない。

美優がまとめた海浜のデータが、既に配られている。見ない方がよかったんじゃないか、と里田は後悔した。チーム打率四割一分二厘《りん》。特に三番の清水の打率は六割強、ホームランを三本放っていた。チーム総得点は、ここまで五試合で65点。一試合平均で10点以上叩き出す打線を抑える方法は——それを全員で考えようとしていたのだが、ミーティングは不活発だった。このデータを見たら、何とかしようと考える前に意気消沈してしまうのが普通の感覚だ。

唯一の希望的要素は、成瀬の存在である。大会の途中から突然登場した成瀬に関しては、海浜も十分なデータを持っていないはずだ。慣れるまでには時間がかかるだろう。一回りだけでも抑えてくれれば、あとは俺が——いや、今は自分より成瀬の方が力があるかもしれない。準決勝では一イニングを問題なく抑えたが、長いイニングをずっと同じペースで投げ続ける自信はなかった。

「まあ……しょうがないな」尾沢が話をまとめにかかった。「取り敢えず、向こうのピッチャーの対策をしようか。打線に比べたら投手力は弱いから、こっちにも十分つけ入る隙はある」

「俺がいないから、かなり弱体化してるけどな」石川が明るい声で言った。あのホームランで、自分の高校野球は終わったと確信したのか、あれから重荷を下ろしたようにさっぱりした顔をして、やたらと明るく振る舞っている。膝がそれほど深刻な状態でなかったせいもあるかもしれない。ただし、また松葉杖のお世話になっていた。

「打率十割の男がいないのは痛いな」尾沢は適当に反応した。

「俺がいなくても、何とかなる。１＋１は？　成瀬！」

「あ、ええと、無限大っす」

「よし」石川が満足そうに言った。「ダサい」と言っていた割にこのキャッチフレーズが気に入ってしまったようで、ことあるごとに他の選手に「１＋１は？」と問いかけて答えを強制している。こいつ、こんなに調子のいい奴だったのか、と里田は驚いていた。チームの精神的な支柱としての役割を期待していたのだが、むしろ単なる盛り上げ役だ。まあ確かに、本人も「声出し係」と言っていたが。

「ちょっと……いいかな」若林が遠慮がちに手を上げる。

「何ですか、監督」尾沢が面倒臭そうに言った。

「海浜の清水君だけど、気づいたことがあるんだ」

「監督が、ですか？」

尾沢が疑わし気に若林の顔を見やる。若林は一瞬目を伏せたが、それでも意を決したように話し出した。

「清水君のカウント別の打率なんだけど……3ボールになると打ってない」

「え？」

尾沢が、美優がまとめたシートに目をやる。里田も倣った。確かに……清水は五試合で二十二回、打席に立っている。その中で、ボールが先行してスリーボールノーストライクになったのが六回もあった。どのピッチャーも、用心して臭いところを突いてくるから、このカウントになるのは自然だろう。

そして若林が指摘した通り、清水はこのカウントでは一本もヒットを打っていない。圧倒的にバッター有利なカウントなのだが、フォアボールを選んでもいなかった。手を出し、全て凡打に終わっている。

「佐川……さん」里田は美優に声をかけた。まだ彼女のことを呼び捨てにできるほど親しくない。

「清水の打席を集めたビデオ、なかったっけ」

「あるわよ。この後見てもらうつもりでいたけど、そんな雰囲気じゃなかったから」

「見られる？」

「ＯＫ」

屋内練習場の片隅には大きなモニターがある。美優がそれに自分のパソコンをつないで、選手たちを呼んだ。里田と尾沢が、正面の一番いい場所に陣取って座る。美優が立ったままパソコンを操作した。しかし、いつの間にこんなビデオを編集しているのだろう。映像はどこかから引っ張ってこられるにしても、必要なところだけ抜き出して編集するにはそれなりに時間と技術が必要なはずだ。彼女は、野球関係ではなく映像関係の仕事に就いた方がいいのではないか。

清水の打撃は、それほど大きくないモニターで見ていても、画面から衝撃波が襲ってくるような迫力がある。初登場の二回戦、第一打席。ランナーを一人置いて初球を綺麗に流し打ちすると、レフトフェンスを直撃する一打になった。警戒してレフトが思い切り深く守っていたのと、打球の勢いが強過ぎたせいもあり、清水はセカンドも狙えなかった。

センターバックスクリーンに叩きこんだホームラン。ファーストライナーになるはずが、グラブに弾かれて強襲ヒットになった一打。見ているうちに背筋が寒くなってくる。

しかし、若林が指摘した状況は少し違った。

相手ピッチャーがどうしても逃げてしまい、バットが届かないところへボールを続けて投げてしまうことも何度もあった。そういう時、清水は露骨に嫌そうな表情を見せるのだ。すぐに苛立ち、ボールが二球続くと必ず打席を外してピッチャーを睨みつける。「打たれるのが怖いのか」「勝負しろ」と無言で圧力をかけるようだった。

ビデオの再生が終わると、連合チームナインは全員が黙りこんだ。

「つまり」若林が咳払いしてから言った。「彼はせっかちなのでは?」

里田と尾沢は同時に監督を見た。尾沢が「監督……」と呆れたような感心したような声を出す。

「何で気づいたんですか?」

「いや、座ってるだけだと申し訳ないから」若林が遠慮がちに言った。「昨夜、このビデオを何度も見直して気づいたんだ」

清水との対戦は、必ずボールを先行させてスリーボールまで持ちこむか。さらにそこから一歩踏みこめるかもしれない……里田の中で作戦が固まってきた。

ミーティングが終わると、既に午後七時になっていた。里田は尾沢を誘って一緒に帰ることにした。自転車に乗る分には足首は痛まない。何となくまだ話し足りない感じがして、里田スポーツに寄るよう、尾沢を誘う。尾沢はビデオを見てからずっと何か考えているようで、結局清水の攻め方について結論は出さなかった。

二人は駐車場の片隅に自転車を停めた。傍に飲み物の自販機があるので、一緒にスポーツドリンクを買って飲む。

「フミ、この後どうする?」尾沢が唐突に切り出した。

「この後って?」

「いや、甲子園が終わったら」

「甲子園に行けるって決まったわけじゃないよ」里田は苦笑した。

「行くさ」尾沢があっさり言い切った。「行くつもりがなければ行けないよ」

「まあ……そうだな」

「で、甲子園が終わったらどうする?」

「うーん——まあ、大学かな。まだ決めてないけど」

「いきなりプロはきついか」

「俺が? 引っかからないよ」

「スカウトは来てるみたいだぜ」尾沢がさらりと言った。

「マジか」

「スポーツ紙の人が言ってた。その試合、お前が投げなかったからがっかりしてたそうだけど……明日は観てもらえるな」

「プロが注目するほどじゃないよ」去年の秋に快進撃が始まった後も、里田の意識は変わらなかった。とにかく「まだまだ」。今のレベルでプロで通用するとは思ってもいない。

「まあ、でも、いいピッチングをして勝てば、今後のためにはなる。お前にはプロに行って欲しいんだよ」尾沢が真顔で言った。

「いやいや……」

「勝たないと、印象がよくならない。だから明日は絶対勝つんだけど……そのための作戦、受けるか？」

「何か思いついたのか？」

尾沢が遠慮がちに作戦を打ち明ける。それを聞いて、里田は混乱した。こいつも同じことを考えていたのか……しかしやっぱり、「逃げ」だと思われないだろうか？ それを指摘すると、尾沢がすぐに否定した。

「違う。最後に勝つための前振りなんだ。清水を封じるためにはそれしかない。真っ向勝負だと、お前が勝つ確率は五分五分――それを十割にまで高めたい。そのための作戦はこれしかない」

「叩かれるぞ」ネット上での連合チーム叩きはまだ続いている。「強いチーム同士が組んだんだから卑怯《ひきょう》だ」「連合チームのルールがそもそもおかしい」と、イチャモンの内容が様々な方向に広がりつつある。新聞やテレビが「快進撃」として大きく取り上げていても、ひねくれた見方をする人間はいるようだ。

「叩かれるのは怖いか？」尾沢が挑みかかるように訊ねる。

「怖いよ」里田は認めた。自分でも考えていた作戦だが、やはり大胆過ぎる。「少なくともいい気分じゃない」

「そうか……でも、ネットの評判なんか、見なけりゃ何でもないよ。文句を言ってる人に、いきなり刺されるわけでもないし」

「そうかねえ」

「皆一緒だから。石川のお陰で、やっと一つのチームになれたし……あのさ、一つ聞いていいか？」

「何だ？」

「あいつ、あんな熱血馬鹿だったのか？」

一瞬虚を衝《つ》かれた感じがして黙ってしまったが、次の瞬間には里田は笑い出していた。

「熱血馬鹿……じゃないよ。どっちかというと冷静なキャプテンだ。少なくとも俺は、ずっとそう思ってた」

「そんな奴が、自分の膝を賭けて打席に立つか？」

「そうか。あいつ、馬鹿だったのか」里田は納得してうなずいた。

「二年以上バッテリーを組んでて、分からなかったのか」

「あいつは、事故の後で変わったと思う。プレーできない状況で何ができるか、ずっと考えてたんだろうな」

「勝つために。たぶん、俺たち以上に」

「そうだ」里田はもう一度うなずいた。「連合チームを組んで予選に出たら、まあ、それだけで記念にはなったと思う。でも石川は、本気で勝ちに行こうとしてたんだ」

「もちろん、俺もだよ」尾沢がさらりと言った。「連合チームの在り方に一石を投じるとか、そんな高尚なことを考えてたわけじゃない。でも、試合をやるからには勝ちたいじゃないか。記念だけで試合をやるなんて、俺は納得できない」

「ああ」それは里田も認めざるを得ない。

「勝ちに行く。そのためには、少し邪道かもしれないけど、この手しかないんだ。お前は嫌かもしれないけど」

「やるよ」もう引き返せないと里田は覚悟した。それに、自分でも考えていたことだ。「要するに心理戦だな」

「ああ。そして、最後を締めて勝てば、絶対に叩かれない。それで、俺がマスコミにきっちり作戦の意図を説明するよ」

「お前、完全に勝つ前提で話してるよな」

「当たり前だ」尾沢が胸を張った。「負けるかもしれないと思って試合する奴は、絶対負けるんだよ。百パーセント勝つと考えていない人間には、最初から試合する権利もないんじゃないかな」


自宅へ戻って食事を済ませ、里田は今日は早く寝ようと決めた。十時過ぎにはベッドに入ったのだが、さすがにあまりにも早過ぎて眠れない。充電していたスマートフォンのケーブルを外し、里美に電話をかけた。普段はＬＩＮＥで確認してから電話をかけるのだが、今日はその手間がもったいない。

「悪い、寝てた？」

「ううん、明日の練習中」里美がさらりと言った。

「いろいろやってくれたんだな。鳥屋野の応援部部長……坂上をよく説得できたな」

「ああいう人は、単純なのよ」電話の向こうで里美が笑う。「本当は、応援したくてたまらなかったんだと思うわ。でも、いろいろな人に気を遣って、できなかった」

「ああ……野球部を辞めた奴とか」里田は一人うなずいた。

「難しいわよね。辞めた人だって、野球に対する未練はあるはずよね。それでも、連合チームができちゃったから、戻れなくなった……皆、結構悩んでいたみたい。でも、トモさんには相談できないでしょう?」

それはそうだ。連合チームのキャプテンを務める男に「チームに戻りたい」と持ちかけることはできないだろう。

「それで、坂上君に相談してたんだって。鳥屋野の応援部って、何だかすごい権力を持ってるみたいよ」

「そうなんだ」

「だから坂上君も、他の運動部の面倒を見る義務があるとか思ってるみたい。私にはよく分からないけど、そういう感覚、あるのかな」

「あるかもしれない」

「そうか……坂上君は、余計なことはしないようにって抑えてたみたい。そういう相談を受けている中で、いろいろ考えたんでしょう。鳥屋野単独チームで出るわけじゃないから応援できないって、最初に言ってしまって、後に引けなくなったみたい。でもずっと、応援したいと思ってはいた」

「それを君が引き出した」

「誰かが頼めば、言い訳になるじゃない」

「さすが」昔から里美は「お願い」が上手かった。

「これは、奢りかなあ」里美が嬉しそうに言った。

「トモに言っておくよ。金を出すならあいつだな」

「まあね」

「――それと、明日は『ザ・フェニックス』はいいかな」

「ええ？　あれ、結構必死に練習したんだよ。アレンジも難しかったし」里美が抗議した。

「分かるけど、もううちのチームには合わないんだ」

「どうして」

「不死鳥っていうか……もう蘇ったから。あるいはまったく新しいチームになったから」

「そっか」里美はあっさり納得した。「じゃあ、『ザ・フェニックス』は、成南のブラバンにとって幻の名曲ということで」

「どこかの大会で披露すればいいじゃないか」

「ポップ・パンクの曲で大会に出るなんて、ないわ。審査員がひっくり返るわよ」里美が笑いながら言った。

「そっか……悪いな、遅くに」

「遅くないわよ。明日の準備してたし。フミさんは、もう寝ないと駄目よ。明日、投げるんでしょう？」

「たぶんね」そのピッチングが、自分にとってどういう意味を持つか、未だによく分からないのだが。

3

晴れた。

朝起きて窓の外を見た瞬間、尾沢はすっきりした気持ちになった。気温がぐっと上がりそうなのが嫌だが——最高気温は三十三度の予報だった——条件は海浜も同じだ。

午後一時からの決勝戦を前に、鳥成ナインは十一時にハードオフエコスタジアムに入った。駐車場から正面入り口に向かう時、一瞬立ち止まってエントランス広場を眺める。ここはやたらと広く、尾沢は見る度に、なんて無駄な空間なのかと思う。しかし今日はさすがに人が多いので、いつもほど広い感じはしない。ユニフォームを着た少年野球チームが揃っているのを見て、ふいに懐かしい気分になった。尾沢も小学生の頃、自分たちの練習後に、高校野球の試合を観に来たことがある。

今日は自分たちの試合しかないので、ロッカールームも自由に使える。プロの試合も行われるこの球場のロッカールームはかなり立派で、ロッカーは一人ずつに区切られ、座面はクッションも効いていて、ゆったりと準備ができる。それに部屋自体が広く、何だか気持ちにも余裕ができる——そもそも鳥成は人が少ないわけで、どこの球場のロッカールームでもスペースが余るのだが。

一時から試合開始なので、早めに昼食を摂ってから練習に入ることになっていた。腹が減っては戦《いくさ》ができないが、腹一杯食べてしまっても動けなくなる。こういう時の尾沢の昼飯は決まっていて、卵のサンドウィッチとバナナ一本だ。すぐにエネルギーになり、それなりに腹持ちもいい。

隣では、里田が握り飯を食べていた。

「それ、丸山お手製とか？」

「里美は料理なんかしないよ」里田が苦笑した。「今日は朝からブラバンの打ち合わせをしてるんじゃないかな。たぶん、そっちの応援部とも話してる」

「そっちの、じゃない。俺たちの、だ」尾沢は訂正した。

「ああ、そうか」里田がうなずく。「だけどこんなの、前代未聞じゃないかな。連合チームが県大会の決勝まで行くなんて、日本中で今まで一度もなかっただろう」

「野球部の人口、減ってるって言うよな」

「野球部だけじゃないよ。子どもの数が減ってるんだから、スポーツ人口そのものがマイナスだ」

「だからこれから、連合チームももっと増えてくるかもしれない」尾沢は話を合わせた。「だから って、俺は何かの見本になりたいわけじゃないけど……うちが貴重な例外かもな。これから、県大会の決勝まで行くような連合チームは二度と出てこないかもな。それとも、来年も鳥成で一緒に出てたりして」

「それはない」里田が即座に否定した。「来年は別のチームだ。後輩たちが決勝で戦う方が面白い。去年の連合チームが二つに分かれて対決」

「おお……」尾沢は目を見開いた。「それはすげえ。スポーツ紙が大喜びしそうだ」

「テレビ局が、ドキュメンタリーの特番を作るかもな」

「その頃、俺たち何をしてるかな」

「さあな」里田が首を傾げる。「そんな先のこと、どうでもいいじゃないか。今日のことだけ考えてれば」

「そいつは俺が言わなくちゃいけないことだよな」尾沢は膝を叩いて立ち上がり、全員に声をかけた。「飯、終わったか？」

おう、と声が上がった。選手全員の顔を見回してから、尾沢が若林に視線を向けた。

「監督、先発メンバーの発表、お願いします」

メンバー発表だけは、毎回若林に任せていた。監督として、せめてこれぐらいの仕事は……と思っていたのだが、今は少しだけ見直している。昨日、清水の癖というか傾向に気づいてくれたのは大きかった。通用するかどうかはともかく、作戦は立てられたのだから。

「一番、サード児島。二番、ライト本間。三番、センター辻」

若林が淡々とポジションと名前を呼び上げる。結局初戦から、ピッチャー以外のポジションと打順は不動だった。

「——九番、ピッチャー里田」

「よし！」尾沢は両手を叩き合わせて立ち上がった。「今日の最大のポイントは、清水をどう抑えるかだ。そのために、決めた作戦を徹底しよう。一歩間違えたら大怪我するかもしれないけど、そこはギャンブルだ。ギャンブルしないと勝てない試合もある。今日がまさにそうなんだ」

全員が十分納得しているようで、質問も反論もなし。納得してうなずき、尾沢は石川に話を振った。

「石川、何か一言言ってくれ」

石川が、松葉杖でロッカールームの床をガツンと叩いた。

「勝つ！　以上！」

笑いと気合いの声が同時に上がる。しかし「以上」で締めたはずの石川はさらに言葉を継いだ。

「俺は、甲子園での試合には出られない。監督もまだ車椅子だ。他の選手も今、必死にリハビリをしている。でも全員、甲子園には行ける。それに鳥屋野にも、甲子園に行きたい人間はいっぱいいるだろう――辞めた選手とかも」

尾沢は無言でうなずいた。かつてのチームメートが現地で応援してくれるなら、万々歳だ。辞めた選手と残った選手の関係はぎくしゃくしたままだが、これを機会に関係を改善できるかもしれない。

「お前たちには――いや、俺たちには、他の人間を甲子園に連れて行く義務があるんだ。そのために、勝つ！」

ミーティングが終わり、尾沢は石川をからかった。

「何が以上、だよ。以上の後の方が長いじゃねえか」

「だって俺、試合に出られないんだぜ」石川が肩をすくめる。「気合い入れぐらい、好きなだけやらせてくれ」

「だけど、喋りは下手だねえ」

「駄目か？」

「いや、喋り方が下手なだけで、結構染みたわ」

「そうか」石川が満足そうな笑みを浮かべ、松葉杖の音を響かせながら去って行った。

次いで尾沢は、里田に怪我の具合を確認した。

「大丈夫だ」里田が静かな口調で言ってうなずく。「テーピングは完璧だよ。谷山、治療院でも開かないかな。あいつなら信頼して任せられる」

「谷山は東大志望だぜ」

「マジか」里田が目を見開く。

「東大出て整体の仕事をしてもいいけど、ちょっともったいなくね？」

「だな」里田がもう一度うなずいた。

「今日はどういう状況になるか、まだ想像もできない。何が起きても対応できるように準備してくれよ」

「分かってるって……行くか」

二人はできるだけそっと拳を合わせた。エースの手を痛めたら大問題だ。ここまであれこれ手を使って勝ち上がってきたが、最後は里田の出来が試合を決める。


海浜は今日、清水を四番に入れてきた。準決勝までの全試合で三番だったのに……ここで変えることに何か意味があるのかと尾沢は疑心暗鬼になったが、あまり深く考えないことにした。打順は重要なポイントだが、必ずしも攻撃側の狙い通りに行くとは限らない。いや、行かない方が多い。まずは、初回をきっちり抑えることだ。清水の前にランナーを出さないのも肝心だ——そうやって、こちらに余計なことを考えさせるのも、海浜の狙いかもしれないし。

試合は静かな立ち上がりになった。里田は右足への負担を少しでも減らそうと、今日はセットポジションから投げている。事故の直後、合同練習を開始した時と似た立ち投げだが、それでも球威は十分だった。

基本は「最初から飛ばす」。清水以外の選手は、里田の今の力で圧倒できるというのが美優の分析だった。

その通りに、里田は一回表の海浜の攻撃を三者凡退に終わらせた。球数はわずかに八球。際どいコースに、つい手を出したくなるボールを投げこみ、海浜のバッターを凡打に打ち取る。

海浜の先発は、エースの嶋岡《しまおか》。準決勝では投げず、満を持しての決勝での登板だった。去年は背番号「11」を背負い、県予選では三試合に登板、甲子園デビューも果たしていた。新チームになってからはエースナンバーの「1」をもらい、それを裏切らないピッチングを続けている。マックス百四十キロ台中盤のストレートに変化の大きなカーブ、それにストレートとさほどスピードの変わらないスプリットが決め球だ。三振で決めたい時には、落差の大きいこの球を投げこんでくる。

とにかく球数を多く投げさせようと、事前に打ち合わせていた。それはきっちり実行され、一番の児島はフルカウントからさらにファウルで二球粘った末にファーストのファウルフライに倒れた。本間もきっちりボールを見て、際どい球はカットし、八球投げさせた後にフォアボールを選ぶ。しかし三番の辻は、ツーストライクと追いこまれた後にショートゴロを打たされてしまい、ダブルプレーでこの回の鳥成の攻撃は終わった。

先制点が欲しかったところだが、終わってしまったものはしょうがない。尾沢は気を引き締めながらプロテクターをつけた。次の回は自分から。何とか出塁してチャンスを作ろう。

その前に、まず清水との最初の対決だ。今日の試合で四番に座った意味を何とか探り出そうとしたが、どうしてもピンとこない。先程の攻撃の時も、一塁の守備についた清水の様子を観察していたのだが、特に変わった様子はなかった。怪我かとも思ったが、怪我しているのにわざわざ打順を三番から四番に変える意味は思いつかない。

とにかく、予定通り奴を苛々させよう。左打席に入った清水に対して、尾沢は最初から外角に構えた。初球、里田のスライダーが大きく外れる。里田は右腕を上げ、ブラブラと振って見せた。ちょっと引っかかり過ぎた――の演技。

二球目も同じように外角低目。三球目は一転して内角に投げさせたが、これも膝下、ワンバウンドしそうなストレートだった。

そこで尾沢は、早くも異変に気づいた。それまで微動だにしなかった清水が、右手で盛んにユニフォームの左肩を引っ張っている。まるでユニフォームのサイズが合わないのを気にしているようだった。さらに、足場をしつこく掘って固める。

明らかに苛立っている。さて、これで打ち取れる可能性が高くなってきた……だからといって、無理に勝負するつもりはない。尾沢はチェンジアップを要求した。またも外角、それも敢えてワンバウンドになるように狙ったボールだ。予定通りショートバウンドしたのを、尾沢は何とか押さえた。

清水が一塁へ歩き始めたが、明らかにふてくされた様子だった。打ちたくてしょうがないのに、肩透かしを食った感じ。

マウンドでボールを受け取った里田が、素早くうなずく。尾沢は立ち上がったまま、「ランナー、ファースト！」と怒鳴った。さあ、ここからだ。今の実質的な敬遠の狙いは清水を苛つかせることだが、神経戦は始まったばかりだ。ブチ切れて、打席で暴れるぐらいまで怒らせてやる。

尾沢はホームプレートの後ろに座った瞬間、サインを出した。これは里田用ではない。内野守備を統率する本庄へ向けたサインだ。清水への第二の苛々作戦開始。

ノーアウト一塁。チーム打率四割を超える強打で勝ち上がってきた海浜だが、序盤でこの状況になると百パーセント送ってくる。バントのサインが出ないのは、清水だけだ。

五番の岸《きし》は、バントの構えを見せない。しかし里田が投球に入ると、すぐに低く構えてバットを水平に出した。同時にサードの児島とファーストの関川がダッシュする。それを見て岸が素早くバットを引いた。里田の投球は、外角高目に大きく外れるストレート。尾沢は素早く立ち上がり、キャッチしたボールをファーストに送球した。誰もいないはずのそこには、セカンドの本庄が素早くカバーに入っている。走りながらボールをキャッチした本庄は、慌てて頭から戻った清水の指先に素早くタッチした。

一塁側スタンドで歓声が爆発する。坂上がリードして、「本庄」コールが沸き上がった。おいおい、今のは俺を褒めてくれないと……尾沢は苦笑した。

立ち上がった清水が、全力疾走で三塁側ダグアウトに戻る。途中、尾沢をちらりと見て、凄まじい形相を浮かべた。コケにしやがって——とでも言いたげな表情。尾沢はすぐに目を逸らしたが、内心では第一段階終了、とほっとしていた。人間を簡単に操れるものではないが、それでも追いこむことはできる。

これで清水は、棺桶《かんおけ》に片足を突っこんだ。

今日の里田の調子は、決してベストではなかった。清水を引っかけて無事にワンアウトをとったものの、続く岸、神谷《かみや》に連続ヒットを浴びて、ワンアウト一、三塁。スクイズが来る、と尾沢は読んだ。これまでの五試合、海浜は一回しかスクイズをしていないが、今日は決勝だ。確実に先制点を狙ってくるだろう。

七番の竹下《たけした》が右打席に入って、何度もダグアウトに視線をやる。尾沢はセオリー通りにいかせた。初球を、内角高目に外したストレート。竹下がのけぞったが、打席を外すほどではない。まずいな……今日の里田は、やはりストレートが走っていない。スコアボードのスピードガン表示では百四十六キロと出ているものの、今の一球には伸びがなかった。好調な時の里田なら、今の内角球は、バッターに食いついていくように見える。

尾沢は内野に前進守備を指示した。何球目で来るか……二球目に来た。しかし内角のストレートがバットの根元に当たり、小フライになってしまう。スタートダッシュよく里田がマウンドを駆け下りたが、尾沢は咄嗟《とっさ》に「取るな！」と叫んだ。加茂が打球に無理に飛びこんで、右手の人差し指を傷めた記憶が鮮明である。今ここで、里田に怪我させるわけにはいかない。

里田が鋭く反応して、歩調を緩める。打球は三塁線の内側でワンバウンドして、そのままファウルグラウンドに転がった。尾沢は里田に人差し指を向ける。無理するな——意図を理解したのか、里田がさっとうなずいた。

三球目、一転して外角を要求する。ここは大きなスライダーだ。竹下が体を放り投げるようにバットを出したが、ボールはその下をかいくぐり、ワンバウンドする。尾沢は必死に身を投げ出してボールを止めた。サードランナーの岸がハーフウェイから戻ろうとするのを見て、サードに送球する振りをして牽制する。

ツーストライクか……ここでヒッティングに切り替えてくる確率と、しつこくスリーバントで攻めてくる確率は五分五分だ。こういう時のデータがあるといいのだが、これまであまりないシチュエーションのはずで、美優もデータを取れていないだろう。ちらりとダグアウトを見ると、美優が両手の人差し指で小さなバツ印を作る。その横では、石川と若林がそれぞれ、サインらしき動きをしていた。守備に集中してるんだから、余計なことするなよ、と尾沢は少しむっとした。攻撃中にやれば、相手を混乱させられるかもしれないが。

集中、集中。ここはどうしても三振が欲しい。あるいは内野ゴロゲッツーで、このイニングを終わらせたい。尾沢は三振狙いにいった。こういう時一番有効なのはチェンジアップだ。ワンバウンドさせるぐらいのつもりで投げてこい——尾沢は両手を広げて何度か下げ、「低く、低く」と指示した。

低過ぎた。ワンバウンドぎりぎりのボールが理想だったのだが、変化が大き過ぎる。竹下はバントの構えから一転して打って出たが、空振り。わずかにバウンドしたボールは、尾沢が差し出したミットの脇をゴロになってすり抜けていく。ヤバイ——尾沢は慌てて振り向き、ボールを追った。広いバックネット前の空間に、ボールが力なく転がっていく。猛然とダッシュし、右手でボールを摑んで振り向いた時には、サードランナーの岸はもうホームイン寸前だった。里田が反応してグラブを差し出していたが、間に合わない。

ファーストランナーの神谷も二塁に進んでいた。ツーアウト二塁……クソ、この1点は痛過ぎる。

尾沢は里田に直接ボールを手渡し、「悪い」と謝った。今のボールは、自分がちゃんと止めなければならなかった。

「落ち過ぎたな」

里田が落ち着いているのでほっとする。すぐに頭に血が昇るタイプではないが、今日の一戦は特別だ。そんな中、いつもと同じような精神状態でいてくれるのはありがたい。ここは自分も落ち着かないと。

「あれが清水の弟か」里田がネクストバッターズサークルを見やった。

これが不気味な要素である。清水の弟・孝也《たかや》は、この大会、一度も先発していない。終盤の守備固めで二度、代打で一度出場しただけで、その打席でも凡打に倒れていたはずだ。しかしその体からは大変な圧が感じられる。清水は身長百九十センチ近く、しかも筋トレで体を大きく膨らませて威圧感のある体つきをしているのだが、弟の方もそれに劣らぬ堂々たる体格である。軽々とバットを振り回す様子を見た限り、パワーも兄と同等と見た。

「遠めで勝負しよう。ここは慎重にいった方がいい」

「了解」里田がうなずき、マウンドに走って戻る。

清水とは逆に、弟の方は右打ちだった。遠いところで勝負とはいえ、その前に一度、内角に投げて様子を見よう。しかし孝也はまったく動じることなく見逃した。スピードの乗った一球が、内角低目、膝下を抉る。初球にストレートのサインを出す。まるでここへ投げてくることは分かっていて、打っても凡打になることが予想できている感じだった。ボールもよく見えているようだ。次はどうするか……ストライクが先行したから、ここは一球遊んでみようと尾沢は決心した。

久しく投げさせていなかったツーシームを要求する。マウンド上の里田が、一瞬怪訝そうな表情を浮かべたが、首を横には振らなかった。試合では封印していたが、練習はずっと続けていたのである。

里田は、通常のストレートとまったく変わらないフォームで次の一球を投じた。上手くいけば、右打者の内角にぐっと食いこむボールになり、バッターの腰は引けてしまう。

しかし孝也はまったく動じなかった。そしてツーシームの変化が甘い。ほぼ、内角へのストレートになってしまう。孝也はバットを振り出した。軽くバットを合わせただけで、綺麗に引っ張る。打球音は軽かったが、緩いライナーになった打球が、測ったようにサードの頭上を超えてレフト線に転がっていく。二塁から神谷が一気にホームインした。一塁に立った孝也は、ダグアウトを見て、軽く右手を上げて見せる。

あの野郎……コンタクト能力は兄貴以上かもしれない。しかも無理に遠くへ飛ばそうとせず、状況に応じたバッティングができる器用さもある。要注意のバッターが一人増えてしまった。


鳥成は、二回裏に尾沢にチーム初ヒットが出たが、後が続かない。海浜の先発・嶋岡のピッチングに完全にかわされていた。これまで対戦してきたピッチャーとは、明らかにレベルが違う。三回裏まで終わって、スコアは0－2。今のところ、嶋岡を攻略する有効な手はない。美優は必死に観察を続けているが、アドバイスは出なかった。

ここまで「いけ」「しっかりやれ」と抽象的な声援しか飛ばしてこなかった石川が、尾沢と里田に声をかけてきた。

「次の回、清水からだ」

「分かってるよ」尾沢は答えた。

「里田、きつくないか」

一瞬迷った末、里田が「いや」と否定する。

「すまん。耐えてくれ」石川が頭を下げた。

「お前が頭を下げることじゃねえよ」尾沢は言った。「皆で決めたんだから」

「とにかく、頼む」石川がまた頭を下げる。

尾沢と里田は並んでダグアウトを出た。「石川、急にどうしたのかね」と里田が首を捻る。

「この状況じゃ、気合いも入れられないし、アドバイスもできない……あれぐらいしか言えないんだろう」

「打たないとな」

「その前に清水だ」

里田がうなずき、マウンドへ向かう。気持ちの整理はできているだろうか、と尾沢は少し心配になった。いくら皆で決めた作戦とはいえ、里田には新潟屈指のピッチャーという自負があるだろう。それにどんなピッチャーでも、逃げずに勝負したい、バッターをねじ伏せたいというのが本能だ。しかしここは、際どい勝負もできない。清水はストライクゾーンが広いバッターで、多少コースを外れても、バットが届くところなら強引に振ってヒットにしてしまう。

ここは、ツーシームの実戦練習にしよう。尾沢は三球続けて、外角へツーシームを要求した。スピードは乗っているが、三球とも外角へ大きく外れたボールになる。

清水が一瞬打席を外し、尾沢の顔をちらりと見た。目が合った瞬間、完全に怒っているのが分かる。よし、引っかかった。今のところ作戦は上手くいっている。そうなると、一球ストライクを入れて様子を見たくなるが、尾沢はあくまで最初の作戦通りにいくことにした。またも外角、そして高目、大きく変化するスライダー。尾沢が立ち上がって押さえねばならないほどだった。

清水がバットを置き、ゆっくりと一塁へ向かって歩き出す。途中、マウンドの里田に目を向けた。間違いなく、睨みつけている。これも予定通り——俺たちは確実に、清水を精神的に追いこんでいる。

しかしピッチアウトは、さすがに二度は使えない。今度はひたすらバッター勝負だ。五番の岸もミートの上手いバッターだから、慎重にいこう。

岸が初球に手を出した。ショートゴロ。三遊間の当たりに児島が追いつく。打球が強いので、ダブルプレーも狙える——児島は、セカンドの本庄に速いボールを送ったものの、送球が少しだけ一塁側に逸れてしまう。本庄が、ジャンプしながらボールをキャッチし、そのままベースを踏んだ。ちょうどそこへ、清水が滑りこんでくる。二人が交錯し、本庄はそのままグラウンドに倒れこんだ。

今のは、狙ってやったんじゃないか？

尾沢は思わず、一歩を踏み出した。いや、今時わざと危険なスライディングをやる奴なんかいない。清水は、間に合うかもしれないと、必死だっただけなのだ。その証拠に、本庄に手を貸して立たせている。

本庄が、二度、三度と右足のアキレス腱を伸ばした。それからセカンドベースの周りをゆっくりと歩く。特に足を引きずっている感じでもなく、このままプレーを続けられそうだった。

尾沢は人差し指を立てて、「ワンアウト」をアピールした。清水は何食わぬ顔で、三塁側ダグアウトに走って戻っている。一瞬流れた険悪な雰囲気にも、里田はまったく動じなかった。神谷を三振、竹下をファーストのファウルフライに仕留め、海浜に動く隙を与えなかった。

ダグアウトに戻ると、尾沢はすぐに本庄に声をかけた。

「怪我してないか？」

「大丈夫っす」本庄が言ったが、顔色がよくない。

「ちょっと見せてみろ」

本庄がベンチに座りこみ、ストッキングを下ろす。右足首から血が流れ出ているのが分かり、尾沢は動転した。結構な怪我じゃないか……。

「医務室へ行けよ」

「大丈夫です。切れただけなんで」

「いや、それがヤバイんじゃないか」

「ラグビー部の連中だったら、これぐらいで怪我なんて言いませんよ」

「一緒にするな。俺たちは、あんな野蛮な連中とは違う」

「平気ですって」

「とにかくちゃんと止血しておけ」石川が割って入った。「怪我を舐めると、後で痛い目に遭うぞ」

「……はい」

石川が言うと、本庄は素直に従う。実際に大怪我した人間の言葉は違う、ということかもしれない。

若林が、主審に「治療中」を告げに言った。すぐに「連合チーム本庄君、怪我の治療のため、試合は中断します」と場内アナウンスが流れる。

尾沢は医務室に様子を見に行った。スパイクされて切れただけのようで、痛みさえ我慢すればプレーに支障はなさそうだ。この回、本庄にも打席が回ってくる。

「本庄、この回は無理しなくていいからな。三回バットを振って戻って来い」

「冗談じゃないっす」本庄が本気で抵抗した。「まだ無得点なんすよ？　そろそろ何とかしないと、里田さんのプレッシャーが……」

「あいつは、2点ビハインドぐらいでプレッシャーを受けるタイプじゃないさ。とにかくうちは、一人でも欠けたらまずいんだ」

「……オス」

「さっきのスライディング、清水はわざとやったんじゃないだろうな」

「分かんないっす。後ろから来たから」

「そうか」

わざとかもしれないし、そうではないかもしれない。そう思わせるのも清水の作戦なのか……こちらを疑心暗鬼にさせることで、試合の主導権を握ろうとしているのではないだろうか。清水にそんな細かいことができるとは思えなかったが、ベンチの指示だった可能性もある。いや、海浜の監督も、そんな乱暴な指示を出すはずがない——あれこれ考えてしまっているのは、俺が既に奴らに操られている証拠だな、と尾沢は首を横に振った。

本庄を連れてダグアウトに戻ると、美優を中心に輪ができていた。嶋岡攻略の端緒《たんしょ》を摑んだのか？　しかし話しているのは若林である。まさかここで、「本庄をカバーして皆で戦おう」と精神論でもぶち上げているのか？　今、そんなことを言われても……。

美優が「間違いないんですか？」と食い下がる。「私は気づきませんでしたけど」

「いや、確かに……」若林の声には自信がなかったが、それでも石川がフォローした。

「ここまでまったく何もできてないんだから、やってみる価値はある」

「よし、それでいこう」里田も同調した。「佐川さんは、そこに注目して観察してた？　ちゃんと見れば、はっきりするんじゃないかな」

「ちゃんと見てるわよ」

美優が見つけられなかった「何か」を監督の若林が発見したのか？　野球の素人が、試合中に相手の癖を見抜くなど、まずありえないのに。尾沢は若林の横に座り、「何が分かったんですか」と訊ねた。

「海浜の嶋岡君だけどね……一球ごとに必ずベンチを見てるんだ」

「マジですか?」尾沢はまったく気づかなかった。

「それで、あのスプリットなんだけど、投げる時には絶対、ダグアウトに向かってうなずきかけるんだよ」

「間違いないんですか?」

「記録してたわけじゃないから……」若林が急に及び腰になった。「見た限りで、だよ」

本庄は、ネクストバッターズサークルに向かわず、二人の会話を聞いていた。会話が途切れた瞬間、何かを納得したようにうなずいてネクストバッターズサークルに向かう。

「佐川、今のどう思う」尾沢は美優に意見を求めた。

「さあ」美優は露骨に不機嫌だった。観察のプロである自分が気づけなかったことを、野球に関しては素人の若林に見抜かれたのが、本気で悔しいのだろう。

打席に入った七番の東は、慎重に粘った。尾沢も一球ごとにマウンド上の嶋岡を観察する。フルカウントからの六球目、嶋岡の首がかすかに縦に動く。ここからスプリットか? 東は自信を持ってボールを見送った。ストライクゾーンからボールになるコースを狙ったのだろうが、低過ぎる——フォアボールだ。

尾沢は横を向いて、若林の顔をまじまじと見た。

「監督……」

「何だい?」若林の顔には不安の色がある。

「マジで、全然野球やったことないんですか?」

「ないよ」

「あの……もしかしたらすごい人なんですか?」

若林は苦笑するだけだった。素人監督に二回も助けられた、と考えると妙な気分になる。

嶋岡のスプリットは、スピードが乗っている上に変化も大きい。ついストレートかと勘違いしてバットを出すと、実際はほとんどがワンバウンドしそうな低目に来る。見逃せばボールになる可能性が高い。

「よし！」尾沢は声を張り上げた。「今のでいいぞ！」

それから石川の隣に移動する。本庄がゆっくりと打席に向かうのが、視界の片隅に入った。足を引きずってはいないから、怪我は大したことはないだろう。

「送るか？」

「いや、もっと積極的にいこう」石川が真顔で言った。「とにかくここで1点欲しいんだ」

「それならバントで――」

「バントをきっかけで1点取られるのは、向こうも想定内だろう。そうじゃないパターンで失点した方が、精神的なダメージが大きくなる」

石川が無言でサインを送った。バントからのバスター。何球目にやるかは、バッターとランナーに任せる。

本庄は、最初からバントの構えをした。しかし初球はバットを引き、ストライクになったカーブを見送る。ここは嶋岡も、ストレートを投げにくいだろう。ランナーに走られないように警戒してストレートを投げれば、痛打される確率は高まる。変化球の方がバントもしにくいから、変化球攻めでくる可能性が高い。

二球目。セットポジションに入った嶋岡の首が縦に動く。よし、ここは見送りだ。一塁にいる東のリードは大きくはない。しかし嶋岡が始動した瞬間、スタートを切った。本庄はバントの構えからまたバットを引く。スプリット——見送るとボールはワンバウンドになり、キャッチャーは押さえるので精一杯だった。東は滑りこまずに、楽々二塁に達する。ダグアウトに向かって拳を振り上げて見せると、一塁側スタンドで声援が一気に大きくなった。ブラスバンドは、『狙いうち』を一糸乱れぬ演奏で続けている。この曲、どこでも定番だよな……ノーアウト二塁という大チャンスには相応しい曲だ。

本庄が一度打席を外し、ダグアウトをちらりと見た。若林と石川が、忙しく手を動かしている。本当のサインを出しているのは石川で、「変更なし」。これで、海浜ベンチはどれぐらい混乱しているだろう。

本庄がまた低く構えてバットを寝かせる。嶋岡の読みはバントだろう。しかし本庄は、スッとバットを引くと、コンパクトなスウィングで当てに行った。外角のスライダーに食いつき、一、二塁間を渋く抜く。サードベースコーチの三宅が、思い切り右腕を回した。それほど足が速くない東が必死に走り、ヘッドスライディング。ライトからの返球はワンバウンドのストライクだったが、主審は大きく両手を二度広げた。スタンドで爆発するような歓声が上がる。同時にダグアウトでも……ほとんどの選手が立ち上がり、手すりに身を預けていたのだが、万歳したりハイタッチを交わしたりと大騒ぎになった。帰って来た東をさらにハイタッチで出迎える。

こんな雰囲気、今まではなかった。違うユニフォームを着た選手同士が、長年一緒に練習してきたチームのように一つになっている。いや……無理に一つだと考える必要もないのかもしれない。プロ野球のオールスターチームだって国際大会の日本代表だって、十二球団の選手が特別に集まって試合をするじゃないか。

ここは一気に攻めたい。しかし里田が、スライダーを引っかけてしまった。セカンドゴロ。足を怪我している本庄が、それでも必死に二塁に滑りこんだが、あっさりダブルプレーが成立する。

打順は一番に戻って児島。ノーボールツーストライクからスプリットがくるのに気づき、バットを振らなかったが、たまたま少し高く、ストライクゾーンの中で変化した。児島が天を仰ぎ、困ったような笑みを浮かべる。スプリットを見逃すのはいい作戦だが、あんな風にストライクに入ってしまったらどうしようもない。今のは振っていくべきだった。

それでも1点差に詰め寄った。試合はまだ中盤。勝てるチャンスは十分ある、と尾沢は自分を奮い立たせた。

4

海浜打線を舐めてはいけない。

どうしても清水が注目されがちだが、チーム打率が四割を超える打線は、どこからでもヒットが出る。

五回、里田は先頭の清水弟に打たれた。警戒してはいたのだが、ストレートに力が入りきらない。内角低目のストレートを、器用に腕を折り畳んでライト線に流し打ちされた。ツーベース。

九番の嶋岡が確実に送り、ワンアウト三塁になった。そこで鳥成ダグアウトが動き出す。石川が加茂に耳打ちし、加茂が急いでダグアウト前でキャッチボールを始める。万が一のことを考えて、加茂も成瀬も、初回から肩を作ってきたが、また準備を始めたのだろう。しかし選手が少ないので、投球練習もままならない。ブルペンでは、二人が交代でピッチャーとキャッチャーを務めねばならないぐらいだった。今は三宅が受けている。

駄目だ、俺は自分のピッチングに集中しないと。

しかし里田は、確実に疲れを意識していた。右足首を微妙にかばいながら投げていたせいだろう、特に下半身には疲労が溜まっている。だけど、まだ五回だ。投球数は七十球を超えたぐらい。せめて七回、百球を目処にきっちり試合を作り、その後で後輩たちにマウンドを託すようにしないと。

集中力が切れかけている。

海浜の一番、西田《にしだ》が初球に手を出し、小さく曲がるスライダーを引っかける。里田としては完全に打ち取った打球だったのだが、飛んだコースが悪かった。三遊間の一番深いところ――東が必死に飛びこんだが、打球はグラブの先を抜け、サードランナーの清水弟は楽々ホームインした。それで完全に切れてしまったとは思わないが、二番の長谷川《はせがわ》にも打たれた。これも当たり損ねの打球が、本庄の左へ飛ぶ。追いつくかと思ったが、足の怪我の影響か、最初の一歩が遅れた。必死で飛びこんだものの、グラブの先に打球が当たってこぼれてしまう。本庄が慌てて立ち上がってボールを摑んだが、どこへも投げられない。

ワンアウトで一、二塁。ここで三番の岩下《いわした》に打順が回る。

岩下はこの試合ノーヒットだが、準決勝までは四番を打って、打率は五割を超えている。この試合でも、たまたま守備に助けられてアウトにしただけだった。初回のセカンドライナーは、本庄がジャンプ一番キャッチしてくれた。その後、グラブを外して左手をぶらぶらさせるぐらい、強力な打球だった。三回の第二打席はセンターフライ。これも、抜けてもおかしくない当たりで、センターの辻が必死で背走し、ウォーニングトラックに入ったところで走りながらキャッチする大飛球だった。

完全にタイミングが合っている。岩下にはすべての球種を試していたのだが、「これなら絶対打ち取れる」という自信のあるボールはない。

ベンチが動いた。美優と石川が短く言葉を交わし、石川が若林に耳打ちする。若林は困ったような表情を浮かべたが、すぐにベンチを出て、選手交代を主審に告げた。

本庄がベンチに向かう。そして、え？　え？　俺がセカンド？　守ったことないぞ。里田は動揺したが、既に加茂がマウンドに向かって来る。内野陣と尾沢がマウンドに集まった。

「何だよ、どういうことだよ」里田は思わず尾沢に訊ねた。

「一人だけだ。ワンポイント」

尾沢は里田からボールを受け取り、加茂に渡した。加茂の表情は硬く、明らかに緊張している。尾沢の狙いが完全には読めていない里田には、かける言葉もない。

「へばってないか、里田」尾沢が言った。

「いや、別に……」

「球威が落ちてる。セカンドで少し休め」

「休めって……」

「いいから。加茂は確実に、次のバッターを抑えることだけ考えてくれ。後のことは、それから考える」

尾沢はマウンドの輪を解散させた。加茂が投球練習を始める。里田はぼうっとしているわけにもいかず、ファーストの関川にボールをゴロで投げてもらって、何とかセカンドとして格好がつくように捕球と送球を繰り返した。しかし、急にセカンドを守れって言われても……中学時代、投げていない時にサードを守ったことがあるが、サードとセカンドでは体のさばき方が全然違う。

頼むから、こっちへ飛んでこないでくれよ。

加茂は、投球練習を始めると落ち着いたようだった。オーバースローから、綺麗な回転の速球ばかりを投げこむ。ワンシームは使えるかもしれないが、岩下に見せたくないのだろう。あのボールがくれば、岩下は戸惑うはずだ。

初球から、加茂はワンシームを投げこんだ。セカンドの位置にいると、変化がよく分かる。外角に外れそうなボールを岩下はあっさり見逃したが、実際にはボールは急激な変化を見せてど真ん中に入ってきた。危ない、危ない……あのボールは、左バッターに対しては内角に投げないと効果がないのだ。

二球目、尾沢はまたワンシームを投げさせた。今度は真ん中から、急激に内角に食いこむ。岩下はバットを振ったが、窮屈なスウィングになってしまい、打球は勢いなく一塁側ダグアウトの前まで転がった。

ツーストライク。追いこんだが、岩下も次はアジャストするだろう。どうする？　サイン交換が長引く。加茂は戸惑った様子で、一度プレートを外してしまった。尾沢はスライダーのサインを出しているのだが……自信がないのだろうか。

再びプレートを踏んだ加茂が、一度大きく肩を上下させる。フォームが変わっていた。捨てたはずのサイドスロー。低い位置で振られた腕——岩下がぴくりと動くのが分かった。明らかに焦っている。しかしあれぐらいでは、岩下を崩せないだろう。

スライダー。

加茂のスライダーは、オーバースローで投げるとスピードは乗るが、変化は小さい。しかしサイドスローからだとまったく別の変化を見せる。岩下が思い切り体を開いた——あれでは打てない。加茂のスライダーは、内角のストライクからホームプレートを横切って、外角のボールになるコースに入り、岩下のバットは完全に空を切った。スウィングを終えると膝をついてしまうぐらい、フォームが崩れてしまった。
よし——里田は空を仰いだ。強烈な日差しが降り注ぎ、ここで立っているとかえって疲れる。しかし気持ちはずっと楽になっていた。だが、次は清水。あいつを加茂に任せるわけにはいかない。この作戦は、批判を受ける可能性が高い。それを負うのは、俺と尾沢でなければならないのだ。

ベンチがまたすぐに動いた。里田は再びマウンドへ。サードの児島がセカンドに入り、レフトの久保田が「本職」だったサードへ、ワンポイントリリーフを成功させた加茂がレフトに入った。大幅なポジション変更で、焦る選手がいてもおかしくないが、全員表情が引き締まって準備万端という感じだ。よし……この一連の作戦は石川の立案だろうが、取り敢えず岩下を退けることはできた。後は清水。

しかしここは問題だ。清水の前にランナーを溜めないことが大前提になっている。今はツーアウト一、二塁で、歩かせる状況ではない。先ほど投手交代した時には打ち合わせる暇もなかったが、どうするつもりだろう。今度は勝負か？　清水は既にかなりカリカリしているから、スリーボールまで追いこめば、間違いなく打ちに出て失敗する。それでいいではないか。

尾沢は例によって、明らかなボール球を要求した。それは分かる。だけどその先は——雑念が生じたせいか、外角高目に外したつもりのボールが少し甘く入ってしまう。清水がバットを出す。強振——スウィングだけで空気を震わせそうなバッティングだ。甲高い金属音が響き、里田は心臓が縮み上がる思いをした。打たれた、と慌てて振り返る。清水は外角のボールを綺麗に流し打ちしていた。打球は痛烈なライナーになって、レフトへ。

替わったばかりの加茂が慌てて追いかける。あいつも、外野で試合に出たことなどないはずだ。ヤバイ――しかしボールは左に切れて、「100m」の表示の数メートル横でフェンスを直撃した。あの辺、フェンスは柔らかい素材でできているはずだが、思い切り跳ね返り、完全に置いていかれた加茂のところまで戻ってくる。ファウル……しかしあのボールをあそこへ打つのかよ、と里田はキャップを脱いだ。嫌な汗をかいている。気温三十三度のせいで自然に噴き出してくる汗ではなく、体を絞って出てきたような……。

尾沢が立ち上がり、両手を二度、下へ向けた。低く抑えろ――じゃなくて、ちゃんと外せ、か。里田は新しいボールを受け取ってうなずいた。清水は相当苛ついているはずで、ここは勝負できないだろうか？

いや、とにかく予定通りにいこう。これもチームワークだ。

里田は二球目、三球目と、外角へ大きく外してストレートを投げた。四球目、同じようなコースへ今度はチェンジアップ。尾沢が飛び出して押さえる。清水は、露骨に嫌そうな表情を浮かべていた。

その時里田は、これまでにない異変に気づいた。

ブーイング。

三塁側の内野席で、地響きのようなブーイングが起きている。海浜の応援団からだ。「勝負しろ、里田！」「逃げるな！」野次の一つ一つが体に突き刺さる。クソ、俺は逃げてるわけじゃない。これは作戦だ。皆で決めたことだ。

尾沢もブーイングと野次には当然気づいているはずだが、対処しない。一呼吸置いて、落ち着かせようとしてくれてもいいのに。自分からタイムをかけようかと思ったが、それだとこの状況に負けたことになる。意を決してプレートを踏み、尾沢のサインを覗きこむ。スリーボールになったから勝負、とはいかないのか。やはり、外角に大きく外せだった。露骨に敬遠でいい。クソ、いったいいつになったら勝負させてくれるんだ。里田は苛立ちを感じて首を横に振ったが、尾沢はサインを変えない。開いた右手を、ぱっと外側に払うような仕草を繰り返した。

そうかい、分かったよ。お前の言う通りに投げてやるよ。そこで何が起きても知らねえからな。

里田は、尾沢が立たないとキャッチできない高さにボールを投じた。ツーアウト満塁となり、スタンドのブーイングと野次が一際激しくなる。

「敬遠が作戦かよ！」「卑怯者！」「引っこめ！　お前ら失格だ！」

さすがに物が投げ入れられるようなことはないが、どうにもやりにくい空気になってしまった。里田はプレートを外し、自分を落ち着けようとした。そうだよな。ツーアウト一、二塁で敬遠はないよな。常識外れの作戦だということは自分でも分かっている。でも全ては勝つため。勝って証明するため——何を？

連合チームでも甲子園に行けることを？　一度諦めても、頑張ればやり直せることを？　どうでもいい。野球は一つ一つの勝負の積み重ねだ。敬遠も立派な作戦だが、試合前から「敬遠を繰り返す」なんて決めておく作戦は普通はない。やれば顰蹙《ひんしゅく》を買うのは当然だ。誰だって真っ向勝負を期待する。

野次が止まらない。しかし尾沢はタイムをかけようともせずに、ホームプレートの後ろでどっしりと構えていた。お前、何考えてるんだ？　お前は受けるだけだから何ともないかもしれないけど、これで本当に勝てると思ってるのか？　勝てば全部ＯＫなのか？　勝ち負けよりも大事なものが——。

「クソ！」里田は小声で吐き捨て、またプレートを外した。ロジンバッグを取り上げ、掌の上で遊ばせる。白い粉がぱっと飛び散り、自分の方へ舞い上がった。鳥屋野潟の方から——ホームからセンターに向かって、結構強い風が吹いている。高いフライを打たれると危ないな、と考え、少しだけ冷静になった。振り返り、塁を埋めたランナーをそれぞれ見やる。一塁上からは、清水が殺意の籠った視線を向けてきた。てめえ、こんな大事な試合で逃げ回って何が面白いんだよ、と訴えかけるような。試合が終わったら球場の裏で待ってろ、とでも言い出しそうな雰囲気だった。

「へイ！　潰していくぞ！」ファーストの関川が突然声を上げる。セカンドの児島は「バッター勝負！」、ショートの東が「集中！」、内野で唯一鳥屋野の選手になったサードの久保田は「ツーアウト！」と叫んで人差し指と小指を立てて手を高く掲げる。それに呼応して、内外野の全選手が「オウ！」と声を揃えた。

これも野球だ。野球なんだ。

里田は尾沢のサインを覗きこんだ。ツーシーム。よりによってここで？　いいだろう。試合を作ってるのはお前なんだ。ちゃんといいコースに行くかどうかは分からないけど、それで勝負してやるよ。

初球、左打席に入った岸に対して、里田はツーシームを投げこんだ。真ん中から外角へ曲がり落ちる——悪くない。初めてまともなツーシームになったと思ったが、岸は素早く反応した。ヘッドを遅らせ気味に振ってくると、綺麗な流し打ちを見せる。レフト線——里田は大量失点を覚悟したが、久保田がいい位置に守っていた。右に身を投げ出し、サードベースのほぼ後ろでワンバウンドの打球をキャッチすると、素早く立ち上がってバックホーム。送球はハーフバウンドになったが、尾沢が上手くキャッチした。そのままチラリと後ろを向いて、右足でホームプレートに触れ、フォースアウト完成。

里田は空を見て、ふっと息を漏らした。それからバックスクリーンに目をやる。電光掲示板に刻まれた「1」。追加点を許してしまったのは自分の責任だ。これで再び2点差。

これほどシビアな、痺《しび》れる試合は初めてだ。

ダグアウトに戻ると、また怒りがこみ上げてくる。何か蹴飛ばしてストレス発散したいところだが、里田は辛うじて気持ちを抑えた。決勝戦だから、テレビカメラがあらゆるポイントを狙っているだろう。変なところを映されたらたまらない。

ダグアウトから通路に出て、左足で壁を蹴りつけた。そこへ尾沢がすっとやって来る。プロテクターを外しただけで、まだレガースはつけていた。

「怪我するぞ」

「何もしてないよ」里田はとぼけた。

「やっぱり——悪かったな」尾沢が謝る。「いい作戦だと思ったけど、結局リードされてるし」

「だけど、清水には打たれてない」

「他の奴らに打たれた」

「それは俺の責任だ」

「打たれた時はキャッチャーの責任にしていいよ……それより、右足はどうだ？」

言われてみれば、テーピングが緩んできている。これのお陰で何とかここまで投げてきたのだが、緩みを感じると同時に、鈍い痛みが唐突に蘇ってきた。里田が黙っていると、尾沢が「成瀬で行こう」と言った。

「俺はお役御免か？」この試合から、途中で抜けたくない。

「それはまた考える。加茂も、いつまでも試合に出しておくわけにはいかないし。さっきも、レフトにボールがいったらどうしようとびくびくしてた」

加茂は突き指した右手人差し指をガチガチにテーピングして、グラブの外に出していた。キャッチャーからの返球を受けるぐらいなら大丈夫だろうが、レフトフライとなると捕球は厳しいかもしれないのだ。

「戻るぞ」尾沢に急《せ》かされ戻ると、ダグアウト前で円陣ができていた。石川が気合いを入れるつもりらしい。里田と尾沢は慌てて輪に加わった。

「いいか、まだ五回だ。たった2点差だ。嶋岡の癖も分かったし、逆転のチャンスは十分にある。まずこの回、確実に1点返していこう」

いやいや、それぐらいだったら若林にも言えるって。もう、監督に花を持たせてもいいんじゃないか？　今日は嶋岡の癖を見抜いたことで、評価が十ポイントぐらい上がっているし。

しかし嶋岡は、いきなり修正してきた。この回先頭の本間をツーストライクと追いこんだ後、いつもの「うなずき」を見せずにスプリットを投げこみ、三振に切って取る。四回にスプリットを見切られたことで、自分の癖に気づいたのだろう。さすが、海浜ベンチはしっかりしている。

三番の辻はサードゴロ、尾沢もキャッチャーへのファウルフライに倒れて、この回の攻撃はあっさり三者凡退に終わった。クソ、失点した後の攻撃こそ大事なのに……里田はグラブを摑んで指示を待った。投げるのか、ここで降板なのか。

突然、若林がおかしなことを言い出した。

「本間君、レフトは守れるか？」

「え？　はい……大丈夫ですけど」

「野次には強い？」

「いや、それは……」そこで本間は、若林の言葉の真意を悟ったようだった。「いけます。何だったら耳栓していきます」

「持ってるのか？」

「持ってないすけど、ティッシュか何かで」

ダグアウトの中に軽い笑いが溢れた。里田は結局、若林のこの言葉を少しだけありがたく思うことになる。レフトを守ると、また海浜応援団の野次を浴びることになる。ライトは、連合チームの応援団が陣取る一塁側スタンドに近いから、味方に守られているようなものだ。本間はどこかとぼけたところがあるし、多少の野次なら気にしないだろう。しかも実際、ティッシュペーパーを耳に詰めこみ始めた。

また目まぐるしく守備位置が変更する。選手が限られているから、これは仕方ないことだ。ピッチャーはここから成瀬。里田はライトのポジションに走り、引っこんだ加茂を相手にキャッチボールを始めた。加茂が緩いボールを高く投げ上げ、フライの感覚を体に覚えさせる。いや、実際にはこれではフライを取る練習にならないのだが。ホームから打球が飛んでくれば、全然違うように見える……しかし、びくびくしていてもしょうがない。成瀬が豪球で三振の山を築いてくれればそれでいいんだから。

そんなことを考えていると、ろくなことが起きない。

ライトのポジションにいると、さすがに成瀬の細かい動きまでは見えない。ボールの走りも分からなかった。今日はいいのか悪いのか……悪い。この回先頭の六番・神谷がいきなり初球を叩く。打球は右中間に飛んできた。右中間というより、明らかにライト寄り。ここは何とか、自分が責任を持って抑えないと。しかし打球は、当初の予想よりもずっと伸びて、右中間を真っ二つに割った。右足首を気にしながらボールを追いかけ、フェンスに当たって跳ね返った打球を何とか押さえる。すぐに内野に返したが、神谷は余裕でセカンドベースに達していた。

クソ、やられたか。今のは追いつかなければならない打球だったのでは？　ちらりとセンターの辻を見ると、グラブをはめた左手をひらひらと振った。今のはしょうがない、ということか……。

どうも今日の成瀬は出来がよくないようだ。緊張しているのか、疲れが溜まってきているのか。トータルの球数はそれほどではないのだが、いきなりの公式戦デビューから厳しい戦いが続いているから、肉体的・精神的にバテてきているのは間違いない。

出来がよくないというか、乱調だった。

七番の竹下は三球三振にしとめたものの、続く清水弟にはファーストへの強襲ヒットを許してしまう。これでワンアウト一、三塁。とにかく、清水弟は要注意だ。何しろこれで、今日は三安打である。

ここはスクイズ警戒だ。六回まで来てさらに1点失うと痛い。ここで成瀬は、何とか踏ん張った。猛烈な速球を続けて投げこみ、最後は内角高目の嚙みつくような速球で、九番の嶋岡にスリーバントを失敗させ、これでツーアウト。

これで気が緩んだのか、一番の西田に痛烈な一打を喰らう。またかよ……右中間、しかし先ほどの神谷の打球よりも前寄りの当たりだ。打球目がけてダッシュした瞬間、里田は右足首にはっきりと痛みを感じたが、そのままスピードを落とさず打球を追った。抜かれる——思い切り飛びついた。横っ飛びで、ぎりぎりグラブに入るかどうか。

引っかかった。

人工芝の上をスライディングして、グラブを確認する。網のところに、ぎりぎりボールが入っていた。座りこんだままグラブを高く掲げ、捕球をアピールする。

この回は何とか無事に終わった……だけど成瀬、しっかりしろよ。外野に——俺のところには絶対打たせるな。

5

海浜の嶋岡は、また試合をコントロールし始めた。

六回、関川を四球で歩かせ、久保田が綺麗に送りバントを決めてチャンスを広げたものの、東が浅いライトフライに、成瀬が三振に倒れて得点が奪えない。

そして七回表——成瀬は、一死一塁で清水と対戦した。敬遠する作戦は成瀬も納得していたはずだが、やはり非常に投げにくそうだ。

確実に「ボール」にするように投げるのは、意外に難しい。基本、成瀬はひたすらストレートを全力投球するだけで、細かいコースには投げ分けられないタイプである。だからボールが続いてもおかしくないのだが、この時は何故か、真ん中に入ってしまった。清水がバットを振り始めた瞬間、尾沢は「まずい」と声に出してしまった。

甲高い金属音に続き、わあっという歓声が球場全体を包みこむ。見るまでもない……レフトの本間が打球を追ったが、途中で諦めてしまった。そのスピードを緩めると同時に「県民共済」の看板がかかった上を打球が超えていく。清水は悠々とダイヤモンドを一周した。試合を決定づける2点——になりかねない。そう、ただ2点が追加されただけではないのだ。これで清水は、機嫌を直して息を吹き返してしまうかもしれない。もう一打席ぐらい回ってきそうだから、危険な状況だ。

続く岸はショートゴロ、神谷は三振に倒れて、この回の海浜の攻撃は終わったが、ダグアウトに戻ってきた成瀬は完全に意気消沈していた。

「すんません……」消え入るような声。でかい体が消えてしまいそうな雰囲気だった。

「しょうがない。大きく外すように指示すべきだったたんだから」尾沢は成瀬を慰めた。何の効果もないようだったが。

「すんません」

繰り返す成瀬は、簡単には立ち直れそうにない。次の回から交代させるべきか、と尾沢は考えた。しかし里田はもう少し休ませておきたい。真夏の人工芝の上で立ち続けるのがきついのは分かるが、投げなければ肩は休められる。

七回裏、打順は九番の里田から。里田は何か決意を秘めた表情でバットを握っている。ゆっくりとダグアウトを出て行くと、打席に入る前に二度、三度と素振りを繰り返す。

何か起きる、と尾沢は予想した。いいことか悪いことか分からないが、この攻撃で試合は間違いなく動く。

里田は打席で粘り始めた。元々バッティングは得意ではないのだが、それでも必死に嶋岡に喰らいつく。フルカウントまでいくと、嶋岡は決め球のスプリットを投げこんできたが、それも何とかファウルにした。里田がこちらを見て、尾沢に目配せする。何だ？　何が言いたい？

里田は、二球続けて投じられたスプリットを何とか打ち返した。三遊間への緩いゴロ。バウンドが高い……里田は必死に一塁へ向かった。無理するな、と尾沢は心の中で叫ぶ。足首は万全じゃないんだから、ここで全力疾走は駄目だ。

ショートの神谷が深い位置でボールをキャッチする。踏ん張って素早く一塁へ送球——里田がヘッドスライディングした。同時か、送球が早いか——次の瞬間、一塁ベースコーチに入っている加茂と塁審が、シンクロしたように同時に両手をぱっと広げる。

「よし！」尾沢は思わず両手を拳に握り、立ち上がった。ネクストバッターズサークルから、一番の児島が打席に向かおうとした瞬間、若林が突然タイムをかけて児島を呼び戻す。

おいおい、まさかここで監督自ら指示か？　技術的なことは分からないんだから、黙っていて欲しい。精神論を説かれても、児島はかえって困ってしまうだろう。

若林はダグアウトの最前列に陣取り、児島をさらに手招きで近づけた。そして、ダグアウトに残った全選手の顔を見渡して、突然告げる。

「ありがとう」

はあ？　尾沢は混乱した。何でここで「ありがとう」だ？

「僕は、野球は素人だ。去年の一件があって、仕方なく監督を引き受けた。そしてこの連合チームでは、何の役にも立っていなかったと思う。でも、野球ってこんなに面白いんだな」

尾沢は思わず、軽く笑ってしまった。何を今更……野球が面白いのは当たり前じゃないか。しかし若林は真顔で、さらに早口で続けた。

「この試合に勝ったら、監督を辞めます。甲子園に行く時は、猪狩さんに監督をお願いしようと思う。車椅子でも、ダグアウトに入って指揮は執れるはずだ。僕はスタンドで、もう一回野球を勉強しなおそうと思う。そのためには――猪狩さんや、他の怪我で出られない選手を甲子園に連れて行くためには、勝って下さい！」

主審が近づいて来た。指示が長過ぎると注意しに来たのだろう。それに気づいた若林がさっと頭を下げ、児島の背中を叩いて送り出す。

見ると、石川が泣いていた。ただ涙を流すだけでなく、声を上げて――ほぼ号泣だ。ダグアウト内の雰囲気も一変している。異常なほどピンと張り詰めた空気感は、これまでなかったものだった。緊張ではなく気合い。

石川が突然立ち上がり、「俺たちは、他の選手も背負ってるんだよ！」と叫んだ。「自分たちのためだけにやるんじゃないんだ！　ここに来られなかった仲間のために頑張るんだよ！」

一斉に鬨《とき》の声が上がる。この状況を作り上げた若林は、どこか困ったような顔をして、二列あるベンチの後ろ、バットケースの横に腰かけ、ちびちびとペットボトルの水を飲んでいた。

もしかしたら、とんでもない名監督になる可能性を秘めた人なのか？　いや、まさか。

しかし他の選手は別のことを考えているようだった。試合中にもかかわらず、若林の元へ駆け寄って「感動しました！」「勝ちます！」と本気で言っている。

あーあ。尾沢は思わず苦笑した。この連合チームは、大人に頼らないで、自分たちだけで何とかやっていくつもりだった。だけどここへ来て、思い切り大人に助けてもらった……それでも尾沢は、若林に「最高の言葉でした、ありがとうございます」と礼を言った。

4点差。尾沢はまだ涙を拭っている石川に声をかけた。

「泣いてんじゃねえよ。どうするんだ？　送るか？」

「フリー」石川があっさり言った。

「駄目だよ。ここで1点でも返しておかないと」

「バントなんかさせるかよ。こんな気合いが入る場面は滅多にないんだから」

確かに……右打席に入った児島の表情は、明らかにいつもとは違う。力が入っているわけではないのに、普段とはまったく違う闘志が感じられた。

児島が初球を叩く。嶋岡の球威は明らかに落ちており、追いこまれてスプリットで勝負されるよりは、早いカウントから打っていこうとしたのだろう。狙いは見事に当たった。綺麗な流し打ちで、打球が一塁線を抜けていく。1点入るか——しかしサードベースコーチの三宅が、両手を広げて里田を止めた。三塁は楽勝だが、里田の走り方は明らかにおかしい。先ほどの全力疾走で、さらに足首を痛めてしまったのかもしれない。

それでも、ノーアウトで二、三塁。初めての長打が出て、ようやく得点圏にランナーを二人置いた。

「打たせるか？」尾沢は石川に確認した。

「もちろん。こういう時は勢いでいく」

二番の本間も初球を叩いた。逆らわないバッティングで右方向へ。打球は一、二塁間を緩く抜き、里田、それにいち早くスタートを切っていた児島が続けてホームへ帰ってくる。頭上で応援団の声援がさらに高まった。ブラバンが奏でる『We Will Rock You』の力強くゆったりしたリズムが心地よく体を揺らし、尾沢はさらに気分が盛り上がるのを感じた。

2点差。ここは送りバントで本間を二塁に送ってもいいのだが、依然として石川はサインを出さなかった。いや、正確には「フリー」のサインを出した。三番の辻は一転して初球攻撃を避け、待球作戦に出る。本来選球眼のいい選手なので、ここは無理に打たずに球数を多く投げさせようとしているのだろう。辻はフルカウントからバットを引き、自信たっぷりにスプリットを見送った。嶋岡の癖は修正されたはずだが、球筋を見極めたのだろうか。主審がわずかに首を横に振った後、「ボール」を宣告する。

さて……尾沢はバットに滑り止めをスプレーし、打席に向かった。ダグアウトを見ると、石川がまた「フリー」のサインを出している。おいおい、ここはいくら何でも送りだろう。俺は、「四番だから送りバントはしない」なんて偉そうなことは言わない。この四番だって、あくまで石川の代わりという意識しかないんだから。何で送りじゃないんだ？ ここでランナーを確実に進塁させて二、三塁にすれば、嶋岡はさらにプレッシャーを受ける。

尾沢は一度タイムをかけて打席を外し、ヘルメットを被り直す振りをして、ダグアウトに視線をやった。石川との間に、無言の会話が飛び交う。打てよ。いや、送りだろう。冗談じゃない、キャプテンなんだから自分で決めてこい。

無茶言うな。

ふと、ダグアウト上のスタンドに目をやる。里美はグラウンドに背を向けたまま、指揮に没入している。しかし、成南のブラバンはやっぱり上手いよな。さすが全国レベルだ。

そして坂上。ブラバンの連中が陣取った前方で、後ろ手を組んだままじっと胸を張っている。風が強いせいか、学ランの裾《すそ》、それに額に巻いた長い鉢巻がたなびく。その両脇で翻る両校の校旗。部員が素早く坂上のところへ駆け寄って、顔の汗を拭った。その間も坂上は微動だにしない。

一瞬、坂上と目が合った気がした。しかし坂上は、やはりこちらを無視している。応援っての は、試合の内容とはまったく関係ないのかよ、と不思議に思った。どうせなら試合の内容を見てくれればいいのに。今、ちょうど一番盛り上がるところなんだぜ。

打席に戻り、「よし!」と低く言って自分に気合いを入れる。マウンド上の嶋岡は、セットに入る前にキャップを取って、しきりに額の汗を拭っていた。やりにくそう……それはそうだろう。七回まできて2点差に迫られ、しかもまだノーアウト一、二塁のピンチなのだ。

ようやくプレートに足をかけ、キャッチャーのサインを覗きこむ。うなずきもせず、顎を肩に乗せるようにして足を上げ——上げない。素早い牽制球を一塁へ投げた。少しリードが大きかった辻が、慌ててヘッドスライディングで戻る。牽制球を受けた清水が、辻のヘルメットに思い切りタッチした。タッチというか、ファーストミットで上からぶん殴ったような感じ。おい、今のはラフプレーじゃないのか……いや、そんなことはない。牽制球が低い位置にきたから、流れでタッチするとあんな風になるのだろう。辻が平然と立ち上がったので、尾沢は何とか怒りを鎮《しず》めた。

初球、外角低目にスライダー。セオリー通りの一球は、大きく外れてボール。

ボールだとはっきり分かるのが、前の打席までとの大きな違いだ。やはり嶋岡のピッチングには微妙な狂いが生じている。

二球目、一転して内角へストレート。嫌いな高目だったので、尾沢は見送った。次の瞬間、スコアボードの球速表示を見ると、百四十三キロ……スピードこそ初回と変わらないが、明らかに伸びがない。

行けそうだ。腕が振れていない感じがするから、仮にスプリットが来ても変化が少ない、あるいは早く変化し始めるので、見極められるだろう。基本、見送ってもいい。

いや、この打席ではスプリットは来ないな、と尾沢は読んだ。これまではほとんど好き勝手にスプリットを投げてきたが、それは得点圏にランナーを背負わなかったからである。2点差に迫られ、さらに一、二塁……暴投で二、三塁になったら、ピンチはさらに広がる。そして嶋岡のスプリットは、常に低目に来てワンバウンドする確率が高いのだ。

三球目、また内角にストレート。コースが少し甘いので、尾沢は思わず手を出した。快音を残して打球が三遊間を真っ二つに抜く様子が想像できる。

しかしボールは、グリップのすぐ下を潜るような変化を見せた。ほんのわずかな変化だが、芯で捉えることができず、打球はキャッチャーのすぐ前に転がる。ヤバイ——と走り出した瞬間、主審が「ファウル、ファウル」と馬鹿でかい声で叫んで両手を頭上で二度振った。

危なかった。今のボールはスプリットでもスライダーでもない。もしかしたらこの男は、秘密のボールを隠していたのか？　あんな風に手元で小さく変化するボールは——ツーシームかもしれない。

尾沢は思わずダグアウトに目をやった。前列左側に座っている美優と目が合う。今の、何だ？　美優は素早く首を横に振った。やはり、彼女のデータベースには入っていない球種のようだ。嶋岡も懐が深いピッチャーだ。もう一度あのボールが来たら打てるか？　変化が小さいので、完全に空振りすることはないだろうが、引っかけて凡打になる可能性は高い。

ワンボールツーストライク。自分が受けていたら、遊ばないで次のボールで勝負に出る。しかし海浜のキャッチャー、竹下はどうだろう。ここまでのピッチングの組み立てを見ていると、あくまでオーソドックスなリードに徹している。ツーストライクと追いこんで、ノーボールかワンボールだったら、一球外して様子を見る。

だが、ここは一気に勝負に出るのでは、と尾沢は読んだ。嶋岡は明らかに疲れている。竹下はできるだけこの回を早く終わらせ、嶋岡を休ませたいだろう。次のピッチャーにつなぐにしても、この危機的状況での交代は避けたいはずだ。

やはりスプリットだ、と予想する。ワンバウンドになる可能性が高いが、アウトを稼げる確率が高いのはスプリットだ。本当はダブルプレーで一気にこのイニングを終わらせたいだろうが、嶋岡には、ダブルプレー向きの小さな変化球がない。いや、待てよ……先ほどのボールが来る可能性もある。

迷った。迷った末に、やはりスプリットを予想した。やはりここは、自分の一番得意なボールで来るだろう。

一球、一塁への牽制を挟んで——今度は軽いタッチだった——四球目。来た——ストレートと同じ腕の振りだが、幾分ボールの出が遅い。尾沢は真ん中低目へボールが落ちてくるのを予想してバットを振り出した。

よし。やはりスプリットだ。いくら変化の大きい、空振りを取りやすいボールでも、分かっていれば何とか対応できる。尾沢は強振した。ボールは落ち切らず、ストライクゾーンの低目に入ってきた。捉えた——いや、少しだけタイミングがずれる。バットの出が早く、打球はライナーになって一塁側ダグアウトに飛びこんだ。咄嗟に美優が頭を低くするのが見えたが、隣に座った石川がパッと左手を出してボールをダイレクトキャッチする。右手に持ち替え、ボールボーイの方へ転がすと、左手を顔の横でブラブラさせる。それから本気で怒っている様子で、尾沢に向かって「下手クソ！」と叫んだ。

ああ、俺は下手だよ、と尾沢は苦笑した。怪我していない石川だったら、今の一球は確実に捉えてヒットゾーンに弾き返していただろう。

尾沢は打席を外さなかった。集中、集中。カウントは変わらず、ワンボールツーストライク。まだまだピッチャー有利のカウントだ。しかしマウンド上の嶋岡は、苦しそうな表情を浮かべている。投げる球がなくなったか……この打席で、嶋岡が投げていないのはカーブぐらい。一球ボールにするつもりでカーブを投げてくるかもしれないと尾沢は読んだ。投げられるボールは何でも試して、その中で何を決め球にするか決めていく——このピンチでは、そういう手探りのピッチングもありだ。

カーブだ。

嶋岡のカーブは、大きく流れ落ちる。スピードの乗ったスプリットの後だと、ついタイミングを狂わされてしまうのだが、この一球はすっぽ抜けた。外角高目、最初からボールになると分かる。

これで並行カウント、ツーボールツーストライクになった。向こうも攻めあぐねているはずだが、こちらも読みにくい。しかし、やはりスプリットの可能性が一番高いだろう、と予想した。キレが悪くなっているといっても、ここ一番では得意なボールで勝負したいはずだ。自分がリードしていても、そうする。その試合で一番いいボールと、自分が自信を持っているボールは違うが……今日の嶋岡はやはりスプリットを勝負球と判断しているはずだ。

外れた。内角高目のボールは、明らかにスプリットよりもスピードが乗っている。ストレートなのか？　腰を引くぐらい、際どい内角。尾沢は軽く胸を反《そ》らすようにして避けた。ボール……フルカウントになる。

今のは撒《ま》き餌《え》だ、と分かった。フルカウントになっても、直前の内角の際どいボールで腰を引かせておき、最後は外角の落ちるボールで勝負する。だけど、その作戦は失敗だぜ。ストレートの威力はそれほどでもなく、尾沢に恐怖心を植えつけることはできなかった。

外角ならカーブかスライダーだろう。踏みこんで確実に叩く。引っ張って右狙いだ。ライト前に運べば、セカンドランナーの本間は確実にホームインできる。1点差、そしてノーアウトなら、まだまだ得点のチャンスがある。

内角だ。読みが外れた。先ほどよりもわずかに低く、中に寄ったボール。「困ったらストレート」はセオリーで、結局嶋岡と竹下はその攻めを選んだのだろう。

尾沢は瞬時に修正した。外角低目を思い切り引っ張るつもりでいたのだが、内角のストレートをレベルスウィングで叩く。

滅多にない、しっかりした手応えだった。完璧な流し打ち。

打球はレフトのポール側に飛んでいる。自分の打球ながら、その速さに驚いた。ランナーは気にするな……一つでも先の塁を目指せ！

一塁ベースを蹴る直前、ベースコーチの加茂が大きく右手を回して「サード！」と叫ぶ。スリーベース、いけるか？　だったらランナー二人は確実にホームインして同点になる。よし、とにかく走れ！　ノーアウト三塁になれば、勝ち越しのチャンスが大きく広がる。

セカンドを蹴り、サードに向かう。ちらりと外野を見ると、海浜のレフトがクッションボールの処理を誤ったようで、ようやくボールに追いついたところだった。ぎりぎりか——しかしサードベースコーチの三宅も右手を大きく回している。

自分の鈍足が恨めしい。例えば俊足の児島なら、滑りこまずに楽々セーフだろう。でも、どうでもいいんだ。格好悪かろうが、とにかく三塁を陥れることだけ考えればいい。サードベースが近づくと、三宅が体を低くして両手を広げた。滑りこめ。分かった。尾沢は頭からサードベース目がけてスライディングした。どうだ？　間に合うか？　手がベースに触れる瞬間、頭にがつんと強烈な衝撃が走る。何だ？　何が起きた？　訳が分からない間に、三宅の「ゴー！」の声が降ってくる。尾沢はすぐにベースを踏んで立ち上がり、ボールの行方を確認した。三塁側ファウルグラウンドを転々として、海浜ダグアウトの方へ転がっている。誰も追う者がいない。海浜のサード、岸は、自分のすぐ後ろで倒れていた。三宅が「ホーム！」と叫ぶ。

そうか、レフトからの返球がヘルメットに当たったんだ。

尾沢はすぐに、ホームへ突進した。二十七・四三一メートル。十六歩か？　十七歩か？　分からない。とにかく急げ！

ホームが遠い。何百回、何千回と走った距離なのに、ここまで遠く感じられたことはなかった。足が上がらない。疲れたわけでも怪我しているわけでもないのに、どうしてもスピードが乗らなかった。ネクストバッターズサークルにいる関川が「滑れ！」と叫ぶ。そうか、スライディングか。関川の声は聞こえて、何をすべきか理解もしていたが、体が言うことを聞かない。足が、自分の足ではないようだった。

一瞬、静寂。この状況だから、両チームのベンチ、それにスタンドから声が飛んでいるはずだが、何も聞こえなくなった。その中で、自分がいる場所からホームプレートまで、一筋の光が導いてくれるのが見える。そんなものがあるわけがない――ファウルラインに過ぎないのだが、とにかくここを走っていけばホームだ。

海浜のキャッチャー、竹下は、足を大きく開いて、重心を自分の左側に置いている。三塁側のファウルグラウンドから返球が来るはずなので、そちらでボールを受けるしかないのだ。ということは、こっちは内側から滑りこめばいい。

尾沢はホームに滑りこむ直前、わずかに走るコースを内側に変えた。そして竹下は、左足を一歩だけさらに左側に動かす。ボールがずれている。よし、ストライクの返球はこない。後は――運次第だ。

尾沢は頭からホームプレートに滑りこんだ。すぐに竹下が、体ごとタッチに来る。押し潰されながら、尾沢は自分の掌がしっかりホームプレートに乗っているのを見た。同時か？　セーフか、アウトか？

「セーフ！」主審の声が頭上から降ってくる。竹下にのしかかられているので上を見られず、目で確認できない。しかし、音で自分の「セーフ」を確信できた。一塁側スタンドの歓声ではなく、三塁側スタンド、海浜応援団の「ああ」という溜息。

竹下がようやくどいたので、尾沢はその場で一度しゃがみこんでから立ち上がった。振り返ってスコアボードを見ると、七回裏の得点が「３」から「６」に変わったところだった。６対５と一気に逆転。

行ける。勝てる。

尾沢は関川と軽くタッチを交わし、ダッシュでダグアウトに戻った。一塁側スタンドの歓声と拍手は、空気が爆発しそうなほどになっていたが、それが何だか恥ずかしい。自分のバットで逆転したというのに、何だか穴に入りたいような気分だった。ずっと連合チームの四番を張っていても、あくまで石川の代理だという意識がある。

ダグアウトの中は、優勝が決まったような騒ぎになっていた。石川は興奮して、松葉杖を使わずに立ち上がろうとして転びかけ、他の選手に支えられた。里田は試合中には珍しく、緩んだ表情を浮かべていた。ここまで、必ずしも納得できるピッチングはできていなかったのだろう。それでも、勝てば全てが許される。勝利は全てに優先するのだ。

尾沢は美優の隣に座り、彼女が差し出したスポーツドリンクのペットボトルを受け取った。タオルで額の汗を拭うと、改めて暑さを意識する。やはり今日は、うだるような暑さなのだ。人工芝の照り返しもきつい。ダグアウトの中は涼しいが、それでも汗は一向に引かなかった。

美優がやけに冷静なのが気になった。さすがにこの状況だと興奮するのが普通だと思うが……スコアブックを、シャープペンの先でしきりに叩いている。

「もう1点、欲しいわね」

「それは、取りにいくけど……」尾沢は、彼女が何を懸念しているか、分からなかった。「何を心配してるんだ？」

「どこで見たデータか忘れたけど、八回以降に2点取れる確率は、二割ちょっとなのよ」

「だったらこのまま――八割の確率で逃げ切れるじゃないか」

「3点取れる確率になると、一割を切るの。六パーセントぐらいだったかな」

「それ、何のデータだよ」

「だから忘れたけど、とにかく取れる時に点は取っておいた方がいいでしょう」

分かってる。

しかし――尾沢は経験的に知っていた。一気に大量点が入り、ランナーが一人もいなくなった後は、意外に追加点が入らない。ランナーが残っていれば、「次は俺も」と集中できるのだが、この状態ではイニングの頭からやり直し、という感覚になるのだ。

悪い予感は当たる。関川は粘ってフルカウントまで行ったが、最後は嶋岡のスプリットを空振り三振してしまった。これで嶋岡は息を吹き返したようで、続く久保田をサードゴロ、東を三振に切って取る。先ほどまでとはまったく別人のようだった。この切り替えの早さは見事と言うしかない。

尾沢は、成瀬にグラブを渡してやった。いつもの自信ない態度……と思ったら、マウンド上で見せる暴力的な表情を浮かべている。このモードに入るのはちょっと早いんじゃないか？　いつもと違うことがあると気になってしまうのは、キャッチャーというポジションの性《さが》かもしれない。

「成瀬」尾沢は成瀬の顔を見て、肩を二度、上下させてみせた。

成瀬がはっと何かに気づいたように、尾沢の動きを真似する。それで急に険しい表情が抜け、いつもの自信なげな感じが蘇った。こんなにくるくる変わって、疲れないだろうか。強弱をつけているつもりかもしれないが、変なところでスウィッチが入ったら困る。

しかし成瀬は、上手くスウィッチを入れ直した。マウンドへ上がると、投球練習の時から気合い十分。尾沢のミットをぶち破りそうな速球を投げこんでくる。成瀬は一応、申し訳程度のカーブやスプリットも投げられるのだが、ここはとにかく速球で押していこうと決めた。

海浜は下位打線に入る。ここで要注意は、今日ヒットを三本放っている清水弟だ。あんなにコンタクト能力が高い選手が、最初からレギュラーで活躍できなかった理由が分からない。よくあるのは、性格的に難があって監督やチームメートから敬遠されているパターンだが、試合中の態度を見た限りでは、そんなことはなさそうだった。兄貴のように感情を露骨に表に出すこともない。

マウンドへ上がる前に「全部ストレートだ」と言い渡しておいたので、サインなし。コースだけは指示したが、その通りにくる可能性は高くないから、実質勝手に投げてもらう感じだ。成瀬にも一応、「内角高目」「外角低目」に投げるぐらいの感覚はあるのだろうが、それは意識の上だけのことで、ボールはついていかない。

しかし、それでいい。キャッチャーもどこへくるか分からないボールを、バッターが予測できるわけもない。

打席には、七番の竹下。先ほどホームでクロスプレーがあったせいで、ユニフォームがすっかり汚れている。自分も同じようなものだが、竹下の顔には疲れが見えた。七回は、長いイニングだったからな……お互い大変だ、と同情したが、攻めの手は緩められない。

初球――ど真ん中に来た。まずい、と蒼褪《あおざ》めたが、実際には竹下は見送った。スコアボードを見ると、百五十一キロ。自己最速を更新した。いくら真ん中でも、百五十一キロで唸りを上げるようなボールが来たら、簡単には手を出せない。

成瀬のピッチングは荒れた。際どいコースにストライクが入るかと思えば、尾沢が身を投げ出してキャッチしなければならないようなボールもくる。竹下は、あわや頭を直撃というコースにすっかり腰が引けてしまい、その後外角低目、ここしかないというコースに来た百四十八キロのストレートを力なく空振りしてしまった。

次が、問題の清水弟だ。まったく緊張せず、いかにも打ちそうな気配を漂わせている。こいつが三年で四番に座るであろう来年も、海浜は今年並みに強いだろうな、と尾沢は考えた。いや、そんなことを今考えても仕方ない。

ノーサイン。成瀬の初球は、思い切り内角に来た。最初からすっぽ抜けだと分かったようで、清水弟が身を引く。しかしボールはナチュラルにシュートして、バットに当たってしまった。フアウル――一瞬、スタンドが静まりかえる。

「わざとか！」「ビーンボールだろうが！」三塁側スタンドから野次が飛ぶ。しかし成瀬は、まったく表情を変えない。当てるつもりなどない――当てるコントロールがないのだから、気にしていないのかもしれない。あるいは、耳栓でも入れているのか。

清水弟も、さすがに顔の近くで起きたバットとボールの衝突事故には衝撃を受けたようだった。打席に入って足場を固めたものの、何となく落ち着かない感じになっている。よし、今がチャンスだ。さあ来い、成瀬！

成瀬が大きく振りかぶった。左足を高く上げ、広い踏み出しで一気に投げこむ。清水弟が今度はバットを出しかけたが、途中で止める。しかしボールは、今度は内角ぎりぎりのストライクになった。主審のコールを聞きながら、尾沢はこういうピッチャーとは対戦したくないな、と心底思った。頭を直撃しそうなボールの後に、ピンポイントのコースに投げこまれたら、対策の立てようがない。逆に言えば、キャッチャーとして受けていても面白くない。里田のようにこちらの要求にきちんと応えられるコントロールの持ち主なら、リードしがいがあるのだが。

三球目、またも内角高目。さすがに目が慣れたのか、清水弟が振ってくる。しかし成瀬の速球は、そのバットスピードを上回った。最後は、尾沢が中腰になってキャッチしなければならないぐらいの高いボールになった。尾沢の目では確認できなかったが、ボールは、バットのだいぶ上を通過したのではないだろうか。

よし、ツーアウトだ。

ラストバッターの嶋岡には代打が出て、左打席に入る。二年生の水田《みずた》。このバッターのデータはなかったはずだ。これまで一試合、出たか出なかったか……ちらりとダグアウトを見やると、美優がすかさず両手の人差し指でバツ印を作る。やはりデータなしか。

がっしりした体格で、いかにも打ちそうな感じがするが、初球が脇腹近くに飛んでくると、もう腰が引けてしまった。右投手が左バッターの内角に投げると、ボールが迫ってくる感じになる。しかもまた百五十キロ。まず感じたのは恐怖感だろう。

一転して、二球目は外角低目に糸を引くような速球。次が内角高目、四球目はすっぽ抜けたボールになってしまい、尾沢が座った姿勢から思い切りジャンプして、辛うじてキャッチできるほどの高さだった。

スリーボールワンストライク。ここでフォアボールは勘弁してくれよ、成瀬。逆転した直後の回だから、ぴしりと抑えたい。先ほどの美優のデータがどこから出てきたかは知らないが、攻撃回が少なくなる度に、得点のチャンスが減るのは間違いない。

内角低目ぎりぎりでストライクを取り、これでフルカウントになった。成瀬は最後の一球、さらに大きくワインドアップする。あんなに力が入ると、また大きく外れてしまう——しかし成瀬の最後の一球は、真ん中低目によくコントロールされていた。水田がバットを出したが、球威に押されてファウルフライになってしまった。自分だ——尾沢はマスクを跳ね上げ、ボールの行方を追う。バックネット方向へ力なくボールが上がっていた。

尾沢はダッシュし、人工芝が切れる付近でスライディングキャッチを試みた。尻餅をつく格好で、逆向きでボールをキャッチする。そのまま滑って、記録員席の前にある金網にスパイクをぶつけてようやく止まった。すぐにミットを高く掲げ、キャッチをアピールする。

よし。取り敢えず八回は切り抜けた。残る海浜の攻撃はあと一回だ。八回裏に1点でも挙げれば、勝利をぐんと引き寄せられる。

甲子園だ。尾沢はこの試合――いや、大会が始まって以来初めて、自信を持ってそう考えることができた。

6

成瀬はここが限界か。

ろくに話をしたこともなかったものの、里田は既にこの剛腕ピッチャーの本性を見抜いていた。本来は弱気で、用心深いタイプに違いない。それを克服するために、自分で自分を乗せ、マウンドではわざと傍若無人《ぼうじゃくぶじん》に振る舞っている。妙に長く間合いを取り、バッターを睨みつけ、しばしばプレートを外してイラつかせるのだ。一球一球にかける時間が長過ぎるので、いずれ主審の注意を受けるだろうと思っていた。

八回裏の鳥成は三者凡退。九回表、鳥成が1点リードのまま、海浜最後の攻撃を迎えた。成瀬は完全にマイペースで振る舞っている。ライトのポジションから見ているとよく分からないのだが、とにかくルーティーンが多過ぎるようだ。複雑な動きを繰り返し、最後は必ずユニフォームの左袖をぐいと引っ張り上げてからプレートを踏む。

しかしこの回、海浜先頭の一番・西田に初球を投じようと振りかぶった瞬間、主審が両腕を大きく交差させて動きを止めた。そのままタイムをかけ、マウンドへ歩き出す。慌てて立ち上がった尾沢も、主審の後を追った。主審は二言三言、成瀬に声をかける。尾沢がマウンドに上がり、肩を何度か叩いた。

時間をかけ過ぎだ、と注意されたに違いない。それがきっかけで、成瀬のペースは完全に狂ってしまった。

西田への初球は大きく外れ、尾沢が飛びついても届かない、とんでもないボールになった。右バッターだったら、背中の後ろを通るようなボールである。その一球で、海浜応援団が一気に勢いづいた。

二球目も外角に外れるボール。三球目は真ん中に入ってきて、西田がジャストミートした。しかし強烈なライナーは、一塁線をわずかに切れてファウル。里田は勢いよく飛んできたボールがフェンスに当たってフェアグラウンドまで跳ね返ってきたのをキャッチし、ボールボーイにワンバウンドで返した。

その時にはもう、成瀬はプレートを踏んで尾沢のサインを覗きこんでいた。どうせサインなどないのだが……とにかくストレートで押す、と決めていたはずだ。

四球目もコースが甘い。西田は腕を上手く折り畳んで、内角のボールに対応した。今度は一、二塁間を鋭く抜くゴロのヒットを放つ。里田は素早く前進してボールを処理し、二塁を守っている児島に全力で返球する。

まずいな。

成瀬は目に見えて動揺している。プレートを踏む前にマウンドを一周するのもルーティーンになっているようだが、時間節約でそれを封じられ、迷子《まいご》にでもなっている様子だった。

そのせいかどうか、二番打者・長谷川が初球を送りバントした時、マウンドを駆け下りるタイミングが一瞬遅れてしまう。打球は一塁線とマウンドの中間、さらに言えば尾沢と成瀬の守備範囲のちょうど中間で止まった。成瀬が何とか追いつき、長い手を伸ばしたが、その瞬間に転んでしまう。成瀬は尻餅をついたまま一塁へ投げたが、当然送球は大きく逸れてしまい、ファーストの関川はキャッチするので精一杯だった。

ノーアウト一、二塁。ここは間違いなく、もう一回送りバントだ。ワンアウトで二、三塁となれば、ヒット一本で二人が帰って逆転できる。海浜は豪快に打ちながら、そういう堅い野球もやる。

しかし三番の岩下は、初球でバントの構えを見せたものの、あっさりバットを引いた。というより、外角でワンバウンドしてしまうようなボールだったから、バントのしようもない。

成瀬は完全に制球を乱していた。二球目もストレートを地面に叩きつけるようなワンバウンド、三球目は微妙なボールに見えたが、岩下は余裕を持って見逃し、ボールが三つ先行した。

里田は素早く今後の見通しを考えた。歩かせたら、ノーアウト満塁で清水に回ってくる。まさに尾沢が「そういうことがあるかもしれない」と考えていた通りの展開がやってきたが、成瀬ではこの状況にアジャストできないだろう。完全なボール球を投げるにも、コントロールは必要なのだ。

ストレートのフォアボール。最後も岩下はあっさり見送り、バットを勢いよく三塁側に投げて、一塁へ全力疾走して行く。

里田はライトの定位置を離れ、ゆっくりとマウンドへ向かい始めた。若林がポジションチェンジと選手の交代を告げるためにダグアウトを出るのと同じタイミングだった。

成瀬は引っこみ、里田はマウンドへ。ライトへは、唯一ベンチに残っていた三宅が——この大会初の出番になる——入った。本職は内野手の鳥屋野の選手だが、練習でもピッチャー以外のポジションを守ったことがない成瀬に任せるよりはまし、という判断だろう。

これで、選手は全員試合に出た。加茂と成瀬は引っこんだから、後は自分が最後まで投げきるしかない。

投球練習をしている間も、尾沢は無反応だった。特に声をかけてくることもなく、少し緊張した様子でボールを受けている。一球だけ、試しにツーシームを投げてみたら、マスクの奥で険しい表情を浮かべたが……そいつは駄目だ、と無言で否定しているようだった。

左打席に清水が入り、「プレー」が宣告される。しかしその瞬間、三塁側内野席から痛烈な野次が飛び始めた。

「また敬遠か！」「やる気あるのか？」「インチキか！」

どれでもない。勝つための神経戦だ。だいたい、わずか1点リード、ノーアウト満塁で敬遠なんかできるわけがない。

清水も同じように考えているだろう。ここで敬遠は、野球のどんな教科書にも書かれていない。清水はぐっと胸を張り、右手一本でバットを垂直に立て、挑みかかるような視線を向ける。俺を抑えれば、連合チームはぐっと優勝に近づくぞ、とでも言うように。だけどまともに勝負しても、抑えられる確率は五割以下だろう。

いや、俺は必ず勝つ。清水に負ける訳がない。

初球、サインはストレート。そして尾沢は、右手を大きく外側に振った。里田が投球動作に入ると、体を大きく外角に移動させる。里田は絶対にバットが届かないところへ、全力の速球を投げこんだ。

スタンドのブーイングが一際大きくなる。そう言えば、高校野球でブーイングは珍しいよな、と里田は考えた。同時に、意外に冷静な自分に驚く。俺は逃げてない。大事なのは勝負ではなく試合に勝つことだ。そのために皆で決めたやり方がこれだ。清水の顔を見ると、早くも真っ赤になっている。里田を睨みつけてくるが、あっさり無視できた。別に喧嘩してるわけじゃないんだから。

二球目、またも外角。先ほどよりも大きく外し、尾沢はキャッチャーズボックスから出てボールを受けた。清水の顔よりも高いコースで、手を出しても絶対にバットは届かない。

もう少し……もう少しだ。尾沢は三球目も同じサインを出した。そして里田が投球に入ると同時に立ち上がってしまう。ブーイングは、ピッチングを邪魔しようとするように強烈に襲いかかってきたが、里田は「あれはセミの鳴き声だ」と考えるようにした。夏なんだから、セミが鳴くのは当たり前じゃないか。

スリーボールノーストライク。シチュエーションは完全に整った。

里田はセットポジションに入った。何でいく？ ストレートは駄目だ。清水の目は速い球には慣れているだろう。満塁で絶対に後逸は許されないから、落ちるボールもない。

スライダー。

予想通りの要求だった。里田はうなずきもせず、左足を上げた。右足一本で立った時に、一瞬鋭い痛みが走ったが、まだ大丈夫。テーピングは緩んでしまっているが、痛みにびびって投げられないほどではない。

尾沢が立ち上がる。ブーイングは耐えられないぐらい大きくなったが、里田は構わずスライダーを投じた。

完璧な一球。ストライクゾーンの外側から外角低目ぎりぎりへ、大きく流れ落ちる。しかもスピードが乗っている。尾沢が素早く腰を下ろした。清水はその気配に気づいただろうか……気づいていない。突然ストライクゾーンにボールが入ってきて、見逃すしかなかったようだ。主審が

「ストライク！」を宣告すると、驚いたように振り向く。完全に敬遠だと思っていたのかもしれないが、だったらお前は馬鹿だ。満塁で敬遠して、むざむざ1点を献上する策はない。確かに清水は新潟ナンバーワン、ドラフトにも引っかかるに違いない逸材だが、これはあくまで高校生同士の戦いなのだ。清水、お前は五割以上の確率で打てると思っているかもしれないが、それは他のピッチャーが相手の場合だ。今マウンドに立っているのは俺だ。しかも一人で投げているわけじゃない。この試合に出られない仲間たち全員の思いを背負っている。

次はどうする？　今の一球は間違いなく最高のスライダーだったが、もう一度決められるかどうかは分からない。ストレートか……尾沢は、予想していなかったチェンジアップのサインを出してきた。ワンバウンドする可能性もある。絶対に止められるか？　ここは尾沢を信じるしかない。

清水は振ってきた。どんな球でも、ストライクゾーンに入ってきたら振ると決めていたようで、力が入り過ぎて雑なスウィングになっている。チェンジアップの落ちは今一つ——キレがないのは自分でも分かった。しかし、力み過ぎたスウィングのせいで、ボールをきちんと捉えられない。ファウルになったボールは、一塁側へ数メートルだけ転がって止まった。

主審が投げてくれた新しいボールをキャッチし、一礼する。フルカウントだ。どうする、尾沢？　お前は何を投げさせたい？

里田は一瞬間を置くために、プレートの前の地面を均した。ただし気をつけないと……審判は、やはり迅速な試合進行が第一と心得ているようで、鳥成はこれまで二回も警告を受けているから、さっさと投げなければならない。

ツーシーム？　ここで？

里田はつい、プレートを外しそうになった。冗談だろう？　結局あのボールは、全然成功してないじゃないか。コントロールできずにボールになるか、変化がない棒球になって打たれるか、どちらかだ。里田は一度首を横に振った。しかし尾沢は、頑固にツーシームを要求する。

そうかい。お前がそう言ってるんだから、俺はどうなっても知らないぞ。尾沢の意図が読めずに混乱したが、リードするのは尾沢である。いいよ。その通り投げてやる。

里田はグラブの中でボールを握り直した。ふと思いついて、二本の縫い目に指を完全に置くのではなく、人差し指は敢えて外してみる。これでどうなるか分かっているわけではなく、勘なのだが。

清水は明らかに、まだかっかしている。完全にからかわれたと思っているのかもしれない。こんな時、二階から落ちてくるような超スローカーブがあれば効果的かもしれないが……行けた。ボールをリリースした瞬間、今回初めて、完璧なツーシームが投げられたと確信した。

フォーシームと変わらぬスピードのボールが内角に行く。それが急に右に変化し、さらにぐっと落ちて真ん中に入る。尾沢は最初からそこにボールが来ると予測していたように、ミットをまったく動かさない。

清水は微動だにしなかった。

三振。

途端に、球場内の野次と声援がぶつかり合い、耐えがたいほどになった。清水は顔を真っ赤にして、まだ打席で立ったまま里田を睨みつけている。プロ野球なら、乱闘が始まるタイミングだな……しかし清水が、ふっと肩の力を抜いた。ニヤリと笑い、里田に向かって人差し指を突き出す。「やりやがったな」と言いたげだが、試合中だから当然そんなことは言えない。

里田はスコアボードを見た。まだワンアウトだし、試合が終わったわけではないが、大きな山を越えた感じはする。しかしそこで、ダグアウトから石川の鋭い声が飛んだ。

「まだワンアウトだぞ！　気を抜くな！」

分かってるよ。依然として、一打逆転される可能性があるピンチなのだ。ダブルプレーに切って取って、何とかあっさり試合を終わらせたいと思っていたが、焦ってはいけない。とにかく、一人一人打ち取っていくしかないのだ。

右足の痛みは気になったが、里田はスクイズを警戒した。四番の清水にスクイズさせれば同点に追いつけたかもしれないが、海浜にとって清水は特別な存在なのかもしれない。あるいはバントが絶望的に下手だとか。

ここはスクイズしかない。まず確実に同点というのが、常識的な作戦だ。問題は、何球目で来るか——初球から来た。クソ、出遅れた。痛む右足のせいもある。しかし尾沢が要求したツーシームは、岸のスクイズのタイミングを狂わせた。左打席に入る岸から見たら、ボールが急に逃げて行く感じだろう。辛うじて当てたものの、三塁線への小フライになってしまう。間に合わない——そこへ、スクイズ警戒でダッシュしてきたサードの久保田が飛びこんだ。思い切り体を前方に投げ出し、グラブの先にボールを引っかけると一回転して立ち上がり、さっとグラブを掲げる。ランナーがそれぞれ、慌てて塁に戻った。助かった……里田は久保田に向かって拳を突き出して見せた。久保田がアンダーハンドでボールを投げ返し、「もうちょっと取りやすいように打ち取って下さいよ」と文句を言った。しかし、顔は笑っている。

よし、ツーアウトまで漕ぎ着けた。後はバッターに集中。六番の神谷には二安打を許しているが、油断しないで慎重に攻めていけば、必ず打ち取れる。

里田は外角へスライダーを二球投げて、あっさりツーストライクに追いこんだ。いつも勝負を急ぐ尾沢が、今回は「一球外せ」と指示してきた。最後は外角で決める――そのための伏線として、一球、脅かすように内角に速球を投げてこい。今投げられる全力で、と。

こっちが考えていた組み立てと同じだ。もしかしたら内角高目の速球に釣られて三振してくれるかもしれない。里田はセットポジションをやめて、振りかぶった。どうせランナーは走れない。ゆったりしたフォームを意識しながら左足を着地させる。右足がプレートを蹴った瞬間、それまでにない痛みが走り、たじろいだ。体から力が抜け、ボールに体重が乗らない。暴投にはならずに済みそうだが、完全な棒球だ。

今のはなかったことにしてくれ――一瞬考えた直後、里田の耳は強烈な打撃音を聞いた。内角の甘いコースに入った棒球を神谷が打ち返す。打球は――里田は右足の痛みをこらえながら振り向いた。

打球はライトへ飛び、右へゆっくりとスライスしていく。しかしフェアグラウンドに落ちそうだ。ランナーは全員スタートを切っているから、間違いなく同点、下手したら3点入る。

あいつがそこにいた。

この大会初めて試合に出た三宅が、必死にボールを追っている。本来内野手だから、広い外野はどこまで走っても終わらないように見えるかもしれない。しかし、諦めない。その様子を見ながら、里田は後ずさるようにしてホームプレートに向かった。ぎりぎりまでバックアップしないと。

三宅が頭から飛びこむ。勢い余って前に二回転。そのままファウルグラウンドまで飛び出した。一塁塁審が確認に走る。三宅はへたりこんだまま、グラブを遠慮がちに差し上げていた。

取った！　取りやがった！　ムードメーカーでしかなかったあいつが試合を締めた！　興奮が爆発するかと思ったが、里田は意外に冷静だった。そうか、勝ったのか……甲子園なのか。

茫然としているうちに、里田は揉みくちゃにされた。内野の選手が全員集まって里田を囲んでいる。レフトの本間とセンターの辻は、短距離競走のような勢いで、ダッシュで向かってくる。三宅は腹のところに大事そうにグラブを抱えたまま、号泣しながら走っていた。緊張の糸が切れたか……ダグアウトからも二人のピッチャーが飛び出してくる。その後から本庄が、そして石川が松葉杖をついて続いた。完全に遅れて到着した石川は、「騒ぎはそこまで！」とぴしりと言った。

「整列だ！　でもその前に……」

全員の目が石川に注がれる。石川が満面の笑みを浮かべ、「1＋1は？」と叫ぶ。

「無限大！」

整列、試合終了の挨拶を終えると、清水が近づいて来た。尾沢は少し緊張したが、清水は笑っている。しかも手を差し伸べてきた。思わず握手に応じると、こっちの手を握り潰さんばかりの勢いだった。

「やられたよ」清水が力を緩める。「俺も修業が足りないな」

「悪かったな。でも俺たちは、勝つためには何でもやらなけりゃいけなかった」

「これ、貸しにしておくわ。後でなんか奢れよ」

「甲子園の土産を買ってくる」

「馬鹿野郎」ニヤニヤ笑いながら清水が去っていった。

それから……尾沢ははたと思い至った。これから校歌斉唱だ。でも、どうする？　二曲歌うのか？

「これより、鳥屋野・新潟成南連合チームの勝利を祝しまして、校歌……」

アナウンスが途切れる。ヤバイ、やっぱり誰も、連合チームが勝つなんて思ってなかったんだ。どうするんだよ。隣に立つ里田と視線を交わしたが、彼も困ったような表情を浮かべるだけだった。

「……鳥屋野高校の校歌斉唱を行います」

こっちは用意してあったわけか。成南の選手たちが揃って苦笑し、一斉にうつむく。しょうがねえな、という感じ。

成南の選手は鳥屋野の校歌を知らないのだが、スタンドの大合唱が後押ししてくれた。そして鳥屋野の校歌斉唱が終わった瞬間、スタンドに陣取った成南のブラバンが、勝手に成南の校歌の演奏を始める。見ると、応援部の坂上も後ろ手に組んだまま、体を思い切り反らして全力歌唱だ。あいつも成南の校歌を練習してきたのか……俺たちが勝つのを信じていたのか。

表彰式の進行を妨げる行為とも言えるが、誰も止めなかった。表彰式が終わると、石川の先導で一塁側内野スタンドへ挨拶に向かう。整列しようとした瞬間、最前列の坂上が両手で金網にしがみついた。

「尾沢！　この野郎！」

何がこの野郎だよ。だいたいお前、最後の挨拶が終わるまで微動だにしないのが応援部部長のやり方じゃないのか。尾沢は思わず笑ってしまったが、それでも右手を突き上げた。坂上が呼応して右手を突き出す。ほとんど笑っていたが、自分が応援部の伝統を崩していることに気づいたのか、その場で急に直立不動の姿勢に戻り、後ろ手に組んだ。まったく、お前は……。

セレモニー、終了。後は取材が待っている。今日の取材は長くなるだろうから、気を入れていかないと。ダグアウトに入ろうとした瞬間、里田が突然、気の抜けた声で言った。

「あのさ」

「何だ?」右足の傷が痛むのかと心配になったが、里田はまったく予想もしていなかったことを言い出した。

「甲子園のユニフォーム、どうするんだろう?」

「あ」虚を衝かれ、尾沢は言葉を失った。県大会のまま、別々のユニフォームで出る? それとも急遽、新しいユニフォームを作る? そうなったら、里田スポーツは大忙しだろう。親父さんにビジネスチャンスをあげてもいいな。

今は考えたくない。ただ勝利に酔っていたい。

「どうでもいいよ、そんなこと!」

尾沢はキャップを脱ぐと、高々と放り投げた。それが何かの合図になったように、他の選手もキャップを放り投げる。きょとんとしていた里田も、破顔一笑して、誰よりも高くキャップを投げ上げた。

勝った。俺たちにはできた。

それが証明できただけで、今はいいんだ。

本作品は書き下ろしです。フィクションであり、実在の組織や個人とは一切関係ありません。

（編集部）

［著者略歴］
堂場瞬一（どうば・しゅんいち）
1963年生まれ。青山学院大学国際政治経済学部卒業。2000年『8年』で第13回小説すばる新人賞を受賞し、デビュー。警察小説とスポーツ小説の両ジャンルを軸に、意欲的に多数の作品を発表している。小社刊行のスポーツ小説に『チーム』『チームⅡ』『チームⅢ』『キング』『ヒート』『大延長』『ラストダンス』『20』『独走』『1934年の地図』『ザ・ウォール』などがある。

大《だい》連《れん》合《ごう》

2021年6月30日　初版第1刷発行

著　者／堂場瞬一
発行者／岩野裕一
発行所／株式会社実業之日本社
〒107-0062
東京都港区南青山5-4-30　CoSTUME NATIONAL Aoyama Complex 2F
電話（編集）03-6809-0473　（販売）03-6809-0495
https://www.j-n.co.jp/
小社のプライバシー・ポリシーは上記ホームページをご覧ください。

ＤＴＰ／ラッシュ
印刷所／大日本印刷株式会社
製本所／大日本印刷株式会社

ISBN978-4-408-53783-2（第二文芸）